新 視 野
中華經典文庫

新 視 野

中華經典文庫

東坡志林

名譽主編 饒宗頤
導讀 梁樹風
譯注 王晉光 梁樹風

中華書局

新視野中華經典文庫

東坡志林

□
導讀
梁樹風
□
譯注
王晉光　梁樹風
□
出版
中華書局（香港）有限公司
香港北角英皇道 499 號北角工業大廈一樓 B
電話：(852) 2137 2338　傳真：(852) 2713 8202
電子郵件：info@chunghwabook.com.hk
網址：http：//www.chunghwabook.com.hk
□
發行
香港聯合書刊物流有限公司
香港新界大埔汀麗路 36 號
中華商務印刷大廈 3 字樓
電話：(852) 2150 2100　傳真：(852) 2407 3062
電子郵件：info@suplogistics.com.hk
□
印刷
深圳中華商務安全印務股份有限公司
深圳市龍崗區平湖鎮萬福工業區
□
版次
2014 年 5 月初版
2022 年 4 月第 3 次印刷

□
規格
大 32 開（205 mm × 143 mm）
□
ISBN：978-988-8290-48-2

出版說明

為什麼要閱讀經典？道理其實很簡單——經典正正是人類智慧的源泉、心靈的故鄉。也正是因此，在社會快速發展、急劇轉型，因而也容易令人躁動不安的年代，人們也就更需要接近經典、閱讀經典、品味經典。

邁入二十一世紀，隨着中國在世界上的地位不斷提高，影響不斷擴大，國際社會也越來越關注中國，並希望更多地了解中國、了解中國文化。另外，受全球化浪潮的衝擊，各國、各地區、各民族之間文化的交流、碰撞、融和，也都會空前地引人注目，這其中，中國文化無疑扮演着十分重要的角色。相應地，對於中國經典的閱讀自然也就有不斷擴大的潛在市場，值得重視及開發。

於是也就有了這套立足港臺、面向海外的「新視野中華經典文庫」的編寫與出版。希望通過本文庫的出版，繼續搭建古代經典與現代生活的橋樑，引領讀者摩挲經典，感受經典的魅力，進而提升自身品位，塑造美好人生。

本文庫收錄中國歷代經典名著近六十種，涵蓋哲學、文學、歷史、醫學、宗教等各個領域。編寫原則大致如下：

（一）精選原則。所選著作一定是相關領域最有影響、最具代表性、最值得閱讀的經典作品，包括中國第一部哲學元典、被尊為「群經之首」的《周易》，儒家代表作《論語》、《孟子》，道家代表作《老子》、《莊子》，最早、最有代表性的兵書《孫子兵法》，最早、最系統完整的醫學典籍《黃帝內經》，大乘佛教和禪宗最重要的經典《金剛經》、《心經》、《六祖壇經》，中國第一部詩歌總集《詩經》，第一部紀傳體通史《史記》，第一部編年體通史《資治通鑒》，中國最古老的地理學著作《山海經》，中國古代最著名的遊記《徐霞客遊記》，等等，每一部都是了解中國思想文化不可不知、不可不讀的經典名著。而對於篇幅較大、內容較多的作品，則會精選其中最值得閱讀的篇章。使每一本都能保持適中的篇幅、適中的定價，讓普羅大眾都能買得起、讀得起。

（二）尤重導讀的功能。導讀包括對每一部經典的總體導讀、對所選篇章的分篇（節）導讀，以及對名段、金句的賞析與點評。導讀除介紹相關作品的作者、主要內容等基本情況外，尤強調取用廣闊的「新視野」，將這些經典放在全球範圍內、結合當下社會生活，深入挖掘其內容與思想的普世價值，及對現代社會、現實生活的深刻啟示與借鑒意義。通過這些富有新意的解讀與賞析，真正拉近古代經典與當代社會和當下生活的距離。

（三）通俗易讀的原則。簡明的注釋，直白的譯文，加上深入淺出的導讀與賞析，希望幫助更多的普通讀者讀懂經典，讀懂古人的思想，並能引發更多的思考，獲取更多的知識及更多的生活啟示。

（四）方便實用的原則。關注當下、貼近現實的導讀與賞析，相信有助於讀者「古為今用」、自我提升；卷尾附錄「名句索引」，更有助讀者檢索、重溫及隨時引用。

（五）立體互動，無限延伸。配合文庫的出版，開設專題網站，增加朗讀功能，將文庫進一步延展為有聲讀物，同時增強讀者、作者、出版者之間不受時空限制的自由隨性的交流互動，在使經典閱讀更具立體感、時代感之餘，亦能通過讀編互動，推動經典閱讀的深化與提升。

這些原則可以說都是從讀者的角度考慮並努力貫徹的，希望這一良苦用心最終亦能夠得到讀者的認可、進而達致經典普及的目的。

「弘揚中華文化」是中華書局的創局宗旨，二〇一二年又正值創局一百週年，「承百年基業，傳中華文明」，本局理當更加有所作為。本文庫的出版，既是對百年華誕的紀念與獻禮，也是在弘揚華夏文明之路上「傳承與開創」的標誌之一。

需要特別提到的是，國學大師饒宗頤先生慨然應允擔任本套文庫的名譽主編，除表明先生對本局出版工作的一貫支持外，更顯示先生對倡導經典閱讀、關心文化傳承的一片至誠。在此，我們要向饒公表示由衷的敬佩及誠摯的感謝。

倡導經典閱讀，普及經典文化，永遠都有做不完的工作。期待本文庫的出版，能夠帶給讀者不一樣的感覺。

中華書局編輯部

二〇一二年六月

目錄

卷四

幽默中顯剛正：談《東坡志林》成書與蘇軾的處世哲學

——《東坡志林》導讀

梁樹風

一、引言

林語堂在《蘇東坡傳》中有這樣一段話：「像蘇軾這樣富有創造力，這樣剛正不阿，這樣放任不羈，這樣令人萬分傾倒而又望塵莫及的高士，有他的作品擺在書架上，就令人覺得有了豐富的精神食糧。」當然，蘇軾的詩詞、散文確實寫得不錯，但在現今忙碌的世代，要在案頭放一整部《蘇軾全集》，每天翻翻，未必人人能夠做到。《東坡志林》的篇章，大部分是蘇軾貶謫時期的作品，他剛正不阿的精神，可謂活現紙上；不過，蘇軾絕非那種諄諄教誨的老頭兒，他喜歡遊歷，喜歡交友，更喜歡好奇探祕，《東坡志林》便是他把遊歷交談間的所見所聞，一切能理解、不能理解的奇人異事都記錄下來，加上他幽默風趣的風格、豐富的想像力，絕對是閒時閱讀的甘露，聊解人們枯燥的生活。這種筆記式的作品，篇幅比較短小，閱讀起來很便捷，文句也不難理解，每天閱讀一兩段，絕對可以調適身心。

二、蘇軾生平簡介

蘇軾（一〇三六—一一〇一），字子瞻，號東坡居士，北宋眉州眉山（今四川眉山）人。他的文學造詣以至繪畫書法皆享負盛名。於詩，與黃庭堅（一〇四五—一一〇五）並稱「蘇黃」；於詞，一改晚唐、五代以來綺靡的格調，開創了「豪放派」的詞風；於文，與其父蘇洵（一〇〇九—一〇六六）、弟蘇轍（一〇三九—一一一二）共同名列「唐宋八大家」。以現今的角度來看，蘇軾確是個多才多藝的文學家、藝術家。

蘇軾才藝出眾，僅以二十二歲之齡便中了進士。開始的時候，蘇軾的仕途可謂一帆風順，很快便晉升至端明殿學士兼翰林院侍讀學士（掌進讀書奏）、禮部尚書（掌教育、科舉、外交等事）。但在宋神宗（一〇四八—一〇八五）熙寧初年，蘇軾因反對王安石（一〇二一—一〇八六）的新法（變法）而遭調任杭州通判（輔助知府政務），後轉任密、徐、湖三州知州（掌管州務）。元豐二年（一〇七九），御史中丞李定（？—一〇八七）、御史舒亶（一〇四一—一一〇三）、何正臣（一〇四一—一一〇〇）等彈劾蘇軾詩中有譏諷朝廷之語，蘇軾因而被捕入京，貶檢校水部員外郎，充黃州團練副使（掌團練事務），史稱「烏臺詩案」。

及宋哲宗（一〇七七—一一〇〇）年幼嗣位，蘇軾得以還朝當政，但因與司馬光（一〇一九－一〇八六）意見不合，又與程頤（一〇三三－一一〇七）等一派結怨，幾次遭到彈劾，先後左遷為杭州、潁州、揚州知州。紹聖元年（一〇九四），宋哲宗復行神宗時期的新法，召回主張變法的章惇（一〇三五－一一〇五）、曾布（一〇三六－一一〇七）、蔡卞（一〇四八－一一一七）等還京，蘇軾因而被貶官至嶺南惠州。紹聖四年（一〇九七），朝廷再次追貶蘇軾等「元祐黨人」，閏二月，蘇軾再次貶官瓊州別駕、昌化軍（今海南省）安置等毫無實職的閒官。直至元符三年（一一〇〇），宋哲宗駕崩，宋徽宗（一〇八二－一一三五）繼位，蘇軾得以遇赦內徙。次年建中靖國元年（一一〇一），蘇軾在北歸途中病故，享年六十六歲。

三、《東坡志林》的版本

《東坡志林》流傳至今的版本主要有四種：

一卷本	百川學海（咸淳本）丙集收錄的《東坡先生志林集》
二卷本	萬曆四十七年（一六一九）毛晉刊刻的《蘇米志林》
五卷本	萬曆二十三年（一五九五）趙開美刊刻的《東坡志林》
十二卷本	《稗海》（萬曆本）收錄的《東坡先生志林》

四種版本中，以五卷本的《東坡志林》流傳最廣。今天所見《東坡志林》的整理本，如中華書局歷代史料筆記叢刊王松齡點校的《東坡志林》（一九八一）、華東師範大學古籍研究所點校注釋的《東坡志林》（一九八三）、學苑出版社劉文忠評注的《東坡志林》（二〇〇〇）、三秦出版社趙學智校注的《東坡志林》（二〇〇三）等，都是採用這個版本，考其原因主要有三：一、此版本內容豐富，且收錄了《志林》原著的十三篇史論；二、此版本分門別類，閱讀起來比較方便；三、此版本在明代經趙開美校對整理，訛誤較少。由是，此五卷本《東坡志林》歷來刊行最多，流傳最廣，計有清代張海鵬嘉慶九年（一八〇四）重刻本、嘉慶十年（一八〇五）《學津討原》本、商務印書館涵芬樓據趙本校印本（一九二五）等。由於這個版本相對來說最可觀，故本書也以此為底本，譯注導讀，以便讀者閱覽。

話雖如此，但一卷本、二卷本與十二卷本的出現及其內容，與《東坡志林》的命名以及成書關係密切，並不可以忽略。讀者若能了解《東坡志林》的成書過程，在閱讀此書時亦有莫大方便。

四、《東坡志林》的命名與成書

「志林」一名並非蘇軾首創，晉代虞喜（二八一——三五六）便有《志林》三十卷，此書多雜論故事，長於考據，與《東坡志林》體例頗近，但蘇軾是否因而把此書命名為「志林」並未可知，可以肯定的是，蘇軾所著《志林》一書的用意、原貌並非今天五卷本的規模，而是單指五卷本《東坡志林》的第五卷「史論」，也就是上文提及一卷本《志林》的面貌。

這一卷本的《志林》，是蘇軾被貶儋州（今海南省）時所撰寫的史論。元符三年（一一〇〇），蘇軾在海南遇赦，北歸過廉州（今廣西合浦縣）時，嘗寄書予鄭靖老（名嘉會，生卒年不詳），其〈與鄭靖老〉便提及：「《志林》竟未成，但草得《書傳》十三卷，甚賴公兩借書籍檢閱也。」從文句可見，蘇軾十分重視這部《志林》，兩次向鄭靖老借書校閱，以免出錯。邵伯溫（一〇五七——一一三四）《邵氏聞見後錄》記載了蘇軾幼子蘇過（一〇七二——一一二三）的一番話，也可證明這一點：「蘇叔黨（即蘇過）為葉少蘊（名夢得，一〇七七——一一四八）言：東坡先生初欲作《志林》百篇，才就十三篇而先生病。惜哉！先生胸中尚有傳於『武王非聖人』之論者乎？」蘇過在蘇軾被貶海南期間長伴左右，按理最能掌握蘇軾編撰《志林》的用意與過程。從蘇過的話可見，蘇軾當初打算撰寫百篇的《志林》，但不幸只及完成十三篇便去世。當中提及「武王非聖人」，便是本書卷五「史論」的第一則文字。

這十三篇「史論」，每篇均議論一事，而且每每明言「吾又表出之，以戒後世」（〈趙高李斯〉），「吾不可不論，以待後世之君子」（〈攝主〉），「故特書其事，後之君子可以覽觀焉」（〈隱公不幸〉），可見蘇軾原意是藉着這「百篇」的《志林》，告誡後人有所為、有所不為之事。

這一卷本的《志林》最早見於蘇軾後人（很可能是蘇軾的三個兒子）在蘇軾死後一年內編成的《東坡後集》中。從現存宋刊本《東坡後集》考察，這一卷本的《志林》與今天五卷本「論古」的部分並無很大的差異。

五、《東坡志林》的流傳與改編

北宋末年，蘇軾文集曾經被禁毀，南宋弛禁後，文人整理蘇軾文集的時候，《志林》一書得以獨立刊行，但它的內容卻產生了莫大變化，最明顯的是陳振孫（一一八三——一二六二）《直齋書錄解題》在著錄《東坡手澤》三卷時說：「今俗本大全集（《蘇軾全集》）中所謂《志林》者也」，也就是在南宋初年，流傳着一種以「志林」命名的三卷本《東坡手澤》。

與《志林》的創作時間相近，這部《東坡手澤》大抵也是蘇軾貶謫海南期間的作品（因此書又名《儋耳手澤》）。但與一卷本《志林》條分縷析的「論古」體例不同，《東坡手澤》只是蘇軾於遊歷、交往、讀書的時候偶有所會，信筆而成。這些文字，很多都是蘇軾留給兒子的懿理名言，故以「手澤」（即先輩遺墨）名之。黃庭堅〈跋東坡敍英皇事帖〉便有這樣的記載：「往嘗於東坡見手澤二囊（……）手澤袋蓋二十餘，皆平生作字，語意類小人不欲聞者，輒付諸郎入袋中，死而後可出示人者也。」這段記載，頗能反映傳世《東坡志林》各篇的原始湊集過程，並且揭示了部分篇章似乎並無一個有系統的寫作大綱，只是想起什麼就寫什麼，隨記隨存而已。

至於這部三卷本《東坡手澤》的面貌是怎樣的，現在已經無從稽考了，但可以肯定的是，當中不少文字已載錄於今天所見的五卷本《東坡志林》中。我們閱讀的時候，會發現當中不少言論是蘇軾特意留給他兒子蘇過的，如卷一〈辟穀說〉便是為蘇過講述道士修身的「辟穀法」：「欲與過子共行此法，故書以授之」；卷四〈記筮卦〉也是蘇軾給蘇過講授的一番言論：「吾考此卦極精詳，口以授過，又書而藏之。」

此《東坡手澤》最為人稱道的，莫過於它在談諧戲謔間有所勸戒。龔明之（一〇九一——一一八二）在《中吳紀聞·序》中曾這樣說：「談諧嘲謔，亦錄而弗棄，蓋效蘇文忠公《志林》體，皆取其有戒於人耳。」可見在南宋時期，蘇軾《東坡志林》所表現的，多是談諧嘲謔的言論，甚至形成一種文學創作的風氣及體裁，這顯然與一卷本《志林》的內容和風格判若雲泥。

當時，南宋文人或許把《東坡手澤》重新編排整合，甚至加插、節錄《蘇軾文集》的文句，從而導致南宋年間，出現多種《東坡志林》版本。安芮璿《宋人筆記研究——以隨筆雜記為中心》一書曾整理南宋年間文人引用《東坡志林》的言論，發現當中有不少文字在今天流傳的《東坡志林》中都找不到，可見南宋年間《東坡志林》版本的紛雜。今天流傳十二卷本的《東坡志林》很有可能就是在這種風氣下逐步形成。而這部十二卷本的《東坡志林》不錄〈論古〉部分，便正是當時文人偏好談諧戲謔文字的表現。從毛晉（一五九九——一六五九）二卷本《東坡志林》的序中，我們大可看到明代文人也有這種傾向：「大蘇（蘇軾）老米（米芾）各擅，筆妙而游戲於一時，至今人不敢輕稱子瞻，相與尊之曰坡仙，米在當日遂得顛號，今猶羣狀而顛之，其實兩公俱仙也（……）余（魏浣初，一五八〇——？）偶發此論，而阿甥子晉（毛晉）夙敦尚美之好，在座躍起，曰得之矣，兩公各有《志林》，合之雙美，不其韻事乎。」

在這部五卷本的《東坡志林》中，我們也不難找到這種後人加插、改動的痕跡，章培恒、徐艷在〈關於五卷本《東坡志林》的真偽問題——兼談十二卷本《東坡先生志林》的可信性〉一文中，便以卷四「勃遜之」為例，指出此則文字乃取自蘇軾文集〈贈朱遜之〉的詩引。雖然這些文句很有可能是後人在整理過程中增益的文字，或非蘇軾編撰原書（《志林》或《東坡手澤》）的本意，但後人的整理增益未必無因，當中有許多可以觀賞玩味的文字，實不宜丟棄。

昔蘇軾撰《東坡志林》「不欲盡書」（〈記道人問真〉語），凡事皆有可記可省。本書限於篇幅，未能盡錄一切條目，故特選與當代社會較密切者，以便讀者賞覽。

六、《東坡志林》的內容

明萬曆二十三年（一五九五），趙開美（一五六三——一六二四）刊行了五卷本的《東坡志林》，此卷錄有趙開美父親趙用賢（一五三五——一五九六）的序：「余友湯君雲孫博學好古，其文詞甚類長公（即蘇軾），嘗手錄是編，刻未竟而會病卒。余子開美因拾其遺，復梓而卒其業，且為校定訛謬，得數百言。」這除了可見當時《東坡志林》版本紛雜、文字差異外，也可看到趙開美在刊刻此書時用力頗勤。故此本一出，其他《東坡志林》的版本便逐漸衰落。

這個本子大抵確立了五卷本《東坡志林》的體例：全書編排以內容劃分：記遊、懷古、修養、疾病、夢寐、學問、命分、送別、祭祀、兵略、時事、官職、致仕、隱逸、佛教、道釋、異事、技術、四民、女妾、賊盜、夷狄、古蹟、玉石、井河、卜居、亭堂、人物、論古，共二十九門。

這種編排方式無疑方便了讀者分類閱讀，但當中有未能明分者，如卷三〈技術〉中〈延年術〉和〈信道、智法說〉都有「修養」之義；卷四〈古蹟〉中〈鐵墓厄臺〉、〈記樊山〉和〈赤壁洞穴〉都有「記遊」之跡，只是分門別類的時候，或因篇幅、沿襲的關係而分開敍述。

二十九門分類中，以〈異事〉條項最多，共三十二則，這除了與蘇軾生性放達，好遊山林、記異物的個性有關外，或許與後期文人整理時的偏好也不無關係。其次為議論歷史人物、事跡的〈人物〉（二十九則）及〈論古〉（十三則），是蘇軾讀書所得或議論前人的是非功過；再其次為〈修養〉（十五則）、〈技術〉（十四則），講述修身養性的見聞與蘇軾個人的一些看法。

本書雖以此二十九門區分，但正如龔明之〈中吳紀聞．序〉所言，《東坡志林》所言多「有戒於人」，這點不可不察，否則只求談諧嬉笑的言論，那麼此書也無足可取了。我們在閱讀的時候，也不難察覺蘇軾行文間頗有這種傾向，如卷二〈異事上．李氏子再生說冥間事〉一則，即使是說異事、傳聞，蘇軾仍要揭示當中的道理，並且明確指出「書此為世戒」；又如卷三〈女妾．賈氏五不可〉，也是藉着對晉惠帝皇后賈氏的評價，而論及謠言的可懼。

書中所記大多沒有明示年份，很多只是提及「今日」「昨日」，可見此書不少文字確是蘇軾隨意書寫而留下。其中標明年份的有四十二則，主要是元豐三年（一〇八〇）蘇軾因「烏臺詩案」被貶檢校尚書水部員外郎、充黃州團練副使、本州安置至元符三年（一一〇〇）遇赦歸還期間的事，佔了當中四十則，反映出書中有不少文字成於蘇軾貶謫期間。

七、《東坡志林》的現代意義與價值

我們讀《東坡志林》，除了可以認識蘇軾其人其事外，還可以通過這部書了解北宋年間的人事物態。當中一些文字，或許能與我們今天的所見所聞互相印證，例如卷三〈異事下・冢中棄兒吸蟾氣〉講述一個襁褓嬰孩因饑荒而被父母棄於洞穴中，一年後他的父母回來，打算撿拾骸骨的時候，竟然發現孩子仍然在世，而且安然無恙，這與上世紀八十年代「狼孩」的事件非常相近。當日蘇軾限於所見所聞，只能記錄在案，今天我們閱讀這些事件的時候，或許能對書中一二事有別的體會。

另一方面，雖然《東坡志林》成書於九百多年前，但千百年間，人們的處世之道、人生所遇，或多或少都有相類相近的地方。當日蘇軾被貶，有冤無路訴的抑鬱，或許你我都曾經經歷過。然而，蘇軾在這段困苦的日子中並沒有自怨自艾，而是在痛苦中尋得閒適樂趣，這種達觀的處世方法、心態，或許能當作我們生活的一種潤滑劑。

（一）處世之道

《東坡志林》滲透了不少蘇軾堅持的性格，這種做人處世的哲學，無論在哪一個時空、哪一個地方，都是不能叛離的聖道箴言，例如卷三〈修身曆〉記載司馬光的一段話：「吾無過人者，但平生所為，未嘗有不可對人言者耳」，卷四〈真宗仁宗之信任〉記載李沆所以得到宋真宗的信任，只在於他無私心的緣故。這些都是至理名言，可以終身守之。如果做人能夠光明正大，不以私心待物，做到無事不可對人言，那麼辦任何事都會心安理得，不會提心吊膽。這也就是龔明之對「志林體」「皆取其有戒於人耳」的一二表現。

（二）養生之言

《東坡志林》講養生之事很多，這些都是蘇軾平生所見所聞。當然，環境的變遷、知識的豐富，會使我們認為當中某些論述無中生有、不切實際，但其實不少言論背後的原理及方向，還是值得我們細心察看的，例如〈養生說〉言：「已飢方食，未飽先止。散步逍遙，務令腹空」的一段話，不就是今天強調「七成飽」的飲食原則嗎？飯後輕鬆散步一下，讓食物消化後才入睡，在今天的醫學角度來看，可以避免胃酸倒流的現象。這些都是調養身體的不二法門，但我們工作過於忙碌，很多時候忽略了這些道理，間中拿《東坡志林》來讀讀，或許能夠勾起你幾已遺忘的常識。

昔日文人欣賞《東坡志林》，很大程度是建基於蘇軾的戲謔之情，以今天的語言來說，就是「幽默」。生活中幽默的調劑，往往能令人身心舒暢，即使面對沉重壓力、鬱結，也能在一言兩語間得以抒懷，例如卷二〈隱逸・書楊朴事〉記載蘇軾在湖州因文字獄的緣故被捕，他的妻兒都在大哭。此時蘇軾沒有直接安慰他們，而是化用當日隱士楊朴的一番話語，跟妻子說：「難道你不能像楊處士的妻子那樣，作一首詩來相送嗎？」他的妻子立時破涕為笑，悲傷的心情由是得以緩和。很多人都說中國人欠缺幽默，不懂幽默，其實非是，至少蘇軾就是這樣一個人物。我們要讀幽默，學幽默，這部書絕對是不俗的選擇。

（三）善於思辨

我們閱讀《東坡志林》，會發現不少篇章是蘇軾對前人言論的反駁，尤其是在卷四〈人物〉和卷五〈論古〉兩部分，都可以看到蘇軾善於思辨的能力，例如世人以劉伶為豁達，並舉出劉伶攜鍤出行，告訴他人「死便埋我」的言論作證，但蘇軾卻指出人既然已經死去，那麼為何還要埋葬呢？心中一直存留埋葬的想法，其實就是未能完全豁達的表現。

蘇軾這種善於思辨的特點，很值得我們學習。假使不會獨立思考，人云亦云，那麼我們的人生就只會盲目遊走。世間很多事物，都是打破固有的步伐而前進的，若然不是，現在我們便不會有電腦、手提電話，更遑論上太空、登月球了。而且蘇軾這種思辨能力，並非徒託空言，而是言之有據，還會細心考證，他在卷四〈人物．堯舜之事〉中便重提司馬遷「猶考信於六藝（六經）」的說法，指出我們一定要在既有的基礎上進一步發掘問題、思考問題。此外，蘇軾議論的時候，文筆斐然，論據充足，論證手法多樣，這也是我們學習議論手法的絕好材料。

（四）閒者便是主人

《東坡志林》的大部分內容都是蘇軾被貶時寫的文字，那種有志不能伸的抑鬱，蘇軾肯定是有的。然而在《東坡志林》中，我們除了看見蘇軾戲謔幽默的一面外，還可以看到他如何在困苦的境地中自我抒懷，尤其是他在卷四〈亭堂．臨皋閒題〉所提出的「江山風月，本無常主，閒者便是主人」的言論，更提醒了我們：你所擁有的、支配的，未必就是你能享受、欣賞的。就正如江山風月，本來就沒有既定的主人，坐擁萬億身家的富翁與自給的農人，他們所看到的月亮都是同一個，並沒有絲毫的差異。當然，你可以說富人能用最先進的望遠鏡，清楚看到月球上的一坑一洞，但這樣真的能夠支配月亮，真的是欣賞月亮嗎？若是我們以閒適的心態，細心觀賞玩味，即使是身無分文的人，也能夠觀賞到月光的美，甚至比富人更能享受這一點。現今社會以利益掛帥，人們分秒必爭，希望賺取最多的利潤，其實，最後受苦的可能只是自己。

即使你爭贏了，把利益搶到手，如果不懂以真正閒適的心態去欣賞、享受人間的美好事物，則你並不擁有。

如何享受生活情趣，不妨模仿蘇長公，從閱讀《東坡志林》開始。

二〇一七年五月

卷一

記遊

本篇導讀——

本書每一項目所列條目，多數沒有明確的時序或義序。讀者可依獨立篇章、自成體系來閱讀，跳前或翻閱後面，都沒有問題，如此更易吸收和尋覓趣味。

「記遊」主要寫思念故交、傷懷舊跡，偶然也寫旅遊樂趣或刻畫風光名勝，如遊白水和廬山，但也不免夾雜一些不遇之情緒。

蘇軾於紹聖四年（一〇九七），被貶海南儋州。至元符三年（一一〇〇）徽宗即位獲赦，遂攜兒子蘇過內遷。本書第一則所述內容，乃渡海後，由雷州半島向西行，已至廉州地界，惟仍受雨水困阻之一段經歷。後乘蜑家艇傍海而行，至白石山附近海面，人在船上留宿，身心飄浮不定，別有感觸。其間嘗宿於興廉村淨行院，作〈雨夜宿淨行院〉詩云：「芒鞋不踏利名場，一葉輕舟寄渺茫。林下對牀聽夜雨，靜無燈火照淒涼。」是書經常流露這種不遇之情調，抒發人生悲傷之感慨，讀者不妨視之為全書綱領。

記過合浦

余自海康適合浦[1]，連日大雨，橋梁大壞，水無津涯。自興廉村淨行院下[2]，乘小舟至官寨，聞自此西皆漲水，無復橋船，或勸乘蜑並海即白石[3]。是日六月晦[4]，無月，碇宿大海中[5]。天水相接，星河滿天，起坐四顧太息：「吾何數乘此險也[6]！已濟徐聞[7]，復厄於此乎？」稚子過在旁鼾睡[8]，呼不應。所撰《書》、《易》、《論語》皆以自隨，而世未有別本。撫之而嘆曰：「天未欲使從是也，吾輩必濟。」已而果然。七月四日合浦記，時元符三年也。

注釋

1海康：湛江市轄縣，在雷州半島中部。合浦：原稱廉州，為廣西北海市轄縣。徐聞原屬合浦郡。2淨行院：禪寺名，在廉州。3蜑（粵：但；普：dàn）：原指蜑家人，在桂、粵、閩沿海生活的水上人家，以漁業和採珠為主，香港稱蜑家。此處借指蜑家船艇。並海：傍海；循海岸線航行、並行。類似粵語「傍住渠行」的說法。4晦：每月末日為晦；翌日初一，新月出為朔。5碇（粵：diŋ3；普：dìng）宿：下碇、停船、留宿。現代人以鐵錨吊下水中停船，從南海一號及泉州古船遺物看，當時是以長條石塊為碇，綁石吊下水中停泊。6數：頻頻、屢次。乘：冒着、趁着。7濟：渡過。指由海南島渡水至雷州半島徐聞縣。8過：軾幼子名，字叔黨，自號斜川居士，著《斜川集》。自惠州至廉州，一直隨軾謫遷。

譯文

我從海康往合浦，連日大雨，橋樑嚴重損毀，大水茫茫無涯。從興廉村淨行院向下，坐小船至官寨，聽說由這裏向西皆水漲，再無船或橋可渡。有人勸我乘坐蜑家小艇，過了海即白石山。這天是六月底，沒有月亮，船停大海中，留宿船上。水天相接，夜空惟見河漢星斗。起身坐着，環顧四面，歎息道：「何故我要多次遇險？已經渡海到達徐聞縣，還要再次困厄於此嗎？」幼子蘇過在旁邊沉沉入睡，叫他，沒有反應。我所撰寫的有關《尚書》、《周易》、《論語》的著作，都隨身攜帶，世上不存其他版本，我撫摸稿本，歎息說：「天不想讓我丟棄這些，我們一定能度過此險。」果然如此。七月四日記於合浦，此時是元符三年。

賞析與點評

遭遇困厄，人有各種反應，有的悲泣，失去生存意義；有的盡力拚搏，設法逃出生天。蘇軾起坐四顧，歎息之時，初時也是意志消沉，此乃人之常情。後來大概是看到或想到隨身所攜帶的論文稿，省悟自身文化任務未完成，產生一種「不能就此死去」的念頭。這種由消極變積極，由悲觀轉樂觀的心態，固可解釋為出於個人堅強的意志，古人無以名之，有時託之於「天」之眷顧，即神明保佑。

古人有立德、立功、立言三不朽之說，著述屬於立言範圍。中華民族一向有頑強的鬥志，不向挫折低頭，同時又培養高度的責任心，三不朽等於告訴我們一生有三種目標。而責任心，能鼓勵人不輕易接受命運擺佈，不接受死亡請帖。顏淵答覆孔子曰：「子在，回何敢死。」辛亥革命前，章太炎因反清被捕，憂慮死於獄中，深懼中華文化自此斷絕，因而十分悲傷。說起來可笑，其實是責任使然。我們應該欣賞蘇軾在困厄中仍保持樂觀的態度，以及具有高度的人生責任心。

逸人遊浙東

到杭州一遊龍井，謁辨才遺像[1]，仍持密雲團為獻龍井[2]。孤山下有石室，室前有六一泉[3]，白而甘，當往一酌。湖上壽星院竹極偉[4]，其傍智果院有參寥泉及新泉[5]，皆甘冷異常，當時往一酌，仍尋參寥子、妙總師之遺跡，見穎沙彌亦當致意[6]。靈隱寺後高峯塔[7]，一上五里，上有僧，不下三十餘年矣，不知今在否？亦可一往。

注釋

1 辨才：辨才法師，初於上天竺寺為僧正，晚年居龍井聖壽院。熙寧六年（一〇七三）七月十七日圓寂。2 密雲團：貢茶之一。碾為末製成團餅狀，另有龍團、鳳團等名。為獻龍井：以獻祭給辨才法師。辨才居龍井聖壽院，此處以龍井借代辨才。3 六一泉：六一居士歐陽修與僧惠勤遊孤山下，愛其泉甘白，蘇軾因而名為六一泉。4 壽星院：原脱「星」字，從《咸淳臨安志》卷七十九補。5 參寥泉：詩僧參寥子曾駐錫智果寺，有泉水出石隙，取以煮茶，軾名之參寥泉，又為銘以紀之。參寥子即僧道潛，錢塘人，崇寧末歸老江湖，賜號妙總大師。存《參寥子集》二十卷。6 穎沙彌：法穎，參寥子之徒孫。編《參寥子集》。7 高峯塔：從靈隱寺後武林山西北直上最高處，即北高峯，上有唐代所建七級浮屠，稱高峯塔。

譯文

到了杭州，去龍井遊覽一趟。拜謁辨才法師遺像，（師雖不在，）我們仍拿密雲團茶葉到龍井聖壽院獻祭法師。龍井孤山下有石室，室前有六一泉，水白而甘甜，應當前往取飲。湖上有一壽星院，竹極高大，旁邊是智果院，有參寥泉和新泉，水都異常甘甜清涼，應當經常去取飲。又找尋參寥子、妙總法師的遺跡，如遇見其徒孫法穎，亦當問候。靈隱寺後的高峯塔，上山五里，有僧人居住，三十多年不下山，不知道是否還在，這也不妨去一趟。

賞析與點評

蘇軾曾經在杭州任官，遊覽過西湖及郊野，對於景點路程有一個總體印象。從文中三個「當」字及「亦可」諸詞所表達之語氣，推測蘇軾此節文字乃寫於謁辨才遺像之後，想到下一步應當去哪裏遊覽，找哪些遺跡。這篇文字，同時亦給其他讀者一種導遊指示。

文中的敍事語氣，清晰可聞。既表示自己下一步該怎樣走、怎樣做，同時亦給將遊覽杭州郊區的友人或遊客，提供一些景點指導，包括介紹遺跡和山水特點，以至當時人物的舉止動靜。隱藏文中的，還有對故交的懷念之情，包括辨才法師、六一居士歐陽修、參寥子道潛、法穎，以及大概只有一面之雅的僧人。

記承天寺夜遊

元豐六年十月十二日夜，解衣欲睡，月色入戶，欣然起行。念無與樂者，遂至承天寺尋張懷民[1]。懷民亦未寢，相與步於中庭。庭下如積水空明，水中藻荇交橫，蓋竹柏影也。何夜無月，何處無竹柏，但少閒人如吾兩人耳。

注釋

1 張懷民：字夢得，清河（今河北清河）人，元豐中被貶到黃州，寄居承天寺。

譯文

元豐六年十月十二日晚上，脫下外衣準備睡覺，見月光在戶，覺得開心，就出去走走。念無人與我同樂，便到承天寺去找張懷民。懷民也未睡，一起在中庭散步。庭院裏像積水般透明，當中似有水藻、荇菜交錯，這其實是竹叢和柏樹的倒影交雜。有月亮的晚上多得很，有竹林和柏樹的地方多得很，不過沒有閒人像我們兩人罷了。

賞析與點評

承天寺在黃州（今湖北黃岡）南。蘇軾貶到黃州，日夜無所事事，頗有柳宗元於永州之態，放浪山水，有自得其樂之心。

此文分三部分，第一部分（「元豐六年」至「相與步於中庭」）寫兩個境遇相同的人夜間未寢，步於中庭；第二部分（「庭下如積水空明」至「蓋竹柏影也」）描繪月下竹柏交影的景致；第三部分（「何夜無月」至「如吾兩人耳」）特以閒人二字，道出表面欣喜美景，而實質心懷悲哀之心態。文雖簡短，卻脈絡清楚，寫月下景色，寫心理狀態，躍然紙上。

「何夜無月，何處無竹柏」，這是文人慣常使用的誇張說法。每月最後一天，和下月初一，都是不見月亮的日子。天下不見竹、柏的地方更多。作者要突出的是，於常見的環境、常見的日子，能享受非常之樂的人，畢竟是少數。

閒常時空能自得其樂是一層，另一層「閒人」乃語帶雙關，「閒」有賦閒無事之意，蘇軾與張懷民都是貶謫官吏，有點懷才不遇、無所事事之感觸，故強調其閒適無所為之態。

《水經注．洧水》：「綠水平潭，清潔澄深，俯視游魚，類若乘空矣。」《水經注》不只一處寫「乘空」，張若虛〈春江花月夜〉「江流宛轉遶芳甸，月照花林皆似霰。空裏流霜不覺飛，汀上白沙看不見。」而柳宗元〈至小丘西小石潭記〉其中一段云：「潭中魚可百許頭，皆若空游無所依。日光下澈，影布石上，佁然不動，俶爾遠逝……」大家都在刻意描寫空明的境界。蘇軾文中所寫竹柏，其空明枝影境界，亦與《水經注》依稀有些脈絡。

遊沙湖

黃州東南三十里為沙湖[1]，亦曰螺師店，予買田其間。因往相田得疾[2]，聞麻橋人龐安常善醫而聾[3]，遂往求療。安常雖聾，而穎悟絕人，以紙畫字，書不數字，輒深了人意。余戲之曰：「余以手為口，君以眼為耳，皆一時異人也。」疾愈，與之同遊清泉寺。寺在蘄水郭門外二里許，有王逸少洗筆泉，水極甘，下臨蘭溪，溪水西流。余作歌云：「山下蘭芽短浸溪，松間沙路淨無泥，蕭蕭暮雨子規啼。誰道人生無再少？君看流水尚能西，休將白髮唱黃雞[4]。」是日劇飲而歸[5]。

注釋

1沙湖：在今湖北沔陽縣東南。2相（粵：sœŋ³；普：xiāng）：視，仔細看。年紀較大之閩、粵人士仍常用此字。3龐安常：原名安時，蘄水（今湖北浠水）人。幼年即過目不忘。其父傳祖業為醫，欲授以脈訣，安常不以為然，轉而自習《黃帝內經》、扁鵲之脈經，能通其說，且有新意。不久患上耳病。著《難經辨》、《本草補遺》等書。4休將：意謂不要因頭上長着白髮。將，持、帶之意。白髮黃雞：白居易〈醉歌示妓人商玲瓏〉：「誰道使君不解歌，聽唱黃雞與白日。黃雞催曉丑時鳴，白日催年酉前沒。」意謂午夜過後，公雞即啼叫催趕天破曉，到傍晚，紅日又趕着在酉時前隱沒，如此日月催迫，令人迅速老去。蘇軾反其意，認為即使白髮，也不宜高唱時日無多。

5 劇飲：痛快地飲酒，大飲，飲量超乎個人常態。

譯文

聽說有位耳聾的麻橋籍大夫龐安常，醫術很高明，就去請他診治。安常雖然聽覺盡失，但非常聰明；我用紙筆代言，寫了幾個字，他就完全明白我的意思。我跟他開玩笑，說：「我以手代口（敍述），你用眼代耳（聽脈），都成了一時異人。」病好了，我跟他一起遊覽清泉寺。寺在蘄水外城城門外大約二里的地方，那裏有王羲之的洗筆泉。泉水極為甘甜，下方是蘭溪，溪水向西流。我寫了一首歌，歌詞是：「山下短短的蘭芽浸在蘭溪水中，松樹間的沙路潔淨，不見泥漿，子規在蕭蕭雨聲中啼叫。誰說人生不能回復少年？你看流水尚且能向西奔去，千萬別因頭上長着白髮就大唱日月催迫、生命短促！」這天痛快喝酒之後才回家。

沙湖在黃州東南三十里，又稱螺師店。我在這裏買地，因為察看土地而染病。

賞析與點評

「余以手為口，君以眼為耳，皆一時異人也。」這句話語帶雙關，既講出診病當時的情景：龐安常是聾子，蘇軾只好以手代口講述病情，大夫則用眼睛看文字以了解病況，取代大夫慣用的望（觀察氣色）、聞（聽氣息）、問（詢問症狀）、切（摸索脈象）的聞與問。另一方面，蘇軾暗示自己以手書寫文字震鑠古今，安常以觀字行醫而聞名遐邇，皆將成一代異人。

中華大地的常見地勢為西高東低，故江、河之水東流注入海。蘭溪西流，情況較罕見。蘇軾善於取譬發揮，溪水西流之異象既然可以發生，然則返老還童之異象為何不可？他以此類比，指出兩者皆屬逆反之境，違反常理與常規，但非不可能。

記遊松江

吾昔自杭移高密[1]，與楊元素同舟[2]，而陳令舉、張子野皆從余過李公擇於湖[3]，遂與劉孝叔俱至松江[4]。夜半月出，置酒垂虹亭上[5]。子野年八十五，以歌詞聞於天下，作〈定風波令〉[6]，其略云：「見說賢人聚吳分[7]，試問，也應傍有老人星。」坐客懽甚，有醉倒者，此樂未嘗忘也。今七年耳，子野、孝叔、令舉皆為異物[8]，而松江橋亭，今歲七月九日海風架潮，平地丈餘，蕩盡無復子遺矣。追思曩時，真一夢耳。元豐四年十二月十二日，黃州臨皋亭夜坐書。

注釋

1高密：今山東高密。熙寧七年秋，蘇軾離杭州，十二月三日到達密州任所。2**楊元素**：楊繪字元素，綿竹（今四川綿竹）人。嘗知杭州。傳見《宋史》卷三二二。3**陳令舉**：陳舜俞，字令舉，湖州烏程（今浙江湖州）人。反對新法，被貶監南康軍鹽酒稅。傳見《宋史》卷三三一。**張子野**：張先，字子野，湖州烏程（今浙江湖州）人。天聖八年進士，元豐元年（一〇七八）卒。著名詞人，有《安陸集》。**過**：造訪。**李公擇**：李常，字公擇，南康軍建昌（今江西永修）人。熙寧初任秘閣校理，上疏言新法，徙知湖州。傳見《宋史》卷三四四。4**劉孝叔**：劉述，字孝叔。吳興人。官至刑部郎中，以論安石貶知江州。傳見《宋史》卷三二一。5**垂虹亭**：在吳江縣東門外長橋，名出於張子野詞「橋南水漲垂虹影」句。6〈**定風波令**〉：張子野〈定風波令〉四：「西閣名臣奉詔行，南牀吏部錦衣榮，中有瀛仙賓與主，相遇，平津選首更神清。溪上玉樓同宴喜，歡醉，對堤杯葉惜秋英。盡道賢人聚吳分，試問，也應傍有老人星。」7**吳分**：吳地，吳區。8**異物**：指已經去世。

譯文

從前，我因官職變更由杭州遷移高密，與楊繪同船，並和陳舜俞、張先一起往湖州造訪李常，還有劉述加入，一齊到松江。夜半月出，我們在垂虹亭上置酒共飲以賞月。張先八十五歲，他的歌詞聞名天下，當時寫下〈定風波令〉，其中說：「都說賢士聚吳地，問一問，當中，相陪應有壽星公。」在座歡暢極了，有人甚至醉倒了。這一快樂場面未嘗忘記。至今七年，張先、劉述、陳舜俞都先後離開人間；而今年七月一場海風驅浪，平地潮高一丈餘，松江橋與亭俱遭衝破，什麼都蕩然不存了。回憶往昔，真如一場幽夢。元豐四年（一〇八一）十二月十二日，晚上坐在黃州臨皋亭上並記。

賞析與點評

據孔凡禮《三蘇年譜》，在座賞月的有九人，除文中六人，尚有沈強輔作胡琴，周、邵二州妓陪酒。由一身離任而聚眾狂歡，自同歡而復趨孤寂，悲歡離合，實是人生縮影。從消沉角度思考，這當然令人悲傷不已，但從積極角度去想，值得欣慰的卻是「曾經擁有」。蘇軾在這裏強調的，是曾與許多故交好友一起歡樂、一起舉杯欣賞明月。松江橋亭雖蕩然無存，腦海裏的快樂回憶卻永遠留存。古代未發明照相術，這篇文章正是一幅永不褪色的照片。文中所顯示的，較靜態相片優勝，不僅道出場面之眾寡、動靜、存歿，還有歡樂與哀傷情調之對比。

人生如夢，是千古文人不絕之憾語，而蘇軾以一篇短文，具體道盡此意。

記遊廬山

僕初入廬山，山谷奇秀，平生所未見，殆應接不暇，遂發意不欲作詩。已而見山中僧俗，皆云：「蘇子瞻來矣！」不覺作一絕云：「芒鞵青竹杖[1]，自掛百錢遊。可怪深山裏，人人識故侯。」既自哂前言之謬，又復作兩絕云：「青山若無素[2]，偃蹇不相親[3]。要識廬山面，他年是故人。」又云：「自昔憶清賞，初遊杳靄間[4]。如今不是夢，真箇是廬山。」是日有以陳令舉〈廬山記〉見寄者[5]，且行且讀，見其中云徐凝、李白之詩[6]，不覺失笑。旋入開先寺，主僧求詩[7]，因作一絕云：「帝遣銀河一派垂[8]，古來惟有謫仙辭。飛流濺沫知多少，不與徐凝洗惡詩。」往來山南地十餘日，以為勝絕不可勝談，擇其尤者，莫如漱玉亭、三峽橋，故作此二詩。最後與摠老同遊西林[9]，又作一絕云：「橫看成嶺側成峯，到處看山了不同。不識廬山真面目，只緣身在此山中。」僕廬山詩盡於此矣。

注釋

1芒鞵（粵：鞋；普：xié）：草鞋。「鞵」同「鞋」。五十年代閩南鄉間仍常見。2素：天然美態；又：「素」通「愫」，青山若無愫，云青山似無情。3偃蹇（粵：演gin6；普：yǎn jiǎn）：高聳、高傲之意；此語帶雙關，兼作比喻。4杳靄：幽深遼遠。5陳令舉：名舜俞。見〈記遊松江〉注。6徐凝：唐代侍郎，詠廬山瀑布詩句云：「虛空落泉千仞直，雷奔入江不暫息。今古長如白練飛，一條界破青山色。」李白：唐代詩人，其〈望廬山瀑布〉云：「日照香爐生紫煙，遙看瀑布掛前川。飛流直下三千尺，疑是銀河落九天。」7開先寺：原文作開元寺，誤。8派：支流。9摠老：常總法師，廬山東林寺長老。

譯文

我初入廬山，山谷奇特秀美，平生未見，幾乎來不及一一觀賞，遂產生不作詩的念頭。稍後遇到山中僧俗人士，都說：「啊，蘇子瞻來了！」無意之間寫了一首絕句：「草鞋腳下穿，青竹楖杖握手間，自帶百錢去遊山。奇怪深山裏，人人一見知是老長官。」既自笑前面說不作詩之謬，又再寫兩首絕句：「青山如無天然美，只見高聳情難倚。誰想認識廬山真面目，他年應重來，一見才如故。」又一首：「早就思念賞清純，幽深遼遠初來峯谷間，此刻不是夢，真的是廬山。」這天有人把陳舜俞的〈廬山記〉寄給我，邊走邊讀，見其中引徐凝和李白詩，不覺失笑。跟着走進開先寺，主持求詩，遂寫一首絕句：「上天差遣銀河分枝一脈垂，古來只留謫仙李白詩。飛流濺沫來無數，不給徐凝洗掉低俗詩。」來往山南地區十餘天，認為非常優美，難以言說，選擇當中最好的，莫如漱玉亭、三峽橋，所以寫這兩首詩。最後與常總法師同遊西林，再寫一絕句：「橫看是嶺，側看是峯，處處看山，一一不同。不能整體看清廬山真面目，只因藏身山裏面。」我的廬山詩，到這裏算是寫盡了。

賞析與點評

蘇軾文藝造詣高，比較徐凝、李白，一抑一揚，本無不可，但以徐作為惡詩，不算厚道，有些過分。評價要公允服人，亦不容易。

蘇軾自信心很強，所作「不識廬山真面目，只緣身在此山中。」果然成為名句，千載流傳。但就詩而論，哲理超越李白，惟意境風光不及李詩遠矣。

「僕廬山詩盡於此矣。」此盡字是語帶雙關，盡有寫絕之意，同時亦點明寫到這裏完了。

記遊松風亭

余嘗寓居惠州嘉祐寺，縱步松風亭下[1]，足力疲乏，思欲就林止息。望亭宇尚在木末[2]，意謂是如何得到？良久忽曰：「此間有什麼歇不得處！」由是如掛鈎之魚，忽得解脫。若人悟此，雖兵陣相接，鼓聲如雷霆，進則死敵[3]，退則死法[4]，當什麼時也不妨熟歇。

注釋

1縱步：放開腳步。2木末：樹梢。3死敵：死於敵人手中。4死法：死於軍法，違反軍令要處死。

譯文

我曾寄居惠州嘉祐寺，在松風亭下放開步伐走，雙腳疲憊，想在就近的林間停下休息。遠眺亭子，卻還在樹梢之外，心想如何能一步就到？過了好一會，忽然想起，這裏為什麼就不能歇一歇？於是好像掛在鈎上的魚，忽然離鈎解脫。人如領悟此理，即使兩軍正在交鋒，戰鼓如雷，進一步則死於敵手，退一步則死於軍法，管他什麼時間，不妨好好地歇一歇。

賞析與點評

人在極度疲勞之時，不擇地點，立刻休息，效果最好。釋普濟《五燈會元》卷三十：「如何是和尚家風？」師曰：「飢不擇食。」後人甚至云「寒不擇衣」，究其實，都是希望迅速解決問題，認為拖延的害處更大。

儋耳夜書

己卯上元[1]，余在儋耳[2]，有老書生數人來過[3]，曰：「良月佳夜，先生能一出乎？」予欣然從之。步城西，入僧舍，歷小巷，民夷雜揉[4]，屠酤紛然，歸舍已三鼓矣。舍中掩關熟寢，已再鼾矣。放杖而笑，孰為得失？問先生何笑：蓋自笑也，然亦笑韓退之釣魚無得[5]，更欲遠去。不知釣者，未必得大魚也。

注釋

1己卯上元：己卯，哲宗元符二年（一〇九九）。上元，正月十五日上元節，俗稱元宵節。2儋（粵：擔；普：dān）耳：今海南儋縣，蘇軾當時為昌化軍，唐稱儋州，漢為儋耳郡。3過：訪。4民夷雜揉：漢民和夷族混雜相處。古代據地域稱少數民族為東夷、西戎、南蠻、北狄，或通稱夷狄。5韓退之釣魚無得：韓退之，唐代古文家韓愈，字退之，祖籍昌黎（今河北昌黎），居河陽（今河南孟縣）。其〈贈侯喜〉云：「君欲釣魚須遠去，大魚豈肯居沮洳。」謂大魚游弋四海，怎會留在泥沼池塘。

譯文

己卯年上元節，我在海南儋州，有幾位老書生來訪，說：「元宵好月色，先生出去走走罷？」我開心地隨他們出去。走到城西，進入僧房，經過小巷，看到漢民和異族混合雜處，屠戶酒販等小商賈一大批，很是熱鬧。回到家中已是三更。舍中人早已關門熟睡，鼾聲一再傳出。我放下手杖，笑了起來，什麼是得？什麼是失？若問我何故而笑，自己笑自己而已，也笑韓愈教人釣不到大魚就應去遠方。他不曉得釣魚的人未必志在大魚。

賞析與點評

蘇軾到儋耳已近年半，看到不同民族和睦相處，安居樂業，同慶佳節，覺得政通人和，是以欣然自喜。深層喜悅是「後天下之樂而樂」，不完全是自得之樂。

憶王子立

僕在徐州，王子立、子敏皆館於官舍[1]，而蜀人張師厚來過，二王方年少，吹洞簫飲酒杏花下。明年，余謫黃州，對月獨飲，嘗有詩云：「去年花落在徐州，對月酣歌美清夜。今日黃州見花發，小院閉門風露下。[2]」蓋憶與二王飲時也。張師厚久已死，今年子立復為古人，哀哉！

注釋　1王子立：名適，趙郡臨城（今河北冀州市）人，蘇轍女婿，死後軾撰〈王子立墓志〉。弟子敏，名遹。兩兄弟嘗於吳興從蘇軾遊玩。館：動詞，居住。2「去年花落在徐州」四句：詩題為〈次韻前篇〉，而前一篇之題為〈定慧院寓居月夜偶出〉。

譯文　我在徐州，王子立和弟弟子敏都住在官家宿舍。蜀人張師厚來訪，子立兄弟年紀尚輕，也來會客，在杏花樹下飲酒吹洞簫。次年，我遭貶謫到黃州去，獨自對月飲酒，曾寫詩說：「去年徐州花落時，對月高歌，花月美景仍依稀。今日黃州盛開花朵，不出小院，閉門庭中深怕風露欺。」是由於憶念與王氏昆仲同遊時的景象。張師厚很久前已經逝世，今年王子立又離世，實令人不勝哀痛！

賞析與點評

此篇記交遊零落。蘇軾去年與友人於徐州的杏花樹下欣賞月夜景色。如今黃州花開，亦不過是桃花依舊笑春風之類。人生偶然留痕，是萬千劫中一剎那而已。

黎檬子

吾故人黎錞[1]，字希聲，治《春秋》有家法，歐陽文忠公喜之[2]。然為人質木遲緩[3]，劉貢父戲之為「黎檬子」[4]，以謂指其德，不知果木中真有是也。一日聯騎出[5]，聞市人有唱是果鬻之者[6]，大笑，幾落馬。今吾謫海南，所居有此，霜實累累[7]，然二君皆入鬼錄。坐念故友之風味[8]，豈復可見！劉固不泯於世者，黎亦能文守道不苟隨者也。

注釋

1黎錞（粵：純；普：chún）：蜀人，慶曆年間進士。知眉州。蘇軾〈遠景樓記〉謂黎錞「簡而文，剛而仁明，正而不阿，久而民益信之。」2歐陽文忠公喜之：歐陽修嘗對宋英宗說：「文行蘇洵，經術黎錞。」3質木：質木，本質樸素。遲緩：反應木訥遲鈍。4黎檬子：檸檬子。又稱黎朦，音近訛寫。宋周去非《嶺外代答．花木．百子》：「黎朦子，如大梅，復似小橘，味極酸。或云自南蕃來，番禺人多不用醯，專以此物調羹，其酸可知。又以蜜煎鹽漬，暴乾收食之。」「以蜜煎鹽漬，暴乾收食之」就是香港常見之檸檬乾，酸中帶甜。易以粵語，劉攽乃以「檸檬仔」嘲笑黎錞為「酸秀才」。5聯騎：並馬聯群。6鬻（粵：育；普：yù）：賣。7霜實：實，果實；檸檬樹白花，

譯文

其果實黃色有光澤，霜或指光潔。8坐：因，由此。

我的老朋友黎錞，字希聲，研究《春秋》經有其師承學派，歐陽文忠喜愛其才。不過，他為人簡樸老實，反應遲鈍，劉貢父開玩笑說他是「檸檬仔」，本以此形容他的本性，卻不知樹果之中原來真有此物。一日並馬聯群同行，聽到街市中有人高叫賣「檸檬子」，止不住大笑，幾乎從馬上掉下來。現在我貶謫海南，所居之地有這物產，只見樹上光潔的果實纍纍，但兩位朋友早已去世了。由此想念故人的風格神采，卻哪有機會再見到他們呢！劉貢父肯定不是和光同塵的人，黎錞也是文章高手、能嚴守正道、不苟且隨俗之士。

賞析與點評

睹物思人，淚中有笑，笑中有淚。劉攽未必不知「檸檬仔」的語源，只不過剛巧有人販賣此物，聽了因而失笑。缺點即優點，人與物，有時是相似的。

記劉原父語

昔為鳳翔幕[1]，過長安，見劉原父[2]，留吾劇飲數日[3]。酒酣，謂吾曰：「昔陳季弼告陳元龍曰[4]：『聞遠近之論，謂明府驕而自矜。』元龍曰：『夫閨門雍穆，有德有行，吾敬陳元方兄弟[5]；淵清玉潔，有禮有法，吾敬華子魚[6]；清修疾惡，有識有義，吾敬趙元達[7]；博聞強記，奇逸卓犖，吾敬孔文舉[8]；雄姿傑出，有王霸之略，吾敬劉玄德[9]。所敬如此，何驕之有？餘子瑣瑣[10]，亦安足錄哉！』」因仰天太息。此亦原父之雅趣也。吾後在黃州，作詩云：「平生我亦輕餘子，晚歲誰人念此翁？」蓋記原父語也。原父既沒久矣，尚有貢父在，每與語，今復死矣，何時復見此俊傑人乎？悲夫！

注釋

1鳳翔：在今陝西鳳翔。嘉祐六年（一〇六一），蘇軾參加「賢良方正能直言極諫」制科，授大理評事、簽書鳳翔府判官。大理評事是官銜，鳳翔府判官是實職。2劉原父：名敞，字原甫（父），劉攽之兄。慶曆年間進士，廷試第一。以治《春秋》經著名。3劇飲：痛飲。4陳季弼告陳元龍：季弼，名矯，三國廣陵東陽（今江蘇句容）人。避亂還故里，廣陵太守陳登請他往許昌，以了解時人對陳登之評價。5陳元方兄弟：東漢桓帝時潁川人陳紀，字元方，弟諶，字季方，德行高尚，與父陳實，號曰三君，名重一時。6 **華子魚**：華歆，字子魚，三國魏高唐（今山東禹城市）人。魏文帝時拜相，封安樂鄉侯。做事慎重周密，史稱事上以忠，濟下以仁。7 **趙元達**：趙昱，字元達，東漢瑯琊（今山東臨沂）人。清己疾惡，潛志好學，耳不邪聽，目不妄視。8 **孔文舉**：孔融，字文舉，東漢名士，為人聰穎，後被曹操藉故殺害。9 **劉玄德**：劉備，字玄德；三國時代，劉備為第一代蜀主。10 **餘子瑣瑣**：其他人都品格低下，無足稱道。瑣瑣，卑微不足道。

譯文

當年我到鳳翔擔任幕府判官，經過長安，拜訪劉原甫，他留我住幾天，盡興喝酒暢談。喝到面紅耳熱，他對我說：「從前陳季弼這樣坦白告訴陳元龍：『遠近的議論我一一探聽，大家都說府公你為人驕傲、自誇自負。』元龍回答：『家裏和睦寧靜，道德操行無可疵議，我以此敬重陳元方兄弟。為人水清玉潔，謹守禮法，我以此敬重華子魚。立志靜心修養，疾惡如仇，有識見、有道義，我以此敬重趙元達。見聞廣博，記憶超卓，為人奇特飄逸，才德出眾，因此我敬重孔文舉。有英雄氣概，有豪傑風尚，有一統天下之智謀，我因此敬重劉玄德。我所敬重的是這種人，哪裏有什麼驕傲？其他皆微不足道，哪裏值得提？』」說完向天歎息。這就是劉原甫的風格志趣。後來我到黃州，寫詩說：「平生我像他，別人不在我眼中，晚年有誰記得這老翁？」是追記劉原甫的話。原甫去世已經很久了，貢甫本來還在，每次見面都暢談，現在竟也死了，到什麼時候才能再見到這種傑出人才呢！多麼令人悲哀啊！

賞析與點評

此節亦見於《蘇軾文集》卷六十八〈書黃州詩記劉原父語〉，文字略有出入。

蘇軾追念原甫，將來誰來追念蘇軾？後之視今，亦猶今之視昔，羊祜登峴山而悲湮沒無聞，幸運的，是杜預為羊祜建墮淚碑，使羊祜的歎息故事得以長存。蘇軾憶念劉敞兄弟，當中實存留一點苦味，自己睥睨不凡性格與劉敞相似，他日，有誰記得我？

偶然誤解，或蓄意曲解，都有可能。通過批評別人，來為自己的遭遇而悲傷，原是古人常見手法，為達此目的，故意曲解古人文章，可能性也還是存在的。李白如此，蘇軾亦如此。

懷古

本篇導讀——

「懷古」列為一類，只有兩段文字。嚴格來說，這兩段文字的內容，與唐宋詩詞中的「懷古」略有不同。詩詞重抒情，多藉登臨古蹟抒發對古代人事的感慨，當然也可藉此感懷身世。蘇軾此兩段文字，以散文形式來議論是非，只是在不着意處，寄託一點個人情懷。

〈廣武歎〉討論阮籍一句話「時無英雄，使豎子成其名」的真實含意，豎子到底有何所指。阮籍的口氣很大，他是不是鄙視曹操，真的很難說，但這〈廣武歎〉，千百年來使很多文人學士着迷，紛紛想方設法幫忙解釋，但多流於推測，難找到真憑實據。

〈塗巷小兒聽說三國語〉中，蘇軾的目的是説明君子小人之作風影響深遠，千百年都不會令人忘記其所作所為。由於時代轉變，現代民主社會不再強調忠於一家一姓，尊劉抑曹漸失教化意義，但君子小人之別，重要人物對國族社會之影響，仍然是長遠的，這可給當政者有所警惕，對普通人立身處世，亦可引以為戒。

廣武歎

昔先友史經臣彥輔謂余[1]：「阮籍登廣武而歎曰[2]：『時無英雄，使豎子成其名[3]！』豈謂沛公豎子乎[4]？」余曰：「非也，傷時無劉、項也[5]，豎子指魏、晉間人耳。」其後余聞潤州甘露寺有孔明、孫權、梁武、李德裕之遺跡[6]，余感之賦詩，其略曰：「四雄皆龍虎，遺跡儼未刓[7]。方其盛壯時，爭奪肯少安？廢興屬造化，遷逝誰控摶？況彼妄庸子，而欲事所難。聊興廣武歎，不得雍門彈[8]。」則猶此意也。今日讀李太白〈登古戰場〉詩云：「沉湎呼豎子，狂言非至公。」迺知太白亦誤認嗣宗語，與先友之意無異也。嗣宗雖放蕩，本有意於世，以魏、晉間多故，故一放於酒，何至以沛公為豎子乎？

注釋

1 史經臣：字彥輔，眉山（今四川眉山）人。曾與蘇洵同舉制策，未仕。軾為其〈思子臺賦〉撰序。2 阮籍：字嗣宗，魏晉名士，竹林七賢之一，藉醉酒逃避統治集團之招攬與迫害。廣武：城名，楚漢相爭遺址，當時兩城相對，在今河南滎陽廣武山上。3豎子：小子。古代以大丈夫為榮。4沛公：劉邦。5劉、項：劉邦、項羽。6余聞：商本、蘇集作「余遊」。潤州：在今江蘇鎮江。孔明、孫權、梁武、李德裕：孔明即諸葛亮，字孔明；孫權，字仲謀，三國時吳王；梁武帝，名蕭衍；李德裕，字文饒，唐武宗時任宰相。四人功業彪炳，非王即侯。7刓：損毀、破壞。8雍門彈：戰國齊國有人居都城雍門附近，人稱雍門周，善鼓琴。孟嘗君田文問他：「先生鼓琴亦能令文悲乎？」周鼓琴，孟嘗君果然涕泣增哀，曰：「先生之鼓琴，令文立若破國亡邑之人也。」

譯文

從前，亡友史彥臣對我說：「阮籍登上廣武城而慨歎說：『時代沒有英雄，才讓小子建立名聲！』莫非他認為劉邦是小子？」我說：「不是，他悲傷其時沒有劉邦、項羽，豎子乃指魏晉之間沒能出現這種英雄。」後來聽說潤州甘露寺有諸葛亮、孫權、梁武帝、李德裕的遺跡，我有所感而賦詩，大略說：「四位英雄如龍虎，遺跡仍存未湮滅。他們強盛時，多少爭奪豈肯停？失敗興盛由天定，世事轉變誰控制？何況那些無能庸碌人，妄想衝破大難建大業。聊效廣武發慨歎，難像雍門周，善彈古琴挑動君王心。」這詩反映的也是這一意思。今日讀李太白〈登古戰場詩〉云：「醉時高呼劉邦是小子，酒癲亂評不公正！」才知李白亦誤會阮籍的話，與亡友意見相同。阮籍雖放浪，本來是有志於救世，因為魏晉之間重大事件不斷發生，所以藉酒放任以逃避，何至於會把劉邦當作小子呢？

賞析與點評

「時無英雄，使豎子成其名！」語意含糊，遂成為千古聚訟之公案。《史記》寫出了劉邦流氓的一面，如謂劉邦為豎子，亦無不可。世人對歷史人物的評價，即如近代人物曾國藩、李鴻章、孫中山，也並非一面倒肯定或否定，都富有爭議。蘇軾的說法未必是阮籍原意，但他借雍門周善琴而興歎，倒能隱約反映懷才不遇之心事，借阮籍、李白之事抒發議論罷了。

塗巷小兒聽說三國語

王彭嘗云[1]：「塗巷中小兒薄劣，其家所厭苦，輒與錢，令聚坐聽說古話。至說三國事，聞劉玄德敗，顰蹙有出涕者；聞曹操敗，即喜唱快[2]。以是知君子小人之澤，百世不斬。」彭，愷之子[3]，為武吏，頗知文章，余嘗為作哀辭[4]，字大年。

注釋

1王彭：字大年，太原（今山西太原）人。蘇軾嘉祐六年（一〇六一）至鳳翔，王彭這一時期亦在鳳翔府任監軍，兩人曾為同事。2唱：通「暢」，《釋文》：「暢然，喜悅貌。」3愷：通「凱」。王彭嘗跟從其父討賊，而曾祖全斌於宋初平蜀有功，乃武學世家。4為作哀辭：蘇軾〈王大年哀辭〉，見文集卷六十三。

譯文

王彭曾說：「里巷中小孩頑劣，他的家人覺得這孩子討厭麻煩，就拿錢給他，叫他去跟其他孩子一起坐下來聽講故事。講到三國故事，聽到劉備打敗仗，就愁眉苦臉，有的甚至流淚，聽到曹操軍敗，則萬分高興。由此知道君子小人的德澤遺風，影響百代不斷。」王彭是王愷的兒子，屬武官，但通曉文墨，我曾為他寫哀辭，他表字大年。

賞析與點評

這裏存在三個要點：三國故事在北宋已流行；其時說書人的技藝已相當成熟，頗能激動人心；尊劉抑曹之正統觀念在北宋人心中已很明確，可謂根深柢固。

修養

本篇導讀——

「修養」一章，闡養生之道，有些是蘇軾的個人體會，有些是道聽途說。其中不少養生方法至今仍值得參考，但由於受時代局限，科學知識落後，許多說法是經不起考驗的。所幸，蘇軾不時在記述之後，於文字中或表達其疑惑，或勸人小心採納，諸如此類，能啟發讀者慎思明辨，獨立判斷，與隨意吹噓有別，不失為一種負責任的記事態度。

養生說

已飢方食，未飽先止。散步逍遙，務令腹空。當腹空時，即便入室，不拘晝夜，坐臥自便，惟在攝身[1]，使如木偶。常自念言：「今我此身，若少動搖，如毛髮許，便墮地獄。如商君法[2]，如孫武令[3]，事在必行，有犯無恕。」又用佛語及老聃語，視鼻端白[4]，數出入息，綿綿若存，用之不勤。數至數百，此心寂然，此身兀然[5]，與虛空等，不煩禁制，自然不動。數至數千，或不能數，則有一法，其名曰「隨」：與息俱出，復與俱入，或覺此息，從毛竅中，八萬四千，雲蒸霧散，無始以來[6]，諸病自除，諸障漸滅[7]，自然明悟。譬如盲人，忽然有眼，此時何用求人指路？是故老人言盡於此。

注釋

1 攝身：控制身體。2 商君法：商鞅之法紀。商鞅本名公孫鞅，衛人，入秦，為孝公立法，史稱商鞅變法，秦乃富強。3 孫武令：孫武之軍令。俗稱軍令如山，違反即斬。武字長卿，春秋後期齊國人，著《孫子兵法》，嘗以兵法晉見吳王闔閭。4 視鼻端白：煉內功者，集中意志於鼻尖，以鼻尖光白，隱約可見，有所謂眼觀鼻，鼻觀心，心觀丹田。修禪定者，初時亦仿此。5 兀然：兀，空淨。又：茫然無知之貌。6 無始：佛家以輪迴為說，世界譬如圓圈，無始亦無終。7 諸障：各種煩惱；佛家所謂障，即煩惱，人生各種阻障，能妨礙人成佛。

譯文

真正飢餓才好吃飯，未吃飽就應停止。飯後輕鬆散步一下，讓食物消化、肚腹轉空。腹中食物消化，肚子感覺稍空，就回到房間煉功，不必理它是白天還是黑夜，可隨意選擇坐式或卧式，但必須調控身軀，使身體如木偶，絲毫不動。心中一直保持念頭：「今我有此身，若是些微搖曳，像毛髮輕微一動，就會墮入地獄。當如奉商鞅之法紀，守孫武之軍令，事必嚴厲執行，若有違犯，必不寬恕。」用佛家語及老子《道德經》語言所說，兩眼聚焦鼻尖白色處，以意念數算呼出或吸入氣息，意念微弱綿綿保留，若有若無數算氣息，惟順其自然不要過分用心操勞。數至幾百下，心中靜止，此身空淨如茫然無我，猶如虛空，無須勉強去禁制什麼，自然而不動最好。數算至幾千下，或不能數下去，還有一個辦法，稱為「隨」：意念隨氣息而出，又再隨氣息而返，或會感覺氣息從全身八萬四千個毛孔中、像雲蒸霧散般游走消失。於是身上先天後天出現的百病忽然自動消失，各種阻障漸漸消失而得解脱，至此自然明白而臻大徹大悟。好像盲人，忽然恢復視力，此時何須求人指示方向？因而，我這老人談話到此結束。

賞析與點評

禪修之道，如習煉內丹。蘇軾與蘇轍均習道家氣功，此文所説，既是禪修入門，亦似氣功初基。

《智度論》云：「般若波羅蜜，能除八萬四千病根本。」人有煩惱障，心理毛病即由此而來。

論雨井水

時雨降，多置器廣庭中，所得甘滑不可名，以潑茶煮藥，皆美而有益，正爾食之不輟，可以長生。其次井泉甘冷者，皆良藥也。〈乾〉以九二化[1]，〈坤〉之六二為〈坎〉[2]，故天一為水[3]。吾聞之道士，人能服井花水[4]，其熱與石硫黃、鍾乳等[5]，非其人而服之，亦能發背腦為疽，蓋嘗觀之。又分、至日取井水[6]，儲之有方，後七日輒生物如雲母狀，道士謂「水中金」[7]，可養煉為丹，此固常見之者。此至淺近，世獨不能為，況所謂玄者乎？

注釋

1〈乾〉以九二化：《周易》乾卦之九二，爻辭為「見龍在田，利見大人。」王弼謂「出潛離隱」，干寶以為「陽在九二，十二月之時，自臨來也。二為地上，田在地之表，而有人功者也。陽氣將施，聖人將顯，此文王免於羑里之日也。」化即化生，走出陰暗，走向生機。2〈坤〉之六二為〈坎〉：《周易》坤卦之六二爻可變動，使之成為坎卦。坤卦六二爻辭：「直、方、大，不習，無不利。」象曰：「六二之動，直以方也。」案坤卦二、五互相呼應，爻位能夠變動，六二尤屬變動之位，若六二單變陽爻則成師卦，若六二、六五兩爻並變為陽爻，則成為坎卦之象。坎（☵）為水，與井水有關。

3**天一為水**：讖諱家利用《周易》「河出圖，洛出書」之〈河圖〉，創設口訣：「天一生水，地六成之；地二生火，天七成之；天三生木，地八成之；地四生金，天九成之；天五生土，地十成之。」天一指太極。無極生太極，太極生乾坤兩儀，從而衍生萬物，萬物之生無不由水，是天一為水。4**井花水**：大清早初次汲取之井水。5**石硫黃**：天然硫磺礦與火山地質有關，礦物經提煉加工而成石硫磺。**鍾乳**：一種碳酸鹽類礦物質，可入藥，又名石鍾乳。多產於巖穴中，狀如倒懸之小山峯，廣西桂林尤多。6**分、至日**：二十四節令中之春分、夏至、秋分、冬至。7**水中金**：陰陽五行家有相生相剋理論，所謂相生：即金生水、水生木、木生火、火生土、土生金，此為順生；至若水中金，屬以逆為順，乃水生金、金生土、土生火、火生木、木生水。氣功家以水中金為氣，故元代玄全子《**諸真內丹集要**》卷中云：「身中之氣，謂之水中金」。氣實象徵活力，《**本草原始**》以水中金為月經，蓋月經之徵兆亦以其能孕育生命之故。

譯文

應時的雨水下降，在大庭中多放置貯水器具，所得雨水甘甜潤滑，無法形容。如用來潑茶煮藥，皆美味可口而有益，正是長久飲用，可以長生。其次是井泉之水，如屬甘甜寒冷，皆屬良藥。〈乾〉卦以九二爻預示陽氣將施，即將出身化育，〈坤〉卦之六二以變動能成〈坎〉卦，萬物自太極天一皆源於水。我聽道士說，人服井花水，所受熱毒與石硫磺、鍾乳毒性相同，身體無法承受的人喝了，亦會在背部或腦部生出毒瘡，他大約是見過的。又在春分、秋分、夏至、冬至的日子，汲取井水，用較合理的方法儲藏，七日後就會生出菌類物體如雲母狀，道士稱之為「水中金」，可培植冶煉為丹藥，這肯定是常見的東西。這是極淺近的做法，世間人卻做不來，何況深奧玄妙的東西呢？

賞析與點評

「此至淺近，世獨不能為，況所謂玄者乎？」容易做而有益的事，總是遭受忽略；深奧難攀的事，大家卻爭相追尋，結果徒勞無功。世人喜求財，最切實易做的，就是多勞多得；至於觀音借庫，點石成金，求取橫財，往往以失敗告終。與其吃藥延壽，不如每日粗茶淡飯，更為健康。

論修養帖寄子由[1]

任性逍遙[2]，隨緣放曠[3]，但盡凡心，別無勝解[4]。以我觀之，凡心盡處，勝解卓然。但此勝解不屬有無，不通言語，故祖師教人到此便住。如眼翳盡，眼自有明，醫師只有除翳藥，何曾有求明藥？明若可求，即還是翳。固不可於翳中求明，即不可言翳外無明。而世之昧者，便將頽然無知認作佛地，若如此是佛，猫兒狗兒得飽熟睡，腹搖鼻息[5]，與土木同，當恁麼時，可謂無一毫思念，豈謂猫狗已入佛地？故凡學者，觀妄除愛，自麤及細[6]，念念不忘，會作一日，得無所住。弟所教我者，是如此否？因見二偈警策，孔君不覺聳然，更以聞之。書至此，牆外有悍婦與夫相毆詈，聲飛灰火，如豬嘶狗嘷。因念他一點圓明[7]，正在豬嘶狗嘷裏面，譬如江河鑒物之性，長在飛砂走石之中。尋常靜中推求，常患不見，今日鬧裏忽捉得些子。元豐六年三月二十五日。

注釋

1修養帖：此處修養，專指學習佛家禪定之道。帖為柬帖，指篇幅短小、文字簡略之篇章。2任性：率性，放鬆順其天生自然。逍遙：無拘無束、徜徉自在。3放曠：放達，放開懷抱。4勝解：最好的了解，最優勝的解釋，妙悟。5腹搖鼻息：搖，輕微震動。息，呼吸；鼻子呼吸，氣流促使腹部搖動。6麤（粵：粗；普：cū）：「粗」之異體字。7圓明：圓滿明覺。

譯文

盡其天性徜徉自適，隨機放開懷抱，只須去盡俗世利慾之念，並無其他優論妙解。以我觀察，俗世利慾心念消失之處，妙悟立即清晰明瞭。惟此妙法有即無、無即有，無須用言語表達。是以祖師教人，到此便停。例如眼睛的障礙消失，眼睛自會體現光明，醫師只有治療視力損壞、除去阻障之藥，何嘗有求取眼睛明亮之藥？光明之藥如可求，即心靈仍然有遮蔽。肯定不可在受遮蔽中求取光明，不可說遮蔽之外無光明。世上愚昧的人，就將疲憊昏睡認作入佛之境。如果這就是佛，那麼貓狗吃飽熟睡，腹部隨呼吸一起一伏，與土偶、木像並無分別，當此之時，可說沒有一絲毫的知覺，難道說貓狗已經進入禪定境地？因此，凡是學者，想觀察妄執除去愛慾，自粗略至精細，念念不忘，辛苦一天，仍然會無所收獲。弟弟教我的，是否就是如此？因見兩個佛偈和精警策語，毛孔不覺隨之聳起，特別告訴你我的感受。寫到這裏，牆外有潑辣婦人與其丈夫鬥毆叫罵，聲音暴烈如煙灰星火，又如豬嘶狗咬。因念這當中有一點本心自性，正存在豬嘶狗吠裏面，譬如江河照物之性，永遠是在飛砂走石之中出現。在閒常靜寂之中去推度尋求，常常遺憾找不到，今日在吵鬧聲中忽然能捕捉到一點感受。元豐六年三月二十五日。

賞析與點評

禪修之心得和境界，古人常說得虛無縹緲，令俗人聽了摸不着頭腦。蘇軾與弟蘇轍討論，是從具體生活中感悟，可謂深入淺出。悍婦與夫毆詈，既是生活之道，能啟發禪趣，無他，此中有真意，具備人生的真性情、真本我，即文章開端所云「任性逍遙，隨緣放曠」。對罵的兩人，其言行皆出於真性情，並不知道蘇軾在旁冷靜客觀思考。蘇軾之啟悟，只是偶然緣機觸發，與受當頭捧喝並無分別。當然，這是真感悟，抑戲言，只有他自己知道。

導引語

導引家云[1]：「心不離田，手不離宅[2]。」此語極有理。又云：「真人之心[3]，如珠在淵，眾人之心，如泡在水。」此善譬喻者。

注釋

1 **導引家**：導引，古代養生醫術，利用煉氣、伸展筋骨等法使血氣流通。修煉者多數從道家氣功入手，稱導引家。2「**心不離田**」兩句：案《**黃庭經**》云：「寸田尺宅可治生。」注曰：「寸田，三丹田也，尺宅，面也。」道家煉氣功有三丹田，各家說法不同。較常見的說法是，臍下三寸之處為下丹田，心為中丹田，兩眉之間深入三寸為上丹田，可能指腦髓。尺宅，指人的面部。3 **真人**：道家通稱得道者為真人。《**莊子**》還有至人、神人、聖人等名稱。

譯文

導引家說：「心要守護丹田，不要遠離它，手要守護面部，不要離開它。」這話很有道理。又說：「真人的心，如寶珠藏在深淵中，一般人的心，如泡沫在水中。」這是擅長譬喻者的話。

賞析與點評

珠在淵，珠沉而至寶在，泡在水，沫易浮散而不存。

錄趙貧子語

趙貧子謂人曰[1]：「子神不全。」其人不服[2]，曰：「吾儕友萬乘[3]，螻蟻三軍[4]，糠粃富貴而晝夜生死[5]，何謂神不全乎？」貧子笑曰：「是血氣所扶，名義所激，非神之功也。」明日問其人曰：「子父母在乎？」曰：「亡久矣。」「嘗夢見乎？」曰：「多矣。」「夢中知其亡乎？抑以為存也？」曰：「皆有之。」貧子曰：「父母之存亡，不待計議而知者也。晝日問子，則不思而對；夜夢見之，則以亡為存。死生之於夢覺有間矣，物之眩子而難知者，甚於父母之存亡。子自以神全而不學，可憂也哉！」予嘗與聞其語6，故錄之。

注釋

1趙貧子：據蘇轍《欒城集》卷二十五〈丐者趙生傳〉所記，有一位落魄文人趙貧子淪為乞丐，元豐三年（一〇八〇），蘇轍謫居高安時與他相識論性。蘇軾貶謫黃州時，趙貧子往求見，留半年，並隨軾北上。2**其人**：此處指蘇轍。3**僚友萬乘**：古代擁有萬輛戰車的君王稱萬乘之君。萬乘，借代為君主；僚友，用作動詞，意謂把君王當作地位相等的同僚好友。4**螻蟻三軍**：把三軍之眾當作螻蟻。5**糠粃**（粵：康比；普：kāng bǐ）**富貴**：輕視富豪如賤物。糠粃，糠乃穀物之皮，粃為癟穀；富貴，指富豪。**晝夜生死**：把生死當作晝夜輪迴。6**與**：參與，指在座。

譯文

趙貧子對人說：「你的神氣不完整。」那人不服氣，說：「我把萬乘之君當作同僚朋友，把三軍之眾當作螻蟻，視財富如賤物，把生死當作晝夜轉換，怎能說我神氣不全呢？」貧子笑着說：「這是靠血氣扶持而已，是借助名義激發，並非神氣之功德。」明天，趙貧子又問他：「你父母在世嗎？」答道：「逝世多年了。」「曾夢見他們嗎？」「夢見很多次呢。」「夢見時，知道他們已不在世嗎？還是仍認為在生呢？」答道：「兩種情況都有。」貧子說：「父母是存是亡，無須等待盤算就知道了。白天問你，不必考慮就可回答，夜間發夢見到他們，卻以亡故為尚存。

死生問題在夢與醒之間認知尚且有距離，則事物令你心迷目眩而無法理解的，比起父母是否存亡更不易掌握。你自以為神氣完整而不去學習，倒是很令人憂慮的事！」我曾經在座聽聞他們討論，所以記錄其言。

賞析與點評

趙貧子的身份，有點像《論語》中楚狂之類的隱士，雖然落魄，卻是智者，也是隱者。但是，他的辨析是把生活中的無知與睡夢中的無知混為一談，並不合理。

養生難在去慾

昨日太守楊君采、通判張公規邀余出遊安國寺[1]，坐中論調氣養生之事。余云：「皆不足道，難在去慾。」張云：「蘇子卿齧雪啖氈[2]，蹈背出血，無一語少屈，可謂了生死之際矣，然不免為胡婦生子。窮居海上，而況洞房綺疏之下乎[3]？乃知此事不易消除。」眾客皆大笑。余愛其語有理，故為記之。

注釋

1楊君采：本作楊君素。楊君素名宗文，為蘇軾父執輩。安國寺：在黃岡東南二里。南唐保大二年（九四四）立寺，初名護國，嘉祐八年（一〇六三）賜名安國。2蘇子卿：蘇武，字子卿，漢杜陵（今陝西西安）人。受漢武帝之命出使匈奴，遭扣留十九年，至昭帝始元六年（前八十一）回國，拜典屬國。次年，其子蘇元因參與謀反被誅。晚年，宣帝問左右：「武在匈奴久，豈有子乎？」武乃藉平恩侯傳話：「前發匈奴時，胡婦適產一子通國，有聲問來，願因使者致金帛贖之。」上許之，通國隨使者至漢，宣帝命之為郎。3綺疏：原指雕刻成空心花紋的窗户，此處借代為豪華居室。

譯文

昨天，太守楊君采和通判張公規，邀請我出門遊覽安國寺。席中討論調氣養生之道，我說：「全都不足提，最難是去除人慾。」張補充說：「蘇武被匈奴放逐於冰天雪地中，靠嚼雪吞氈毛以維持生命，又因明志自刺，別人為了救他，蹈壓其背使流瘀血，而他仍無一句屈服投降之語，可說生死之間全都看破不在乎了。但也不免要與胡婦生子，於北海窮困生活，尚且如此，何況在洞房之中綺麗窗下呢？可知此事不容易解決。」眾賓客都大笑起來。我喜歡他講得有道理，所以記了下來。

賞析與點評

正常的飲食和男女關係，是延續個體和族群生命的必需條件，古人所謂食色性也，原是很自然很單純的道理，只是超越常規需要，就變成驕奢淫逸了。

樂天燒丹

樂天作廬山草堂[1]，蓋亦燒丹也，欲成而爐鼎敗。來日，忠州刺史除書到[2]。乃知世間、出世間事[3]，不兩立也。僕有此志久矣，而終無成者，亦以世間事未敗故也，今日真敗矣[4]。《書》曰：「民之所欲，天必從也[5]。」信而有徵[6]。

注釋

1樂天：白居易，字樂天。唐代著名詩人。廬山草堂：堂築於廬山東林與西林之間香爐峯下之遺愛寺。2除書到：除書，真除之任命書；到，送到。案：元和十三年（八一八）冬，白居易自江州司馬徙忠州刺史。3世間、出世間事：世間事指生活事務，出世間事指成仙昇天等事。4真敗矣：真正失敗了。指當官被貶，乃自嘲之辭。5「民之所欲」兩句：見《尚書．泰誓》上。6信而有徵：此下蘇集有「紹聖元年十月二十二日」十字。

譯文

白居易建廬山草堂，大約也是為了煉丹，丹將煉成而爐鼎卻破裂。過幾天，任命他為忠州刺史的詔書就送到，才知道生活實務和入道昇仙之事，不能並存。我久已有出世成仙之志，但終於無成就，也是因為世間事務未完全敗壞，至今日真的一敗塗地了。《尚書》說：「百姓想達到的，老天必順從他們的意願。」實在可信而有憑據。

賞析與點評

蘇軾所謂真敗，是自嘲之詞，文人借機自怨自艾。元祐八年（一〇九三），宣仁太后崩，哲宗親政，逐步恢復新法，蘇軾主動乞補外官，出知定州。明年，改元紹聖，御史論軾為詞臣時，文字譏斥先朝，遂落兩職、追一官、徙英州。蘇軾攜家眷數人南下途中，至南康軍，又接到再貶寧遠軍節度副使、惠州安置之詔命。因時勢對己不利，一再降級，乃預感一蹶不起。其實鄧小平三落三上，說明了只要生命還在，人生無所謂真敗。

贈張鶚

張君持此紙求僕書，且欲發藥。不知藥[1]，君當以何品？吾聞《戰國》中有一方，吾服之有效，故以奉傳。其藥四味而已：一曰無事以當貴[2]，二曰早寢以當富，三曰安步以當車[3]，四曰晚食以當肉。夫已飢而食，蔬食有過於八珍[4]，而既飽之餘，雖芻豢滿前[5]，惟恐其不持去也。若此可謂善處窮者矣，然而於道則未也。安步自佚，晚食為美，安以當車與肉為哉？車與肉猶存於胸中，是以有此言也。

注釋

1不知藥：此三字原脱，據蘇集補。2無事：包括主動的不惹事生非和被動的沒災禍發生。3安步以當車：語出《戰國策．齊策》：「晚食以當肉，安步以當車，無罪以當貴，清淨貞正以自虞。」4八珍：有多種說法。《周禮．天官》有「珍用八物」、「八珍之齊」。疑指八種烹調食物法：淳熬（肉醬油澆飯）、淳母（肉醬油澆黃米飯）、炮豚（煨烤豬肉）、炮羊（烤炸羔羊）、擣珍（燒烤牛羊鹿的脊肉）、漬珍（以酒糖烹製牛羊肉）、熬珍（熬製肉乾）、肝膋（油烤狗肝）。亦可能是八種食物原料，指牛、羊、麋、鹿、馬、豕、狗、狼。後世之說法更多，難以盡列。5芻豢（粵：初患；普：chú huàn）：《孟子．告子上》朱熹注曰：「草食曰芻，牛羊是也；穀食曰豢，犬豕是也。」這裏疑以芻泛指植物類食物；以豢泛指動物類食物。

譯文

張鶚君拿這張紙來請我寫幾個字，準備開藥單，不了解藥理呀，你認為當中應列什麼品味？我聽説《戰國策》中有一道藥方，我服食之後有效，所以奉送供傳閱。這藥只有四味：一是不尋事端、無事發生即是尊貴，二是能夠早早安寢可當作是富裕，三是安穩步行勝於坐車，四是稍晚吃飯可代替吃肉。到了飢餓才吃飯，素食實勝於享受八珍，吃飽之後，即使山珍海錯放滿眼前，惟恐別人不快點把食物撤走。能做到這樣，可以説善處窮困之境了，但於道術修養仍未達到標準。安步為逸樂，晚食覺甘美，為什麼要視作坐車與當作食肉呢？因為坐車之感和食肉之感猶且積存心中，所以有這種説法呀。

賞析與點評

「然而於道則未也……車與肉猶存於胸中」，當中似有歧義。粵語有所謂「心齋」，若真正心齋，則不應有齋叉燒、齋鵝之類食物，當中有自欺欺人的味道。然若進入忘我境界，步行與坐車同樣快樂，飢餓晚食時，什麼東西都覺甜美，是另一回事。傳説八國聯軍攻打北京時，慈禧向西奔逃，途中以窩窩頭充飢，並讚歎它香甜美味，此即晚食以當肉一時之例。

記三養

東坡居士自今日以往，不過一爵一肉[1]。有尊客，盛饌則三之，可損不可增。有召我者，預以此先之，主人不從而過是者，乃止。一曰安分以養福，二曰寬胃以養氣，三曰省費以養財。元符三年八月。

注釋

1爵：古代一種酒杯。此借代為杯酒。

譯文

東坡居士從今天起，用餐只是喝一杯酒、吃一種肉。有貴客來，盛筵則三倍至三杯酒、三種肉。這可以減少，不可以增加。如有邀請我去的，預早把以上原則告訴他，主人不願遵守而要超越這規則的，我就停止飲食。一則安份以增加福氣，二則放寬胃部負擔以增強精神，三則節省金錢以增加財富。元符三年（一一〇〇）八月。

謝魯元翰寄暖肚餅[1]

公昔遺余以暖肚餅，其直萬錢[2]。我今報公亦以暖肚餅，其價不可言。中空而

無眼，故不漏；上直而無耳，故不懸；以活潑潑為內，非湯非水；以赤歷歷為外，非銅非鉛；以念念不忘為項，不解不縛；以了了常知為腹，不方不圓。到希領取，如不肯承當，卻以見還。

注釋

1 魯元翰：魯宗道從子，名有開，字元翰，亳州譙（今安徽亳州市）人，好禮學。嘗知南康軍，出通判杭州。官至中大夫。㬉（粵：暖；普：nuǎn）：「暖」、「煖」之異體字。2 直：同「值」。

譯文

你從前贈我暖肚餅，價值萬錢；現今我也用暖肚餅報答你，價錢不便說清楚。這餅當中空蕩蕩但無穿眼，因此不漏；上方畢直而無耳，所以不能懸掛。以活潑為內部本質，但不是湯、不是水；外表赤晶晶之明亮，卻不是銅、不是鉛；以念念不忘為脖子，無需放開、亦不必束縛；以清清楚楚經常了解為中腹，不是方形、亦非球形。到來請領取，如不肯承接，自當推卻以退還。

賞析與點評

此賦體短文，為心下定義，實是以隱語描述人心，從多種角度描繪心之功能性質，有助後人學習寫作。

辟穀說[1]

洛下有洞穴[2]，深不可測。有人墮其中不能出，飢甚，見龜蛇無數，每旦輒引首東望，吸初日光嚥之，其人亦隨其所向，效之不已，遂不復飢，身輕力強。後卒還家，不食，不知其所終。此晉武帝時事。辟穀之法以百數，此為上，妙法止於此。能服玉泉[3]，使鉛汞具體[4]，去僊不遠矣[5]。此法甚易知易行，天下莫能知，知者莫能行，何則？虛一而靜者，世無有也。元符二年，儋耳米貴，吾方有絕糧之憂，欲與過子共行此法，故書以授之。四月十九日記。

注釋

1辟穀：導引術之一，不食五穀，惟吸氣以充飢，以達長生不老之境。現代亦有人通過訓練，利用短期辟穀來達到減肥目的。2洛下：洛陽。3玉泉：玉屑混和於露水中。《三輔黃圖》：「武帝銅盤玉杯承露，和玉屑服之，以求仙道，蓋即所謂玉泉矣。」吳普《本草》：「玉泉一名玉屑。」 4使鉛汞（粵：元控；普：qiān gǒng）具體：使鉛、汞具結於身體中。鉛，「鉛」之異體字；汞，水銀。兩者皆屬對人體有害之元素，但古代道士喜歡提煉鉛汞入藥以振奮精神，略似今人製造迷幻藥、興奮劑。5僊（粵：仙；普：xiān）：「仙」、「僊」之異體字。

譯文

洛陽有洞穴，其深難以量度。有人掉下洞中，無法爬出來，飢餓極了，看到無數龜蛇，每日清晨舉頭向東張望，吸取初生之陽光，吞進肚裏，這人也跟隨牠們的方向，仿效不止，於是不再飢餓，並且身子輕盈、能力強大。他後來終於回家，也不吃，但不知他最後去了哪裏。這是晉武帝時代發生的事。辟穀的辦法有上百種，這是最好的辦法，所謂妙法只是如此。如能吞服和露之玉屑，使汞鉛成為個人身體一部分，距離昇仙也就不遠了。了解此法相當容易，也容易實行。天下的人多不知道這方法，知道的也無法實行，為什麼呢？內心虛靜無慮，世上難有其人。元符二年（一〇九九），儋耳米價很貴，我才有糧食供應斷缺的憂慮，想與兒子蘇過一起試行此辟穀方法，所以寫下這篇文字給他。四月十九日記。

賞析與點評

人的體質各異，長期辟穀與短期辟穀功效有別，切戒輕率亂試。近人倡導所謂「饑饉三十」，實乃辟穀之一類。如配以現代醫學知識和科技策略，確實可以達到減少浪費食物和健體強身之用。蘇軾此段文字之中，還包含吸取新鮮空氣的方法，即呼吸煉氣、虛心去慾等養生策略。

記服絹

醫官張君傳服絹方，真神仙上藥也。然絹本以禦寒，今乃以充服食，至寒時當蓋稻草席耳。世言着衣喫飯，今乃喫衣着飯耶？

譯文　有醫官張君，傳授服食以絹為餌之藥方，這真是神仙的上等妙藥。但絹的本質是用作禦寒，現在充作食物，到了天寒地凍，應當用稻草蓆覆蓋軀體了。世人說穿衣吃飯，現在成了吃衣穿飯了吧？

賞析與點評

中醫藥方，常人覺得千奇百怪，不易判斷是非。但蘇軾重視獨立思考，最為可貴。

記養黃中

元符三年，歲次庚辰；正月朔，戊辰；是日辰時，則丙辰也。三辰一戊，四土會焉[1]；而加丙與庚，丙，土母[2]，而庚其子也[3]。土之富，未有過於斯時也。吾當以斯時肇養黃中之氣[4]。過此，又欲以時取薤薑蜜作粥以啖。吾終日默坐，以守黃中，非謫居海外，安得此慶耶？東坡居士記。

注釋

1 四土：古人以五行配合天干地支，天干戊己、地支辰戌丑未，於五行屬土。故云三辰一戊為四土。2「丙」兩句：丙於五行屬火，火生土，即萬物火焚之後皆成塵土，故云土母。3 庚其子：庚屬金，金屬元素出於礦野土中，是土母生金，故庚為土子。4 黃中：心。《易．坤》：「君子黃中通理，正位居體，美在其中。」養黃中之氣，即養心。

譯文

元符三年（一一〇〇），是歲屬庚辰年。正月初一日，是戊辰日，這天早上三至五時，稱為丙辰。是時三辰一戊，五行來說恰好四土聚集，再加上丙與庚，丙是土母，而庚屬其子。五行中土之富盛，從未超越這一時刻。我應當在這一時刻開始培養心氣。過了此時，又想應及時取薤菜、薑、蜜煮粥來吃。我整天靜坐，守護心靈，若非貶謫到山海之外居住，哪裏有這麼好的運氣？東坡居士記。

賞析與點評

人生禍福互動，蘇軾「非謫居海外，安得此慶」，是正言抑反語，頗堪咀嚼。

疾病

本篇導讀——

「疾病」包含三篇文字。從治赤眼延伸至做人須莊敬日強，又借張耒語談治病方法有所不同，再開玩笑説自己和龐安常皆是異人。這三篇文字似是與治病無直接關係，但人生之大病在心不在身，身體易醫，心靈難治。細味之，三篇文字乃醫心之言，以警惕自勵、明辨事理、和易應對而已。

子瞻患赤眼

余患赤目，或言不可食膾[1]。余欲聽之，而口不可，曰：「我與子為口，彼與子為眼，彼何厚，我何薄？以彼患而廢我食，不可。」子瞻不能決。口謂眼曰：「他日我痁[2]，汝視物吾不禁也。」管仲有言：「畏威如疾，民之上也；從懷如流，民之下也[3]。」又曰：「燕安酖毒，不可懷也[4]。」《禮》曰：「君子莊敬日強，安肆日偷[5]。」此語乃當書諸紳[6]，故余以「畏威如疾」為私記云。

注釋

1膾（粵：儈；普：kuài）：細切成片的魚或肉類。2痁（粵：固；普：gù）：「痼」之異體字，久病。一作「痁」，瘧疾；一作「瘖」，不能言，疑喉痛不語。赤目與眼相關，則痁應與口腔生理相涉，較為接近文意。3「畏威如疾」四句：見《國語．晉語四》，引齊姜曰：「昔管敬仲有言，小妾聞之曰：『畏威如疾，民之上也。從懷如流，民之下也。見懷思威，民之中也。畏威如疾，乃能威民。威在民上，弗畏有刑。從懷如流，去威遠矣，故謂之下。其在辟也，吾從中也。鄭詩之言，吾其從之。』」兩句之大意是：能夠敬畏天威如害怕疾病一般，這是人群中的上等者；若只知道懷戀安逸、跟從流俗，是人群中的下等者。4「燕安酖（粵：朕；普：zhèn）毒」兩句：見《左傳．閔公元年》。大意是安逸有如飲用毒藥，不可眷戀。5「君子莊敬日強」兩句：見《禮記．表記》第三十二：「子曰：君子莊敬日強，安肆日偷。君子不以一日使其躬儳焉，如不終日。」莊敬，嚴肅持重；安肆，安逸放肆；偷，苟且偷安。躬，親身；儳，輕賤。

6書諸紳：書寫於衣帶上面，以示勿忘。紳，衣帶。

譯文

我患上紅眼症，有人說不可吃細切之肉片，我想聽從，但我的口反對，說：「我與你的關係是口，他與你的關係是眼，何以厚彼薄此？由於他害病而禁止我吃東西，不應該。」子瞻無法下決定。口對眼說：「來日我喉痛不便進食，汝去觀賞景物，我不會制止。」管仲曾說：「敬畏天威如畏懼疾病，是上等百姓；懷戀安逸跟隨流俗，是下等人群。」又說：「沉浸於安逸等於飲取毒藥，不可以懷戀。」《禮》云：「君子能夠嚴肅持重，精神一天比一天旺盛。安逸放肆則會使人苟且偷生，一日比一日萎靡。」這些話應寫在衣帶上以備忘，因此我以「畏威如疾」作為個人銘記。

賞析與點評

人性愛享受，不喜勞苦，總會找各種理由來掩飾自己的好逸惡勞。作者以寓言故事提醒自己，不可苟且偷安，否則只會沉淪。這是從紅眼症延伸至人生的心理大病。

治眼齒

歲日[1]，與歐陽叔弼、晁無咎、張文潛同在戒壇[2]。余病目昏，將以熱水洗之。文潛曰：「目忌點洗。目有病，當存之，齒有病，當勞之，不可同也。治目當如治民，治齒當如治軍，治民當如曹參之治齊[3]，治軍當如商鞅之治秦[4]。」頗有理，故追錄之。

注釋

1歲日：一作前日。2歐陽叔弼（粵：拔；普：bì）：名棐，字叔弼，父歐陽修。晁無咎：名補之，字無咎，鉅野（今山東巨野）人。與黃庭堅、秦觀、張耒並稱蘇門四學士。張文潛：名耒，號柯山，淮陰（今江蘇淮安）人。戒壇：僧、尼誓願奉受戒律之道壇。3曹參：漢初功臣，崇尚黃老之術，治政以清靜無為為本。4商鞅：原名公孫鞅，本衛國人，游説秦孝公建立法制，嚴刑峻法，使秦強盛，但人心怨恨，孝公死後遭車裂而死。

譯文

前時某日，與歐陽叔弼、晁無咎、張文潛同在寺院戒壇間。我患上眼疾，準備用溫水清洗眼睛。文潛說：「眼睛應避免點滴洗。眼患病，應保持安寧勿動；牙齒患病，應當讓它勞動不休，做法不應相同。醫治眼睛當如治理百姓，診治牙齒應像管理軍隊。治民當如曹參以無為而治管理齊國，治軍應該像商鞅以嚴刑峻法統治秦國。」他說得頗有道理，因此追記於此。

賞析與點評

以對比方式描述兩種處理手法，富有文采。但於治目與治齒之法，卻未必合適。

龐安常耳聵

蘄州龐君安常善醫而聵[1]，與人語，須書始能曉。東坡笑曰：「吾與君皆異人也，吾以手為口，君以眼為耳，非異人乎！」

注釋

1 蘄（粵：其；普：qí）州：今湖北蘄春。

譯文

蘄州人龐安常擅長醫術，卻耳聾，跟人談話時，必須倚賴書寫才能通曉。東坡居士笑着說：「我和你都是異人呀，我以手寫代替口說，而你以眼看代替耳聽，不都是異人嗎？」

賞析與點評

以龐安常之生理缺陷，開玩笑謂之為異人，於常人或不適宜，但蘇軾巧妙拉上自己作陪，加上龐安常大概心胸豁達，是一個可以面對嘲弄而不介意的人。這樣，就等於間接欣賞龐安常醫術高明外，還有個性寬大的優點。

夢寐

夢反映了人的潛意識。夢中言行，反映其人情懷所寄。日間心事重重，夜間就不自覺地藉夢境來釋放壓力。這當中好幾篇文字，與其說是記夢，不如說是記夢裏寫詩。連發夢也縈懷創作，這當然是一個作家的本色。再深入一層去想，蘇軾所記的，都是因夢境而思念親友，因舊事而觸動心懷。身在杭州做通判，卻夢見神宗皇帝召入禁中，這不是午夜夢迴，尚津津於昔日的崢嶸歲月嗎？夢南軒而思亡父題南風，憶李巖老而記歐公夜涼吹笛，無不作如是觀。惟記措大吃飯睡覺一節，並非意在說夢，不過借此機緣，抒發人生感慨而已。沉吟此節文字，當中頗有蒼涼之意，蓋人生如夢也。

記夢參寥茶詩

昨夜夢參寥師攜一軸詩見過，覺而記其〈飲茶詩〉兩句云：「寒食清明都過了，石泉槐火一時新[1]。」夢中問：「火固新矣[2]，泉何故新？」答曰：「俗以清明淘井。」當續成詩，以記其事。

注釋

1石泉：石井之水。槐火：古時鑽木取火，四季取用不同樹材為燃料；在換季時採取新的樹材來燒，稱為新火。冬季以槐木燒火，是為槐火。2火固新矣：唐宋時代，因寒食節禁火，到清明那天再重新燃點火種賜給百官，亦稱新火。是故新火一詞有歧義。

譯文

昨夜夢見參寥禪師攜帶一軸詩來訪。醒來記得其〈飲茶詩〉兩句：「寒食清明過去了，石井槐火同換新。」夢中問他：「火苗固然是新起的，泉水怎麼能是新的呢？」回答說：「風俗在清明節那天洗井。」當為之續寫成一首詩，以記夢錄事。

賞析與點評

疑問是知識的開端。

記夢賦詩

軾初自蜀應舉京師，道過華清宮，夢明皇令賦〈太真妃裙帶詞〉，覺而記之。今書贈柯山潘大臨邠老[1]，云：「百疊漪漪水皺[2]，六銖縱縱雲輕[3]。植立含風廣殿，微聞環佩搖聲。」元豐五年十月七日。

注釋

1潘大臨：名大臨，字邠老，齊安（今湖北黃岡）人，著《柯山集》。弟大觀，皆有詩名。2百疊：百摺裙，摺疊多。漪漪：如水中泓泓漣漪，波紋輕盈接連不斷。3六銖：佛經云忉利天衣重六銖。案：秦代一銖為四分，一分有六銖，六銖衣形容其輕且薄。縱縱：眾多。

譯文

蘇軾初由四川往京師應付科舉考試，道經華清宮，夢見唐明皇令他撰賦〈太真妃裙帶詞〉，醒來記下此事。今日寫給柯山潘大臨邠老，說：「百摺裙如層層疊疊的彎彎的波紋，猶如六銖衣上無窮無盡的輕盈雲絮。在空闊的含風殿中亭亭玉立，隱約可聽到環珮搖動的聲音。」元豐五年（一〇八二）十月七日。

賞析與點評

六言詩不易寫得好。這是一首以賦體寫成的六言詩，衣和人都寫得很美。環珮是繫在裙帶上的，詩的內涵包括「太真妃」、「裙」、「帶」三部分，有衣着、形貌、環境、動靜。

記子由夢

元豐八年正月旦日，子由夢李士寧[1]，草草為具[2]，夢中贈一絕句云：「先生惠然肯見客，旋買雞豚旋烹炙。人間飲酒未須嫌[3]，歸去蓬萊卻無喫[4]。」明年閏二月六日為予道之，書以遺過子。

注釋

1李士寧：蜀人，得導氣養生之術，自言三百歲，能言人休咎，出入王安石門下，公卿與之來往甚多。後牽涉宗室世居謀反案，被判決杖，流放永州。2**草草為具**：匆匆準備。此處疑指蘇轍匆匆準備餐飲招待李士寧；亦可解作匆匆具備紙筆以書寫。語意含糊。3**嫌**：似有歧義，李士寧謙稱與主人家貴賤有別，蘇轍不嫌棄自己；又道士出世之人，貪戀酒食，亦有冒犯仙家之嫌。4**蓬萊**：與方丈、瀛州合為三仙山。泛指仙境。

譯文

元豐八年（一〇八五）正月初一，子由夢見李士寧道士，匆匆寫好，夢中贈一首絕句，説：「先生仁心待客人，買來雞、豬就烹煮。人間飲酒不避忌，回去仙境不能吃。」明年閏二月初六日，把此事告訴我，我寫下來送給兒子蘇過。

賞析與點評

淺白似民歌。

記子由夢塔

明日兄之生日[1]，昨夜夢與弟同自眉入京，行利州峽[2]，路見二僧，其一僧鬚髮皆深青，與同行。問其向去災福，答云：「向去甚好，無災。」問其京師所需，「要好硃砂五六錢。」又手擎一小卯塔[3]，云：「中有舍利[4]。」兄接得，卯塔自開，其中舍利，燦然如花，兄與弟請吞之。僧遂分為三分，僧先吞，兄弟繼吞之，各一兩，細大不等，皆明瑩而白，亦有飛迸空中者。僧言：「本欲起塔，卻喫了！」

弟云：「吾三人肩上各置一小塔便了。」兄言：「吾等三人，便是三所無縫塔。」僧笑，遂覺。覺後胸中噎噎然，微似含物。夢中甚明，故閒報為笑耳。

注釋

1兄之生日：蘇軾生於景祐三年（一〇三六）十二月十九日。2利州峽：在四川廣元縣。3擎：持。小卯塔：小木塔。「卯」借代榫卯結構。案：中國古代以木材為主要建造材料，經斧鑿之後，一邊凸起者為榫（榫頭），另一木之邊緣凹陷者為卯（卯口、榫眼），經黐合後即成榫卯結構。力學原理略似木柄插入石礎孔眼，可以牢固相接，這是中國古建築獨特之方法。4舍利：梵語，又稱舍利子。原是釋迦遺體火化後，留下一些如珍珠玉石般堅硬之固體物質，有黑、白、紅、綠等色。後世高僧，遺體火化後亦多有舍利子遺留。

譯文

明天是兄長生日。昨夜夢見兄長與小弟一起由眉州同行入汴京。經過利州峽，路上遇見兩個僧人。其中一位僧人的鬚髮是深青色的。與他同行，向他請教前方禍福，他回答說：「前方甚好，沒有災禍。」問他們到京師需要什麼，說要好的硃砂五六錢。又手上托着一座小木塔，說：「當中有舍利。」哥哥接了過來，木塔自己開啟，當中的舍利子璀璨如花。哥哥與弟請求吞食舍利子，僧人於是分為三份。僧人先吞食，我們兄弟繼而也吞食，各吞一兩，大小不等，都是晶瑩潔白，有的且飛躍上空中的。和尚說：「本來想用來建塔，卻把舍利子吃掉了。」弟弟說：「在我們三個人肩上各放置一個塔便行了。」哥哥說：「我們三個人，就是三座無縫塔。」和尚笑了，夢就醒了。睡醒以後，胸中像噎着食物一般，略似含着東西。夢中境歷歷在目，因而當作閒談報述，讓人一笑罷了。

賞析與點評

述說夢境的是子由，蘇軾是代筆。兩個僧人，只有一位與之交通，另一位自動消失了，有些奇怪。另一方面則可見兄弟二人皆想成佛。

夢中作祭春牛文

元豐六年十二月二十七日，天欲明，夢數吏人持紙一幅，其上題云：請〈祭春牛文〉。予取筆疾書其上，云：「三陽既至[1]，庶草將興，爰出土牛[2]，以戒農事。衣被丹青之好，本出泥塗；成毀須臾之間，誰為喜慍？」吏微笑曰：「此兩句復當有怒者。」旁一吏云：「不妨，此是喚醒他。」

注釋

1三陽：《周易》原理，天地物理循環，十一月冬至，即冬盡，地氣開始回暖，一陽初生，十二月二陽生，正月春陽至，是三陽生。2爰：乃；文言文發端語。土牛：立春時用泥土塑造牛隻，象徵春牛，以除陰氣。

譯文

元豐六年（一〇八三）十二月二十七日，天將亮，夢見幾個吏員持一幅紙，上面題着：請撰寫〈祭春牛文〉。我取筆在紙上疾寫：「春陽已到，百草將生，於是抬出土牛，以勸戒農耕。衣服和被褥顏色悅目，但其根源是來自泥土當中；成功失敗在片刻之間發生，誰來為此歡欣、憤怒？」吏員微笑道：「又該有為此兩句而發怒的人了。」旁邊另一吏員說：「不要緊，這是喚醒他的。」

賞析與點評

春牛是泥土塑造的神像，用來勸導農桑、鼓舞民氣。我國以農為本，衣食一切無不出於田土，但豐收、歉收不完全由人力決定，旱、澇、風、雨、蝗都會影響收成。「成毀須臾之間，誰為喜慍？」說盡農民的無奈。其實，謀事在人，成事在天，這是千古之歎，也是人生的無奈。

夢中論《左傳》

元祐六年十一月十九日五更[1]，夢數人論《左傳》，云：「〈祈招〉之詩固善語[2]，然未見所以感切穆王之心，已其車轍馬跡之意者[3]。」有答者曰：「以民力從王事，當如飲酒，適於飢飽之度而已。若過於醉飽，則民不堪命，王不獲沒矣[4]。」覺而念其言似有理，故錄之。

注釋

1五更：半夜後，三時至五時之間。2〈祈招〉之詩：據《左傳》昭公十二年（前五三〇），周穆王欲肆其心，周遊天下，使天下皆留下其車轍馬跡。祭公謀父乃作〈祈招〉之詩以勸諫，詩曰：「祈招之愔愔，式昭德音。思我王度，式如玉，式如金。形民之力，而無醉飽之心。」善語：好言相勸之話。3已：止，制止。4王不獲沒：《左傳》原文是「王是以獲沒於祇宮。」謂周穆王得以不見篡弒，獲得於祇宮善終的下場。但夢中人懷疑周穆王不似接納祭公謀父之諫，因而推測這類君王大有可能不獲善終。

譯文

元祐六年（一〇九一）十一月十九日五更時分，夢見幾個人在討論《左傳》，說：「〈祈招〉之詩肯定是好言相勸之話，但不見得這首詩就能感動穆王的心，以制止他要使自己的車轍和馬跡遍佈全國各地的心思。」有人回答說：「以民力為政府服務，應當如飲酒，飢飽適度就應停止。如若過分醉飽，民眾就無法負擔，大王將不會善終。」睡醒，想及當中的話似有道理，因而記錄下來。

夢南軒

元祐八年八月十一日將朝，尚早，假寐，夢歸縠行宅[1]，遍歷蔬圃中。已而坐於南軒，見莊客數人方運土塞小池，土中得兩蘆菔根[2]，客喜食之。予取筆作一篇文，有數句云：「坐於南軒，對修竹數百，野鳥數千。」既覺，惘然思之。南軒，先君名之曰「來風」者也。

注釋

1縠（粵：酷；普：hú）行宅：蘇軾一家在眉山所居舊宅。2蘆菔：蘿蔔，表面是方音差異，其實乃同音通假。

譯文

元祐八年（一〇九三）八月十一日，準備上朝，時間尚早，於是稍打瞌睡。夢中返回縠行宅，走遍種植蔬果的園圃。之後，坐在南軒，見幾個莊客正運送泥土填塞小池，泥土中掘得兩根蘿蔔，莊客很高興，就把它吃掉。我拿筆作了一篇文，其中有幾句說：「坐在南軒裏，對着長長的竹子數百根，上面聚集野鳥幾千隻。」夢醒，想起仍覺惆悵。南軒，先君把它叫作「來風」軒。

賞析與點評

思念故鄉，亦思念亡父。心有所藏，夢有所求。

措大喫飯

有二措大相與言志，一云：「我平生不足惟飯與睡耳，他日得志，當飽喫飯，飯了便睡，睡了又喫飯。」一云：「我則異於是，當喫了又喫，何暇復睡耶！」吾來廬山，聞馬道士嗜睡，於睡中得妙。然吾觀之，終不如彼措大得喫飯三昧也[1]。

注釋

1 三昧：三昧本梵語，意思為正受，即正常享受，亦譯禪定。此指妙理，秘訣，竅門。

譯文

有兩個窮光蛋互講心事，一個說：「我平生不滿足的，只是吃飯與睡覺而已。他日得志，我自當追求吃飽飯，吃飽便睡，睡醒又吃飯。」另一個說：「我的做法與此不同，應當吃了又吃，哪裏有空去睡覺呢！」我來廬山，聽聞馬道士很愛睡覺，在睡夢中獲妙理。不過，以我觀察，始終不及那位窮光蛋獲得吃飯之妙理也。

題李巖老

南嶽李巖老好睡[1]，眾人食飽下碁，巖老輒就枕，閱數局乃一展轉，云：「君幾局矣？」東坡曰：「巖老常用四腳碁盤[2]，只着一色黑子[3]。昔與邊韶敵手[4]，今被陳摶饒先[5]。着時自有輸贏，着了並無一物。」歐陽公詩云：「夜涼吹笛千山月，路暗迷人百種花。碁罷不知人換世[6]，酒闌無奈客思家。」殆是類也。

注釋

1南嶽：湖南衡山，五嶽之一。2四腳碁（粵：棋；普：qí）盤：嘲笑李巖老躺下伸開四肢，如四腳碁盤。3只着一色黑子：着，雙關語，下一隻棋子謂之一着；亦可云穿着、戴着，嘲其身與衣皆黑。4邊韶：字孝先，東漢陳留浚儀（今河南開封）人。以文章知名，教授數百人。嘗晝日假卧，弟子背後嘲之云：「邊孝先，腹便便。懶讀書，但欲眠。」韶後聞之，對曰：「邊為姓，孝為字。腹便便，五經笥。但欲睡，思經事。寐與周公通夢，靜與孔子同意。師而可嘲，出何典記？」嘲者大慚。5陳摶：字圖南，五代宋初亳州真源（今河南鹿邑）人。讀經史百家言，一見成誦，悉無遺忘。舉進士不第，遂以山水為樂，後移居武當山九室巖。服氣辟穀二十餘年，但日飲酒數杯，移居華山雲臺觀，又止少華石室。每寢處，多百餘日不起。李巖老一睡數局，陳摶一睡百餘日，是故陳佔先。6碁罷不知人換世：古人一局棋對壘，可以數月、數年以至數十年，人事滄桑，時間既久，不知人間局面早已替換。

譯文

南嶽李巖老喜歡睡覺，眾人喫飽下棋，巖老就找枕頭睡覺。經歷幾局，他才翻身一次，問：「你們弈了幾局？」東坡說：「巖老常常身如四腳碁盤，所下一色都是黑子。從前能與邊韶成為敵手，現在卻被陳摶老祖佔先。下棋時應當有輸贏，結局並無一物。」歐陽修的詩說：「夜涼人吹笛，月下傳千山，微光道路暗，路上迷人百種花。棋局終了，不知人間早已換代，酒後闌珊心無奈，作客他鄉總思家。」大約就是這一類情況了。

賞析與點評

此則，一是所用典故貼切，二是人物形象鮮明，三是暗寓寄託，以棋局之睡，影射長安棋局日新，亦不過黃粱之夢耳。

學問

本篇導讀——

學問可以定義為「學術」，但「學問」這一類只錄一則，相當奇怪，編排上似有問題。全書不少條目，是討論古代文獻或學術的，都可移置此項。學問也可解作學習提問，或學與問，則比較接近以下一則的內容。

記六一語

頃歲孫莘老識歐陽文忠公[1]，嘗乘間以文字問之，云：「無它術，惟勤讀書而多為之，自工。世人患作文字少，又懶讀書，每一篇出，即求過人，如此少有至者。

疵病不必待人指摘，多作自能見之。」此公以其嘗試者告人，故尤有味。

注釋

1 孫莘老：名覺，字莘老，高郵（今江蘇高郵）人，與王安石善。皇祐元年（一〇四九）進士，曾任御史中丞。

譯文

近年孫莘老認識歐陽文忠，曾趁機向他請教寫文，歐陽修回答說：「也沒有什麼特別的辦法，只是辛勤讀書，多寫點東西而已，自然就有技巧。世人的毛病在於寫得少，又懶得看書，每一篇寫好，就要求超越別人，這樣就很少能達到藝術高峯的。有瑕疵，無須等別人指摘，多寫文章，自己就能發現毛病。」這位老先生用他自己的創作經驗告訴別人，尤其值得咀嚼。

賞析與點評

范仲淹提出，教人作文之前，自己應該先拿這題目作一遍，即能把艱苦難易告訴學生。歐陽修提出，多寫即能發現自己的毛病，他們都是通過實踐經驗來獲取心得，告訴後學。

命分

本篇導讀——

人生際遇各不相同，有人會歸之於命運。命裏註定這回事，應該是不可信的，否則人就不必努力，努力等於白費氣力。但人生失意，往往如是，難知其理，無可奈何之下，惟有委之於不可知之命運。其實，蘇軾是知道問題所在的，但在大時代之中，有些情況卻不便說，不能說，說不得，委之命運，別人也就難以追究了。這一部分文字，多屬抒發怨氣之作。

退之平生多得謗譽

退之詩云：「我生之辰，月宿南斗[1]。」乃知退之磨蝎為身宮[2]，而僕乃以磨蝎為命，平生多得謗譽，殆是同病也。

注釋　1「我生之辰」兩句：「南斗」一作「直斗」。二句出於韓愈〈三星行〉詩。原注云：「三星謂箕、斗、牛也。公自憫其生多訾毀如此，詳詩意可見。」2磨蝎：又作磨羯。古人分周天為三百六十度，三十度為一宮，有十二宮。若屬立命之宮，則謂之命宮。身宮：生日干支。

譯文　韓退之的詩〈三星行〉說：「我出生的時辰，月宿和斗牛都在。」可推知韓愈之命宮為天蝎。我以磨蝎為命宮，平生多遭毀謗，估計與他有相同的運數。

馬夢得同歲

馬夢得與僕同歲月生[1]，少僕八日。是歲生者，無富貴人，而僕與夢得為窮之冠。即吾二人而觀之，當推夢得為首。

注釋　1馬夢得：馬正卿，字夢得。

譯文　馬夢得與我同年同月生，比我晚八天出生。這一年出生的，無人富貴，我與夢得屬最窮的人。就我與夢得來考察，當推夢得第一。

人生有定分

吾無求於世矣，所須二頃田以足饘粥耳[1]，而所至訪問，終不可得。豈吾道方艱難，無適而可耶？抑人生自有定分，雖一飽亦如功名富貴不可輕得也？

注釋 1饘（粵：煎；普：zhān）粥：稀飯稠的稱為饘，稀的稱為粥。饘粥是統稱。

譯文 我在世上實無所求了，只需要二頃田用以煮粥糊口就夠了，而我所到之處就尋訪探問，始終找不到。莫非因我正處艱難時期，故此難以找到一個合適的地方？抑或人生自有命分，即使只求一飽，也好像功名富貴難求一樣，不能輕易取得？

賞析與點評

蘇軾路過金陵，會見王安石，兩人把酒談詩，盤桓數日，狀甚歡悅，臨走時說要買田地，將來與王安石做鄰居。到底是文人狂野，說說而已，還是當時心中煞有介事，真的天曉得了。不過，若是真的到了無所求，大隱隱市朝，終南即長安，哪裏會有「所至訪問，終不可得」的情形。如非借機抒發，則是條件訂得太高。天下善男淑女何其多，如果等到最後，男的娶不到，女的嫁不出，而云「所至訪問，終不可得」，或懷疑人生有定分，這說法是有問題的。

送別

本篇導讀——

臨別依依，本人之常情。但這節所記載的，多是蘇軾在謫遷時期的交往及途中相會的朋友，因而當中明顯有謫貶色彩與傷感氣息，與一般的送別文字不同。

曇秀相別

曇秀來惠州見予[1]，將去，予曰：「山中見公還，必求一物，何以與之？」秀曰：「鵝城清風[2]，鶴嶺明月[3]，人人送與，只恐它無着處。」予曰：「不如將幾紙字去，每人與一紙，但向道：此是言法華書[4]，裏頭有災福。」

注釋

1**曇秀**：亦稱芝上人。2**鵝城**：惠州歸善縣城南五里，有飛鵝嶺，城以得名。3**鶴嶺**：惠州歸善縣城東五里，有白鶴峯，蘇軾謫居惠州時，曾築室山上，曰白鶴新居。4**言法華**：法華，《妙法蓮華經》之簡稱。這是「言法華」所寫的。案：蘇軾〈贈上天竺辯才師〉云：「何必言法華，佯狂啖魚肉。」王文誥注云：「京師開寶寺僧，俗姓張，好誦《法華經》，故等輩呼為張法華。其言語散亂，不謹細行，故亦呼為風法華。」風即瘋，譏其癲瘋和尚也。王文誥推測「以其能言《法華》，因呼為『言法華』亦不可知。」

譯文

曇秀來惠州看我，就要回去，我說：「山中人看見你歸來，一定求賜一件東西，要給什麼？」曇秀說：「鵝城有清風，鶴嶺有明月，人人都贈送，只恐怕它們無處放置。」我說：「不如拿幾紙書法去，每人給他一張，只向他們說：這是『言法華』所寫的，裏頭預言災福事呢。」

賞析與點評

這段文字乃借機開玩笑和諷刺，但當中涉及的人與事，有其特殊的時代背景，只有先了解背景，才能推度文字背後是否有普遍的社會意義。一是送禮習俗，僧人不免；二是「言法華」言語散亂、不獲細行，卻能風靡一時，蘇軾暗示這樣的人寫的東西能大受時代歡迎，真是顛倒是非的世代。

別石塔

石塔別東坡[1]，予云：「經過草草，恨不一見石塔。」塔起立云：「遮着是塼浮屠耶[2]？」予云：「有縫塔。」塔云：「若無縫，何以容世間螻蟻？」予首肯之。

注釋

1石塔：石塔寺，在揚州惠照寺木蘭院。蘇軾有〈石塔寺並引〉一詩。塔又稱浮屠，本巴利文（thupa）音譯。2遮着：遮，通「這」，着字可能是冗字；但從「經過草草，恨不一見石塔」兩句推測，「遮着」可能是指被遮着的建築物，乃是石塔。

譯文

石塔寺告別東坡先生，我說：「匆匆經過，遺憾不能一見石塔寺。」塔起立，說：「這個是磚砌的浮屠罷？」我說：「有縫隙。」塔說：「若無縫隙，哪裏能容許世間螻蟻進出？」我同意它的見解。

別姜君

元符己卯閏九月，瓊守姜君來儋耳[1]，日與予相從，庚辰三月乃歸。無以贈行，書柳子厚〈飲酒〉、〈讀書〉二詩[2]，以見別意。子歸，吾無以遣日，獨此二事日相與往還耳。二十一日書。

注釋

1 **姜君**：名君弼，字唐佐，元符二年（一〇九九）閏九月，自瓊州來儋耳從蘇軾學。

2 **柳子厚**：柳子厚，名宗元，唐代著名詩文家。

譯文

元符己卯（一〇九九）閏九月，瓊州太守姜君來儋耳，每天和我一起。至庚辰（一一〇〇）三月才歸去。沒有東西給他送別，就抄寫柳子厚〈飲酒〉、〈讀書〉二詩，以表示惜別之意。你回去後，我難以消遣日子，只有此兩件物品可以讓我們每日保留聯繫。三月二十一日記。

賞析與點評

蘇軾抄寫柳宗元兩首詩，作為「贈行」，讓對方攜帶回家。然後云：「子歸，吾無以遣日，獨此二事日相與往還耳。」這話不好理解，文意難以銜接。從事理推測，估計蘇軾讓姜君弼把蘇軾手抄的柳詩掛在書房中，每日與詩相對。蘇姜雙方腦海中都以柳宗元的詩意互相勉勵，就可藉此二事「相往還」了。

柳宗元《飲酒》詩：「今夕少愉樂，起坐開清尊。舉觴酹先酒，為我驅憂煩。須臾心自殊，頓覺天地暄。連山變幽晦，綠水函晏温。藹藹南郭門，樹木一何繁。清陰可自庇，竟夕聞佳言。盡醉無復辭，偃卧有芳蓀。彼哉晉楚富，此道未必存。」此詩模仿陶淵明，閒適而處，自得其樂，正可互相勉勵。

卷二

祭祀

本篇導讀——

本節兩篇。首篇談年終祭禮，包含慶豐收、感天地之恩與農閒嬉戲休息之義。次篇記道士祭北斗，天氣配合人事，在作者眼中屬靈異之事。

八蜡三代之戲禮

八蜡[1]，三代之戲禮也。歲終聚戲，此人情之所不免也，因附以禮義。亦曰：「不徒戲而已矣。祭必有尸，無尸曰『奠』[2]，始死之奠與釋奠是也[3]。今蜡謂之『祭』，蓋有尸也。」貓虎之尸[4]，誰當為之？置鹿與女[5]，誰當為之？非倡優而誰！葛帶榛杖，以喪老物，黃冠草笠，以尊野服[6]，皆戲之道也。子貢觀蜡而不悅[7]，孔子譬之曰：「一張一弛，文、武之道。」蓋為是也。

注釋

1八蜡：語出《禮記．郊特牲》：「八蜡以記四方。四方年不成，八蜡不通，以謹民財也。」案：八者，所祭有八神：先嗇一，司嗇二，百種三，農四，郵表畷五，禽獸六，坊七，水庸八。依鄭玄說法，無百種，以農為三，郵表畷四，貓虎五，坊六，水庸七，昆蟲八。祭禮中出現的神祇，包括后稷、神農、田官、郊野郵亭屋宇棚井之神、貓虎（驅趕野豬、田鼠）、坊神（固堤壩）、土地城隍、治昆蟲神，無非祈求天賜豐年。2奠：始死至葬之時祭名，以其時無尸，奠置於地，故謂之奠。3釋奠：置酒饌以祭。釋，設置。4貓虎之尸：貓食田鼠，虎食野豬，使人蒙其皮為尸，迎祭其神以報其功。5置鹿與女：語出《禮記．郊特牲》：「大羅氏，天子之掌鳥獸者也，諸侯貢屬焉。草笠而至，尊野服也。羅氏致鹿與女，而詔客告也。以戒諸侯曰：『好田、好女者亡其國。……』」案：大羅氏掌管鳥獸，諸侯進貢鳥獸，歸其所管，而鹿為畋獵所獲，女為征戰所俘，因祭禮本於嬉戲，儀式中大羅氏乃轉達天子告誡之語，希望諸侯行事謹慎。6「黃冠草笠」兩句：《禮記．郊特牲》：「黃衣黃冠而祭，息田夫也。……草笠而至，尊野服也。」祭禮中穿着黃色衣冠，提示農人秋天休息，頭戴草笠，則昭顯農夫的生活特性。7子貢觀蜡而不悅：《禮記．雜記》下：「子貢觀於蜡，孔子曰：『賜也樂乎？』對曰：『一國之人皆若狂，賜未知其樂也。』」子貢不明白農耕收成之後慶祝的意義，以為舉國醉飲若狂，不符常態。

譯文

八蜡，是夏商周三代的祭禮遊戲。一年將盡則聚集嬉戲，這是人之常情、難免的事。先賢藉此而賦之以禮義，於是說：「這非單純的遊戲。凡祭祀必有尸位之制，沒有尸位則稱為『奠』，這就是人剛死之祭奠與下葬後釋奠之儀式。現在把『蜡』謂之『祭』，想來是應設置尸位的。」但祭貓和祭虎所立尸位，找誰來充當呢？又如設置鹿與女俘，由誰來充當呢？不找歌伎優伶，還能找誰呢？以束腰的葛麻質衣帶，及以榛棍作哀杖，以此物品送別喪者老者，而穿戴黃冠草笠，用作尊敬野民之服，均屬遊戲策略。子貢觀看蜡禮而不開心，孔子啟導他，說：「一緊一鬆，治理邦國的文、武策略。」大概就是這道理了。

賞析與點評

與民同樂、與民休息，是文略；以法治民、以武服人，屬霸略，即武略，此自古而然。蘇軾以為蜡禮本於歲終嬉戲，其論斷乃民俗學觀點，很有見地。

記朝斗

紹聖二年五月望日，敬造真一法酒成，請羅浮道士鄧守安拜奠北斗真君[1]。將奠，雨作，已而清風肅然，雲氣解駁，月星皆見，魁標皆爽[2]。徹奠，陰雨如初。謹拜首稽首而記其事[3]。

注釋

1羅浮：羅浮山，在廣東增城與博羅之間，上有九觀十八寺，中國道教十大洞天之一。鄧守安：字道立。羅浮山朝斗壇道士。案：朝斗壇原在羅浮山朱明洞。該洞門外右側有一巨石，傳説蘇軾曾於此獲得六條銅魚、一條銅龍。朝斗即朝拜北斗之意。**北斗真君**：道教神名，又稱北斗星君，掌管生死禍福、弭災求福的權責。2魁標：北斗七星，一至四星，即天權、天樞、天璣、天璇為斗，稱為魁；五至七星，即瑤光、開陽、玉衡為柄，稱杓。標與杓同音假借。3拜首：拜首，雙膝跪地，拱手與心齊平，俯首至手即止。稽首：雙腳跪地，拱手與頭至地多時，稽首乃拜中最重，屬臣拜君之拜。

譯文

紹聖二年（一〇九五）五月十五日，釀製真一法酒完成，請羅浮道士鄧守安主持拜奠北斗真君儀式。即將拜祭，天開始下雨。不久，清風蕭索，雲氣散去，月星都出現天空，北斗魁柄清楚可見。祭奠結束，又再陰雨如初。蘇軾謹向真君叩頭拜禮，並記下此事。

兵略

本篇導讀——

一為史籍所載「匈奴全兵」一語作辨正詮釋，一記親眼所見八陣圖形勢，可供後人研究參考。

匈奴全兵

匈奴圍漢平城，群臣上言：「胡者全兵，請令強弩傅兩矢外鄉[1]，徐行出圍。」李奇注「全兵」云：「惟弓矛，無雜仗也。」此說非是。使胡有雜仗，則傅矢外鄉之策不得行歟？且奇何以知匈奴無雜仗也？匈奴特無弩耳[2]。全兵者，言匈奴

自戰其地，不致死，不得與我行此危事也。

注釋

1弩：在弓上裝機械臂，或加弦，射程更遠，力度強而中的準，殺傷力極大。傅兩矢外鄉：佈置強弩，附帶兩矢，於兩翼向外射擊開路。鄉，向。傅，通附。疑「傅」亦作「佈」，蓋分佈兩矢於兩邊，向外射擊。2匈奴特無弩：〈晁錯傳〉論匈奴弓箭與漢家弓弩比較，云：「勁弩長戟，射疏及遠，則匈奴之弓弗能格也。」漢兵善用弩，匈奴只懂用弓。

譯文

匈奴圍困漢高祖劉邦於平城，群臣上奏，說：「胡人必重視保全軍隊，請命令強大的弓弩隊配合，各附帶兩矢，向外前方左右兩邊射擊，慢慢突圍而出。」李奇注「全兵」，說：「只用弓矛，沒有其他雜項兵器。」這一說法不對。假使胡人有雜仗，則「傅矢外鄉」的策略就行不通了嗎？況且李奇如何得知匈奴沒有雜仗呢？匈奴只不過沒有弩而已。所謂全兵，是說匈奴在他們自己的土地上作戰，不想送死，無意和我們一拚生死。

賞析與點評

兵本指兵器，後世漸漸引申為兵員。何謂「全兵」，古今有歧義。李奇之意，是指「全部為同類兵器」，即矛矢，蘇軾以「全」作動詞，意謂「保護其兵員」。

八陣圖

諸葛亮造八陣圖於魚復平沙之上[1]，壘石為八行，相去二丈。桓温征譙縱[2]，見之，曰：「此常山蛇勢也。」文武皆莫識。吾嘗過之，自山上俯視，百餘丈，凡八行，為六十四蕝[3]，蕝正圜[4]，不見凹凸處，如日中蓋影。予就視，皆卵石，漫漫不可辨，甚可怪也。

注釋

1八陣圖：據説諸葛亮積細石為壘，方可數百步。於壘西郭又聚石為八行，相去二丈許，謂之八陣圖。疑皆是模擬練兵之陣勢，且不止一處。魚復：漢代魚復縣，在四川奉節縣東南二里，今稱魚復浦。2桓温征譙縱：桓温（三一二－三七三），字元子，譙國龍亢（今安徽懷遠）人。東晉將領，官至大司馬、錄尚書事。晉穆帝永和二年（三四六），李勢反，僭稱帝，温出兵平亂，經魚復見八陣圖。譙縱（？－四一三）初為安西府參軍，至義熙元年（四〇五），因侯暉所逼而反，自號梁、秦二州刺史，後自稱成都王，劉裕派朱齡石征討平定之，其時桓温已卒四十年，乃蘇軾誤記。3 蕝（粵：絕；普：jué）：樹立束茅以為標誌。4 圜（粵：原；普：yuán）：圓。

譯文

諸葛亮在魚復平沙之上造八陣圖，堆壘石頭為八行，每行相距二丈。桓温出征譙縱，看見其陣，説：「這是常山的蛇勢。」文武官屬都不明白。我經過這裏，從山上俯視，有百餘平方丈，共八行，樹立六十四茅束以為標記，標記之茅束成正圓形，看不出當中有凹凸的地方，猶如正午時分，完全遮蓋其影。我接近觀察，都是卵石，漫漫一片，難以辨別，甚覺奇怪。

時事

本篇導讀——

此章志在諷刺王安石變法，〈唐村老人言〉謂推出青苗錢強行借貸的不合理；〈記告訐事〉則談朝廷更改宋初不許告訐之傳統，後竟藉着鼓勵告訐，來推行手實法、禁鹽法等。兩篇文章的目的是非議朝政。

唐村老人言

儋耳進士黎子雲言：城北十五里許有唐村，莊民之老曰允從者，年七十餘，問子雲言：「宰相何苦以青苗錢困我[1]？於官有益乎？」子雲言：「官患民貧富不均，富者逐什一益富，貧者取倍稱，至鬻田質口不能償，故為是法以均之。」允從笑曰：「貧富之不齊，自古已然，雖天公不能齊也，子欲齊之乎？民之有貧富，由器用之有厚薄也。子欲磨其厚，等其薄，厚者未動，而薄者先穴矣！」元符三年，子雲過予言此。負薪能談王道，正謂允從輩耶？

注釋

1青苗錢：王安石為相，設青苗法，基本原則是政府於青黃不接之時貸款給農民，利息二分，春季放款、秋季收回，以阻止農夫向高利貸者借錢。但下級官吏或強迫農民借錢，以致出現偏差。

譯文

儋耳進士黎子雲告訴我，城北大約十五里，有一個唐村，村莊一位老民叫做允從，七十多歲，問子雲說：「宰相為什麼要以青苗錢來使我困苦？這對於官方有益嗎？」子雲答他：「官府憂慮百姓貧富不均，富人追逐十一之利即更加富有，窮人取之至本利相稱而成倍，即使鬻賣田地、質販家口也無法清償，因此用這方法來均平社會貧富。」允從笑着說：「貧富不均一，自古以來如此，即使天公也不能使之均齊，你想使貧富平均嗎？百姓分貧富，猶如器物有厚薄。你想把厚的物品磨為薄，使之與薄相等，可是厚的未變薄，薄的卻出現破洞了！」元符三年（一一〇〇），子雲來探訪我，談及此事。背負木柴的樵夫能談王道，就是指允從這類人吧。

賞析與點評

「欲磨其厚，等其薄，厚者未動，而薄者先穴。」此語似云揠苗助長，發人深省。

記告訐事

元豐初，白馬縣民有被殺者[1]，畏賊不敢告，投匿名書於縣。弓手甲得之而不識字，以示門子乙。乙為讀之，甲以其言捕獲賊，而乙爭其功。吏以為法禁匿名書，而賊以此發，不敢處之死，而投匿名者當流，為情輕法重，皆當奏。蘇子容為開封尹[2]，方廢滑州[3]，白馬為畿邑，上殿論奏：「賊可減死，而投匿名者可免罪。」上曰：「此情雖極輕，而告訐之風不可長。」乃杖而撫之。子容以謂賊不干己者告捕，而變主匿名，本不足深過，然先帝猶恐長告訐之風，此所謂忠厚之至。然熙寧、元豐之間每立一法，如手實、禁鹽、牛皮之類[4]，皆立重賞以勸告訐者，皆當時小人所為，非先帝本意。時范祖禹在坐[5]，曰：「當書之《實錄》[6]。」

注釋

1白馬縣：秦時置縣，蓋以白馬津而名，在今洛陽東北三十里。至明朝始廢縣。2蘇子容：蘇頌（一〇二〇—一一〇一），字子容，泉州同安人，慶曆二年（一〇四二）進士，熙寧初權知開封府。晚年拜相。3滑州：今河南滑縣。4手實：熙、豐變法，呂惠卿推行手實法，即根據人民的田地屋宇價值及其是否可以營利來計量賦稅。禁鹽：熙寧九年（一〇七六）二月，在開封府至河中府等州縣出賣解鹽，因官增重其價，民不肯買，則課民日買之，隨其貧富作業為多少之差；有買賣私鹽者，重賞募人告，以犯人家財充賞。牛皮：牛皮屬軍用物資，牛皮錢乃宋代雜稅名。宋承五代弊政，令民田七頃，納牛皮一張、角一對、筋四兩。後改令折錢繳納，每七頃納錢一貫五百文。賦稅增加收入，亦阻止宰牛。5范祖禹：范祖禹（一〇四一—一〇九八），字淳夫（一作淳父、純父、純甫），一字夢得，成都華陽人。仁宗嘉祐八年（一〇六三）進士。哲宗繼位，范祖禹擢任右正言。岳父呂公著執政，范祖禹避嫌改任祠部員外郎，不久又辭職而除任著作郎、修《神宗實錄》檢討，後遷任著作郎兼侍講。6《實錄》：《神宗實錄》，范祖禹主持編修。封建君主在生前死後皆有史官負責記其一生言行政績，《實錄》乃在君主死後委任官員編修的。

譯文

元豐初年，白馬縣有人被殺，縣民畏懼賊人不敢告發，遂向縣府投匿名書。弓手某甲取得匿名書，但不識字，以示門子某乙。乙為甲解讀，甲根據匿名書所言捕獲賊人，而乙爭奪功勞。官吏以為法令禁止寄匿名書，而賊人由於匿名書之告發被捕，不敢將之處死，但投匿名書者依法應當流放，形成情理輕而刑法重，合當上奏。蘇頌暫代開封府尹，其時正廢滑州，白馬成為京畿屬邑，乃上殿論奏：「賊可以減免死刑，而匿名投書者應可免罪。」皇上說：「案情雖極輕微，但不可助長告訐之風。」乃下令杖打之後給予安撫。蘇頌認為殺人事件本不干己而告發才使賊人被捕，告發者要替事主出頭而匿名，本來不宜以深罪嚴加責罰，但先帝仍恐怕會形成鼓勵告訐之風，這真稱得上是忠厚之至。到了熙寧、元豐之間，每立一法，如手實法、禁鹽法、牛皮法之類，朝廷皆立下重賞，以勸勵告訐者，這都是當時小人所做的事，並非先帝之本意。其時范祖禹在座，說：「應當寫在《實錄》裏面。」

賞析與點評

法律常有所謂的灰色地帶，關鍵在於如何處理。中國傳統強調法、理、情兼顧，有其優點。一切依法，有時會誤傷好人、縱容壞人。蘇軾所記，就是一個好例子，值得後人深思。

官職

本篇導讀——

〈記講筵〉以講筵事例，記真宗仁心，以鼓勵仁宗行仁政，蘇軾大概想仿效孟子之所為。〈禁同省往來〉談制度之不合理。〈記盛度誥詞〉讚賞盛度重視客觀事理，不因親戚關係扭曲是非。〈張平叔制詞〉則辨正二事，一是唐時官員乃坐着論事，非站着；二是張平叔為人剝割，非良吏。

記講筵

秘書監侍講傅堯俞始召赴資善堂，對邇英閣。堯俞致謝，上遣人宣召答曰：「卿以博學參預經筵，宜尊所聞，以輔不逮。」堯俞講畢曲謝，上復遣人宣諭：

「卿講義淵博，多所發揮，良嘉深歎。」是日，上讀《三朝寶訓》[1]，至天禧中，有二人犯罪，法當死，真宗皇帝惻然憐之，曰：「此等安知法，殺之則不忍，捨之無以勵眾。」乃使人持去，笞而遣之，以斬訖奏。又祀汾陰日，見一羊自擲道左，怪問之，曰：「今日尚食殺其羔[2]。」真宗慘然不樂，自是不殺羊羔。資政殿學士韓維讀畢，因奏言：「此特真宗皇帝小善耳，然推其心以及天下，則仁不可勝用也。真宗自澶淵之役卻狄之後，十九年不言兵而天下富，其源蓋出於此。昔孟子論齊王不忍殺觳觫之牛，以為是心足以王。今恩足以及禽獸而功不及於百姓，豈不能哉？蓋不為耳！外人皆云皇帝陛下仁孝發於天性，每行見昆蟲螻蟻，違而過之，且敕左右勿踐履，此亦仁術也。臣願陛下推此心以及百姓，則天下幸甚！」軾時為右史，奏曰：「臣今月十五日侍邇英閣，切見資政殿學士韓維因讀《三朝寶訓》至真宗皇帝好生惡殺[3]，因論皇帝陛下在宮中不忍踐履蟲蟻，其言深切，可以推明聖德，益增福壽。臣忝備位右史，謹書其事於冊，又錄一本上進，意望陛下采覽，無忘此心，以廣好生之德，臣不勝大願！」

注釋

1《三朝寶訓》：宋仁宗十歲登位，劉太后臨朝，命大臣編選歷代君臣事跡為《觀文覽古》、編集祖宗故事為《三朝寶訓》，鏤版於禁中，以教導幼君。2尚食：掌膳饈之官，宋制屬殿中省。3韓維：字持國，父韓億。英宗時修起居注、侍邇英閣；哲宗時任資政殿學士，拜門下侍郎。

譯文

秘書監侍講傅堯俞初被召赴資善堂，應對於邇英閣。堯俞致謝，皇上遣人宣召說：「卿因博學而參預經筵，理宜重視所聞，以輔助我的不足。」堯俞講畢後，多方感謝。皇上再次遣人宣諭：「卿講義淵博，多所發揮，實可嘉許，令人深歎。」

這天，皇上讀《三朝寶訓》，至天禧中期，有二人犯罪，依法當處死，真宗皇帝惻然憐憫，說：「這種人怎知法律，殺死他們實在不忍心，但若放棄追究，卻無以激勵民眾。」於是叫人帶走，命笞打後遣送他們，不料官員回頭卻上奏報稱已經處斬了。又祭祀汾陰之日，看見一頭羊自己摔倒在道路左旁，怪而問之，臣下回答：「今日尚食官烹御膳，要殺其子羔。」真宗憂傷不樂，從此不再殺羊羔。資政殿學士韓維知道後，即上奏說：「這不過是真宗皇帝的小善而已，能推其愛心遍及天下，則其仁德不可勝用。真宗自澶淵之役打敗北狄契丹後，十九年不談軍事，而天下富足，其根源大概緣於此。從前，孟子論齊宣王不忍心殺顫慄的牛，以為這種愛心足以統治天下。現在恩惠足以遍及禽獸，但作用卻無法到達百姓身上，難道是無法做到嗎？相信是不為而已！外人都說皇帝陛下仁孝出自天性，每次走路，看見昆蟲螻蟻，就轉過身跨過牠們，又命令左右不要踐踏牠們，這也是仁的行為。臣願陛下發揮這種愛心，使百姓受益，則天下人民無限幸福！」我（蘇軾）當時任右史，上奏說：「臣今月十五日在邇英閣侍講，清楚看見資政殿學士韓維讀《三朝寶訓》，至真宗皇帝重視百姓生命、厭惡濫殺，而講到皇帝陛下在宮中不忍心踐踏蟲蟻，其言深刻明確，可以將皇上英明聖德發揮出去，增加福壽。臣以不才擔任右史官職，謹記下此事於典冊，又抄錄一本呈上，心中盼望陛下翻閱，不要忘記這種善心，以擴大愛好生命的德義。這是臣的宏願！」

賞析與點評

現代以法律制度規範領袖，古代以教導及開講激勵聖君賢臣，實各有所長。但聽與不聽，最終取決於人的良心。不要忘記，希特勒也是由選舉產生的。

禁同省往來

元祐元年，余為中書舍人[1]，時執政患本省事多漏泄[2]，欲於舍人廳後作露籬，禁同省往來。余曰：「諸公應須簡要清通[3]，何必栽籬插棘[4]！」諸公笑而止。明年竟作之。暇日讀樂天集[5]，有云：「西省北院，新構小亭，種竹開窗，東通騎省[6]，與李常侍窗下飲酒作詩。」乃知唐時得西掖作窗以通東省[7]，而今日本省不得往來，可歎也。

注釋

1中書舍人：原來職責為起草詔令，宋代官、職分開，另有知制誥或直舍人院等起草詔令。2本省：指中書省。3簡要清通：雙關語，意指做人應簡樸率直，反面譏笑有人處事以繁雜、扭曲事端來牟取利益。4栽籬插棘：語帶雙關，意謂心中不應夾雜橫七豎八之思想。5樂天集：指白居易之《白氏長慶集》。白居易，字樂天。6騎省：散騎常侍；門下有散騎常侍，稱騎省。7西掖：中書省，亦作西臺。東省：指門下省，亦稱東掖。簡單而言，中書省起草詔令，門下省審議，尚書省執行。

譯文

元祐元年（一〇八六），我出任中書舍人，當時的執政大臣以中書省事情多泄漏，想在舍人廳後面設置一排露天籬笆，以禁止同省人員來往。我說：「諸公內心應該簡樸率直、清真通達，何必栽籬插棘製造繁亂！」諸公笑而停止設置籬笆。但明年卻終於設置了籬笆。閒日讀白居易的《樂天集》，有文字云：「西省北院，新建小亭，種竹開窗，東通散騎常侍辦公室，與李常侍在窗下飲酒作詩。」才知道唐時得從中書省開窗以通門下省，而今日連自己本省都不能來往，實在令人慨歎。

賞析與點評

蘇軾所歌頌的是君子無私心、坦蕩蕩的胸懷，但政治事務每多詭詐，謹守機密，在制度上也是必要的。關鍵在於人的操守，而不是打開通道與否。

記盛度誥詞

盛度[1]，錢氏婿[2]，而不喜惟演[3]，蓋邪正不相入也。惟演建言二后並配，御史中丞范諷發其姦[4]，落平章事，以節度使知隨州。時度幾七十，為知制誥，責詞云：「三星之媾[5]，多戚里之家；百兩所迎[6]，皆權要之子。」蓋惟演之姑嫁劉氏[7]，而其子娶於丁謂也[8]。人怪度老而筆力不衰，或曰：「度作此詞久矣。」元祐三年十二月二十一日講筵，上未出，立延龢殿中，時軾方論周穜擅議宗廟[9]，蘇子容因道此。

注釋

1盛度：盛度（九六三——一〇四一），字公量，祖籍河南銅陵，徙居餘杭。曾祖父盛瓘曾為吳越國餘杭縣令。父盛豫隨吳越王錢俶降宋，官至尚書度支郎中。度自幼好學，端拱二年（九八九）中進士。仁宗時官至參知政事、知樞密院事。2錢氏：吳越王錢俶宗族。3惟演：臨安人，字希聖，錢俶次子，隨父降宋，為右神武軍將軍。仁宗時拜樞密使。初附丁謂，逐寇準，丁謂敗，即擠謂，後出為崇信軍節度使，卒。4范諷：字補之，登進士第。仁宗時龍圖閣學士。5三星之媾：《詩經．綢繆》：「三星在天。」鄭玄注云：「三星在天，可以嫁娶矣。」6百兩所迎：《詩經．召南．鵲巢》：「之子于歸，百兩御之。」百兩即百乘，兩通輛。諸侯嫁娶，動輒百輛香車迎送。7惟演之姑嫁劉氏：錢惟演以妹妻劉美，劉美乃明肅太后外家子姪。此處以妹誤作姑。8其子娶於丁謂：史載錢惟演有三子曖、晦、暄，錢曖娶郭后妹，錢晦娶獻穆大長公主女，錢暄之子景臻，尚秦、魯國大長公主。其子似未娶於丁謂。9周穜（粵：童；普：tóng）擅議宗廟：鄆州之州學教授上疏，言朝廷應當以故相王安石配享神宗皇帝，當時舊黨正欲清算熙寧變法，周穜上疏引起軒然大波。

譯文

盛度是吳越後人錢氏的女婿，但他不喜歡錢惟演，大約是兩人邪正不相為謀。錢惟演建言二后並配，御史中丞范諷揭發其姦，降落平章事，以節度使身份在隨州任職。此時盛度幾近七十歲，身為知制誥，代皇上撰寫責詞，說：「子姪婚媾，多屬貴戚身份之家庭；百輛香車所迎接的，都是權貴的女兒。」所言當指錢惟演之姑媽嫁劉氏，而其子娶了丁謂的女兒。世人奇怪盛度年老而筆力不衰，有人說：「盛度很久以前就事先寫下這篇責詞了。」元祐三年（一〇八八）十二月二十一日講筵，皇上未出來，站立延龢殿中等待，這時我正要討論周穜擅自議論宗廟之事，蘇頌遂趁機講這件事。

張平叔制詞

樂天行張平叔戶部侍郎判度支制誥[1]，云：「吾坐而決事，丞相以下不過四五，而主計之臣在焉[2]。」以此知唐制，主計蓋坐而論事也，不知四五者悉何人？平叔議鹽法至為割剝[3]，事見退之集[4]；今樂天制誥亦云「計能析秋毫，吏畏如夏日」，其人必小人也。

注釋

1樂天：白居易（七七二—八四六），字樂天，祖籍山西太原，曾祖時遷居下邽（今陝西渭南），晚年官至太子少傅、刑部尚書。唐代著名詩人。行：起草、撰寫。行有執行、踐行、履行之義。**張平叔**：據白居易〈張平叔可戶部侍郎判度支制〉，張平叔當時身份是「朝議大夫、守鴻臚卿兼御史大夫、判度支、上柱國、賜紫金魚袋」。前面是官銜，具體任務是判（兼任）度支；「上柱國、賜紫金魚袋」是一種榮譽，類似後世授勳虛銜。**制誥**：詔令之一種，屬重要委任之命令書函。2 **主計**：官名，主管財務、計算收支，類似後世之財政大臣。3 **議鹽法至為割剝**：割剝，搜割、剝削之意。韓愈〈論變鹽法事宜狀〉提及戶部侍郎張平叔上疏建議官員賣鹽以富國，詔下公卿詳議，結果遭韓愈、韋處厚詰駁而不行。4 **退之**：韓愈，字退之。

譯文

白居易執行撰寫張平叔戶部侍郎判度支的制誥，說：「我坐下來即可決定政務，丞相以下的官員不過四五人，主持計算的大臣就在其中。」以此知道唐朝制度，主計官是坐下來討論政事的，不知道所提到的四五個人到底是哪些人？平叔議論鹽法，極為厲害剝削，其事見之於韓愈的文集；現在白居易所寫的制誥亦稱他「計算能分析至秋毫無差，吏員畏懼他如害怕酷暑」，可見他必定是個小人。

賞析與點評

精明則善於算計。儒家之徒提倡律己嚴、待人寬，反之則屬苛刻酷剝之類。

致仕

本篇導讀——

官員正式退休稱致仕。蘇軾寫這幾則文章時，處境不好，心事重重。故其退與不退，竟把持不定。既嘲人，亦自嘲。

請廣陵

今年吾當請廣陵[1]，暫與子由相別[2]。至廣陵逾月，遂往南郡[3]，自南郡詣梓州[4]，溯流歸鄉，盡載家書而行，迤邐致仕[5]，築室種果於眉，以須子由之歸而老焉。不知此願遂否？言之悵然也。

注釋

1今年：元祐六年（一〇九一）八月，蘇軾以龍圖閣學士知潁州，元祐七年（一〇九二）正月廿四日除知鄆州，廿八日除知揚州。案：時間所指「是年」疑為元祐六年，蘇軾在往潁州前後所作盤算。當時蘇轍在朝為尚書右丞，乃有「暫與子由相別」之言。廣陵：揚州。2子由：蘇轍，字子由，蘇軾弟。3南郡：湖北江陵。4梓州：在今四川三台。5迤邐（粵：以里；普：yǐ lǐ）致仕：官員正式退休稱致仕；迤邐本曲折相繼之意，此指走迂迴之路退休回鄉。

譯文

今年我應該請求調往揚州，暫時與弟弟子由告別。至揚州超過一個月，跟着往南郡，自南郡到梓州，溯長江水流回鄉，盡載家書而行，走迂迴的路回鄉退休，建築一所小屋，在眉州種植果樹，等待子由返回家鄉一起養老。不知道這一願望能否達成？說起來令人惆悵不已。

賞析與點評

靈澈詩〈東林寺酬韋丹刺史〉云：「相逢盡道休官好，林下何曾見一人。」退與不退，在乎自己。蘇軾此時身在貶所，可能身不由己。但到了有轉機晉身時，卻又忘記告退之念了。蘇軾正式告老致仕，是徽宗建中靖國元年（一一〇一）六月，距元祐六年（一〇九一）有十年之久。真是人生一大諷刺。

買田求歸

浮玉老師元公欲為吾買田京口[1]，要與浮玉之田相近者，此意殆不可忘。吾昔有詩云：「江山如此不歸山，江神見怪驚我頑。我謝江神豈得已，有田不歸如江水！」今有田矣不歸，無乃食言於神也耶？

注釋

1 浮玉老師：浮玉老禪師，本名蔡了元，父蔡奴，出家後法號佛印。元豐五年（一〇八二）住廬山歸宗寺，後往金山。

譯文

浮玉老禪師了元公想幫我在京口買田，所購置的要與浮玉的田地相近，此好意是不應該忘記的。我從前有詩句說：「有如此江山麗景而不回歸山林隱居，江神見了也會責怪驚異我的頑固偏執。我向江神謝罪，我實在不得已，若果有田而不歸隱，我必如江水滔滔逝去！」現今我真的有田，卻不歸隱，莫非我真的要對神靈食言？

賞析與點評

人生最貴能自省，自省才能遷善改過。儒家良心要靠這點。「今有田矣不歸，無乃食言於神也耶？」蘇軾撫心自問，我要對神靈食言嗎？其實是良心譴責。

賀下不賀上

賀下不賀上，此天下通語。士人歷官一任，得外無官謗，中無所愧於心，釋肩而去，如大熱遠行，雖未到家，得清涼館舍，一解衣漱濯，已足樂矣。況於致仕而歸，脫冠佩，訪林泉，顧平生一無可恨者，其樂豈可勝言哉！余出入文忠門最久，故見其欲釋位歸田，可謂切矣。他人或苟以藉口，公發於至情，如飢者之念食也，顧勢有未可者耳。觀與仲儀書，論可退之節三，至欲以得罪、病而去。君子之欲退，其難如此，可以為進者之戒。

譯文

祝賀退職不祝賀升遷，這是天下共通的語言。士人經歷一任官職，得到外放沒有遭到官場毀謗，心中無所愧疚，如肩上放下重擔而去，此刻猶如大熱天遠行，雖然未到家裏，得到清涼的館舍，能夠除下衣裳及漱口洗臉，已有心滿意足之樂。何況退休而歸，脫去冠冕及佩戴之物品，造訪林泉，省視平生無絲毫之遺憾，這種樂趣，怎說得完呢！我出入歐陽文忠之門最久，因此能夠了解他一直想退下崗位，回歸故鄉，可說態度非常懇切。他人或意圖苟且，藉故拖延，歐陽公卻是從真情出發，猶如飢餓的人渴想食物，只是形勢未能許可而已。看他與王素仲儀的書信，多次論及可退之情節，甚至想以得罪、得病之理由告歸而去。君子之心切切於退隱，其難度至此，這可以讓一心進取的人有所警惕。

隱逸

本篇導讀——

古來農桑不易，因溫飽之事不易解決，欲真正隱逸，談何容易。楊朴是真正無意於做官，可能因為他家裏有幾畝田。張愈本有經世之志，卻是沒有機會晉身。蘇軾有大好機會，自然不輕易退隱。

書楊朴事

昔年過洛，見李公簡，言：「真宗既東封，訪天下隱者，得杞人楊朴，能詩。及召對，自言不能。上問：『臨行有人作詩送卿否？』朴曰：『惟臣妾有一首云：

更休落魄耽盃酒，且莫猖狂愛詠詩。今日捉將官裏去，這回斷送老頭皮。』上大笑，放還山。」余在湖州，坐作詩追赴詔獄，妻子送余出門，皆哭。無以語之，顧語妻曰：「獨不能如楊處士妻作詩送我乎？」妻子不覺失笑，余乃出。

譯文

往年過洛陽，見李公簡，他說：「真宗皇帝完成東封泰山之事，尋訪天下隱逸之士，獲得杞縣人楊朴，能作詩。及召見面談，楊朴自言不能寫詩。皇上問他：『臨行，有人作詩送你嗎？』楊朴答：『我妻子有一首詩相送：不要豪邁迷飲酒，且莫放肆愛寫詩。今日捉你進官府，這回斷送老頭皮。』皇上大笑，放歸還山。」我在湖州，因為作詩的緣故，命我赴朝廷審訊，妻子孩子送我出門，都在大哭。我無它話可説，只好對妻子説：「難道不能像楊處士的妻子那樣，作一首詩送我嗎？」妻子不覺失笑，我於是出門。

賞析與點評

面對困境，常人總是憂愁悲苦，蘇軾能坦然面對，固屬不易，並且以幽默態度故作輕鬆，似欲誤導妻子，使之感覺若無其事，也真難為其人。楊朴之得見真宗，是別人推薦，不能不去，免得皇帝老子面上無光，見了而不用，正中其下懷，所謂不才明主棄，省卻日後是非多。

伴君如伴虎，從善於避禍而言，楊朴比起蘇軾，高明得多了。

白雲居士

張愈，西蜀隱君子也，與予先君遊，居岷山下白雲溪，自號白雲居士。本有經世志，特以自重難合，故老死草野，非槁項黃馘盜名者也[1]。偶至西湖靜軒，見其遺句，懷仰其人，命寺僧刻之石。

注釋

1 槁（粵：稿；普：gǎo）項黃馘（粵：gwik[1]；普：xù）：語出《莊子．列禦寇》：「夫處窮閭阨巷，困窘織屨，槁項黃馘者，商之所短也。」槁項，頸項看起來枯乾；黃馘，臉色蒼黃，意謂營養不良、皮黃骨瘦。

譯文

張愈是西蜀一位有才德的隱士，和我父親交遊，就居住在岷山下的白雲溪，自己號稱白雲居士。他本來有經國濟世的志向，只因為太堅持主見，難以與人融合，所以最後只能老死於鄉郊，但他肯定不是一個無以為生而欺名盜世的人。我偶然到西湖靜軒走走，看見他遺留下的文句，因懷念及仰慕其人，遂命寺僧把遺句刻在石上。

賞析與點評

生活不宜存持宿命論，但現實確有運氣。「寧為太平犬，莫為亂離人。」一生活在戰爭或和平時代，大部分人的命途已截然不同。達則兼濟天下，窮則獨善其身，這真是千古智慧。蘇軾所記，不外恒河沙數中萬千億古人、今人之一員而已。

佛教

本篇導讀——

蘇軾對宗教問題有深入研究，有演繹，亦有批判，非止於佞佛而已。

讀《壇經》

近讀六祖《壇經》[1]，指說法、報、化三身，使人心開目明。然尚少一喻；試以眼喻：見是法身，能見是報身，所見是化身。何謂見是法身？眼之見性，非有非無，無眼之人，不免見黑，眼枯睛亡，見性不滅，故云見是法身。何謂能見是報身？見性雖存，眼根不具[2]，則不能見，若能安養其根，不為物障，常使光明洞徹，見性乃全，故云能見是報身。何謂所見是化身？根性既全，一彈指頃，所見千萬，縱橫變化，俱是妙用，故云所見是化身。此喻既立，三身愈明。如此是否？

注釋　1六祖：慧能禪師（六三八─七一三），又作惠能，俗家姓盧，唐代新州（今廣東新興）人。以「菩提本無樹，明鏡亦非臺；本來無一物，何處惹塵埃」一詩，獲黃梅五祖弘忍賞識，秘密傳授衣缽為禪宗第六祖，潛返嶺南隱居十餘年後，成為南宗頓教之始。《壇經》：全稱《南宗頓教最上大乘摩訶般若波羅蜜經六祖惠能大師於韶州大梵寺施法壇經》，乃六祖慧能講經紀錄，由其弟子法海輯錄，其間經多次增訂。2眼根：佛者求六根清淨，六根指眼（視）、耳（聽）、鼻（嗅）、舌（味）、身（觸）、意（知），原是六種感覺的神經細胞，在佛家來看，這些都是導引罪孽的根源。眼根即視覺本能。

譯文　最近閱讀六祖慧能的《壇經》，指明及解說何謂法身、報身及化身，真使人心明眼亮。但當中還缺少一個解說；試以眼睛為例：見之本質（視覺）是法身，能夠看見（視覺神經正常／視力正常）是報身，所看到的（入眼的花花世界）是化身。何以說「見」是法身？眼睛具見物之性質（視覺），此性（視覺）並非實有，亦並非實無，那些沒有眼睛的人，不免所見為全黑，即使眼枯睛亡，其存在可見之本性（視覺）並不消滅，所以說「見」是法身。何以說能見是報身？見之性質雖存在，但視力不利不全，則不能見，若能安心保養其視覺神經，不為凡物所阻礙，常使光明洞徹，視覺之本質即得以完全，所以說能見是報身。何以說所見是化身呢？視覺特質既保全，一彈指之間，所見萬千事物縱橫變化，全屬微妙作用，所以說看到的是化身。此解說既得以確立，三身之說就更加清楚。如此解釋，是否恰當？

賞析與點評

世上存在視覺這一概念，但能夠看見物象，人必須具備正常的視覺神經、眼球及視力正常，還有最低限度的視力及環境光亮等客觀條件。推而言之，人生種種成功，皆所謂因緣和合，實質就是結合多種條件，缺一不可。

改觀音咒

《觀音經》云[1]：「咒詛諸毒藥，所欲害身者，念彼觀音力，還著於本人。」東坡居士曰：「觀音，慈悲者也。今人遭咒詛，念觀音之力而使還著於本人，則豈觀音之心哉？」今改之曰：「咒詛諸毒藥，所欲害身者，念彼觀音力，兩家總沒事。」

注釋

1 《觀音經》：原屬《妙法蓮華經．觀世音菩薩普門品》，析出而單行。

譯文

《觀音經》說：「詛咒如種種毒藥，本欲戕害別人身體的，盼望觀音大士藉其神力，把傷害送回給發咒語者。」東坡居士說：「觀音，是慈悲的神靈。現在有人遭到咒詛，卻盼望藉觀音神力而送還給發咒語者，這難道是慈悲為懷的觀音的用心？」今且修改其文為：「詛咒如種種毒藥，本欲戕害別人身體的，盼望觀音大士藉其神力，讓兩家都沒事。」

賞析與點評

以和為貴，神話本於人話。

誦經帖

東坡食肉誦經，或云：「不可誦。」坡取水漱口，或云：「一盌水如何漱得！」坡云：「慚愧，闍黎會得[1]！」

注釋　1闍（粵：蛇；普：shé）黎：梵語音譯，本意是僧徒之師，以高僧而作眾僧之軌範。亦作阿闍梨、阿遮梨耶、闍梨等。

譯文　東坡食肉而誦唸佛經，有人說：「不可誦經。」東坡取水漱口，有人說：「一碗水，怎麼能洗漱得乾淨！」東坡說：「真慚愧，但佛教徒做得到！」

誦《金剛經》帖

蔣仲甫聞之孫景修言：近歲有人鑿山取銀礦至深處，聞有人誦經聲。發之，得一人，云：「吾亦取礦者，以窟壞不能出，居此不知幾年。平生誦《金剛經》自隨，每有飢渴之念，即若有人自腋下以餅餌遺之。」殆此經變現也。道家言「守一」[1]，若飢，「一」與之糧；若渴，「一」與之漿。此人於經中，豈所謂得「一」者乎？

注釋　1守一：一指意志，即專心一意，特別用於修煉氣功。《莊子．在宥》：「我守其一以處其和，故我修身千二百歲矣。吾形未嘗衰。」

譯文

蔣仲甫聞孫景修這樣說：近年有人鑿山，挖掘銀礦至深層之處，聽到有人誦讀佛經。發掘出來，找到一個人，說：「我也是來開採銀礦的，因為洞窟崩壞，不能出來，住在這裏面不知道多少年。我平生把《金剛經》帶在身邊誦讀，每有飢渴念頭，就好像有人從我腋下拿餅餌送給我。」幾乎是這一經的變化見證。道家所謂「守一」，即守持一念，若遇飢餓，「一」能供給糧食；若遇口渴，「一」能供給水漿。此人於經而言，難道就是所謂得「一」的人？

賞析與點評

現代地震經驗發現，災民能抗拒飢渴，數十日不死。若謂數年，恐是誇張神話。能堅持數十日的，也必須結合先天體質、環境條件等因素，單憑意志，亦未必成功。

僧伽何國人

泗州大聖《僧伽傳》云[1]：「和尚何國人也。又世云莫知其所從來，云：『不

知何國人也。』」近讀《隋史·西域傳》，乃有何國[2]。余在惠州，忽被命責儋耳[3]。太守方子容自攜告身來，且弔余曰：「此固前定，可無恨。吾妻沈素事僧伽謹甚，一夕夢和尚告別，沈問所往，答云：『當與蘇子瞻同行。後七十二日，當有命。』今適七十二日矣，豈非前定乎！」余以謂事之前定者，不待夢而知。然余何人也，而和尚辱與同行，得非夙世有少緣契乎？

注釋

1 泗州大聖：據《太平廣記》記載，唐僧伽大師本西域人，俗姓何氏，唐龍朔（六六一——六六三）初來遊北土，隸名於楚州山陽龍興寺。後於泗州臨淮縣乞地建寺。景龍二年（七〇八），中宗遣使迎入內道場，尊為國師。並為臨淮寺御書「普先王寺」額賜之。四年（七一〇），於長安薦福寺圓寂。2 何國：《隋史·西域傳》：「何國，都那密水南數里，舊是康居之地也。……東去瓜州六千七百五十里。大業中，遣使貢方物。」3 被命責儋耳：紹聖四年（一〇九七）四月十七日，惠守方子容攜告命，軾得瓊州別駕、昌化軍安置。

譯文

泗州大聖《僧伽傳》說：「和尚，本是何國人。又世間都說他不知道從哪裏來，說：『不知道是何國人。』」最近讀《隋史·西域傳》，才發現有一個「何國」。我在惠州，忽然接到命令，被責罰遣派往儋耳。惠州太守方子容親自攜帶委任文書來此，而且安慰我說：「這都是宿世所定，大可不必遺憾。我妻子沈素一向小心侍奉僧徒，有一晚夢見和尚告別，沈素問他往哪裏去，和尚回答說：『應當與蘇子瞻同行。此後七十二日，會接到命令。』今天剛巧七十二日，難道不是前定！」我認為事情有前定者，無須從夢境得知。然而，我是什麼人呢？竟辱大和尚與我同行，豈非前世與之有多少因緣關係？

賞析與點評

「何國」本來應該是音譯，但漢字通常包含形音義，閱者至此易產生誤會，以為是「哪個國家」。

人無法改變當前困境，便會信宿命、信宗教，智者有時也會尋求此種解脫辦法。

袁宏論佛說

袁宏《漢紀》曰[1]：「浮屠，佛也，西域天竺國有佛道焉[2]。佛者，漢言覺也，將以覺悟群生也。其教也，以修善慈心為主，不殺生，專務清淨，其精者為沙門[3]。沙門，漢言息也，蓋息意去欲，歸於無為。又以為人死精神不滅，隨復受形，生時善惡皆有報應，故貴行修善道以煉精神，以至無生，而得為佛也。」東坡居士曰：此殆中國始知有佛時語也，雖淺近，大略具足矣。野人得鹿，正爾煮食之耳，其後賣與市人，遂入公庖中，饌之百方。然鹿之所以美，未有絲毫加於煮食時也。

注釋

1《漢紀》：東晉袁宏（三二八—三七六），字彥伯，陽夏（今河南太康）人，撰《後漢紀》三十卷。2天竺：歷史上有關印度之譯名，有身毒（Sindu）、天竺（Hindu）、印度（Indu）等異名。3沙門：漢譯名詞，亦稱桑門、舍摩那等等，僧徒。原意是勤息、止息之出家、苦行、禁慾者。

譯文

袁宏《漢紀》說：「浮屠，就是佛，西域天竺國有佛法。所謂「佛」，漢語說來是覺悟之「覺」，道理將以讓眾生覺悟。這一宗教以修善慈心為主，不殺生，專心求清淨，能精解的人可作沙門。所謂沙門，漢語即止息之「息」也，大概就是息止意念、除去人慾，歸結於人生無所追求。該教又認為人死後精神不消滅，隨即再次投胎受孕獲受形軀；而在生時的所作所為，善惡都有報應，故重視踐行修習向善之功德以提煉精神，以至到了無生無死的境界，從而涅槃成佛。」東坡居士說：

這大約就是中國開始知道佛法存在時的文字紀錄，語言雖然顯淺，大略情形卻具體充足。猶如鄉野之人捕獲一隻鹿，惟一的做法不過是煮來吃，後來把牠賣給商販，遂送進公共廚房中，可烹煮百種佳餚。但鹿之所以美好，在於煮食時不加入其他東西。

賞析與點評

佛教傳入中國，發展出禪宗一派，支流眾多。但原始佛教仍有其魅力，無論如何發展，其基本精神仍然存在。

道釋

本篇導讀——

此節談僧、道人物的言行。宋代的僧人、道士，很多都具備文學才華。方外交往，既有宗教討論，亦有文學交流。蘇軾的文字之中，常常蘊含情趣或哲理，愛憎色彩鮮明。大家閱讀其文，不妨略停，思考一下其哲理意趣。

贈邵道士

耳如芭蕉，心如蓮花，百節疏通，萬竅玲瓏。來時一，去時八萬四千。此義出《楞嚴》，世未有知之者也。元符三年九月二十一日，書贈都嶠邵道士[1]。

注釋

1都嶠（粵：橋；普：qiáo）：山名，在廣西梧州容縣南，其中八疊峯，道教視為天下第二十洞天。邵道士：名彥肅。

譯文

耳朵形狀像芭蕉，心如蓮花般潔淨，全身關節疏通暢達，心靈與經絡流通身體各竅，精神玲瓏剔透。生下來時僅一赤子之軀，離去世間時卻有八萬四千化身。這一觀念出自《楞嚴》經，世上還沒有人能深刻了解它的。元符三年（一一〇〇）九月二十一日，書寫後贈送都嶠山邵道士。

賞析與點評

蘇軾書寫佛教經義贈道士，雙方固皆有襟懷，亦唐宋以來佛道合流之跡證。不知是補其不足，抑或交流修煉心得。

書李若之事

《晉・方技傳》有幸靈者[1]，父母使守稻，牛食之，靈見而不驅。牛去，乃理其殘亂者。父母怒之，靈曰：「物各欲食，牛方食，奈何驅之？」父母愈怒，曰：「即如此，何用理亂者為？」靈曰：「此稻又欲得生。」此言有理，靈固有道者耶？呂猗母足得痿痺病十餘年，靈療之，去母數步坐，瞑目寂然。有頃，曰：「扶起夫人坐。」猗曰：「夫人得疾十年，豈可倉卒令起耶？」靈曰：「且試扶起。」兩人夾扶而立，少頃，去夾者，遂能行。學道養氣者[2]，至足之餘，能以氣與人，都下道士李若之能之，謂之「布氣」。吾中子迨少羸多疾，若之相對坐為布氣，迨聞腹中如初日所照，温温也。蓋若之曾遇得道異人於華岳下云。

注釋

1幸靈：人名，豫章建昌（今江西南昌）人。其事跡記載在《晉書》卷九十五，屬《藝術傳》，非方技傳。2學道養氣：修煉道家氣功，即煉內丹。

譯文

《晉書·方技傳》有幸靈這個人，父母叫他看守稻穀，牛吃水稻，幸靈看見了，卻不驅趕牛。牛離開了，才去梳理殘亂的水稻。父母怒罵他，幸靈說：「生物各自都想進食，牛正在吃，怎能把牠驅走？」父母更加憤怒，說：「就算你說得對，那麼事後還去梳理殘亂的水稻做什麼？」幸靈回答：「這水稻也還想生長下去。」這句話講得有道理，幸靈應該是一個有道之士罷。呂猗的母親，足部患了痿痺病有十多年，幸靈給她治療，離開呂母幾步遠而坐下，閉着雙眼，靜寂不語。過了一會，說：「把夫人從座位扶起來。」呂猗說：「夫人患病十年，怎麼能夠在一剎那間請她起身？」幸靈說：「姑且試試扶她起來。」兩人挾持着她扶起站立，一會兒，去掉扶持的人，終於能走。學道養氣的人，功力修養到達富足之後，能夠把真氣輸送給人，汴京一位道士名李若之，就能這樣做，稱做「布氣」。我的中子蘇迨，自少羸弱多病，李若之和他面對面坐，為他布氣，蘇迨聞腹中好像得到初升的太陽照耀，溫溫暖暖的感覺。聽說李若之曾經在華山下遇到得道的異人。

賞析與點評

將同情心延伸至一切生物，可謂大愛無量無邊。然而推延開去，竟是氣功治病，莫非氣功亦從熱愛別人、熱愛生命開始？

記蘇佛兒語

元符三年八月，余在合浦，有老人蘇佛兒來訪，年八十二，不飲酒食肉，兩目爛然，蓋童子也。自言十二歲齋居修行，無妻子。有兄弟三人，皆持戒念道，長者九十二，次者九十。與論生死事，頗有所知。居州城東南六七里。佛兒嘗賣菜之東城，見老人言：「即心是佛，不在斷肉。」余言：「勿作此念，眾人難感易流。」老人大喜，曰：「如是，如是。」

譯文

元符三年（一一〇〇）八月，我在合浦，有一位老人叫蘇佛兒來我家探訪，他八十二歲，不飲酒、不吃肉，兩目炯炯有神，估計懷童子功。他說十二歲就一人靜居修行，沒有妻子。家裏有兄弟三人，都持戒念道，老大九十二歲，老二九十歲。跟他討論生死問題，頗有見識。他居住在州城東南六七里的地方。佛兒曾經往東城賣菜，見到一位老人說：「此心是佛，就不必戒斷食肉。」佛兒回答說：「不要秉持這種念頭，普通人很難受感化，卻容易墮入流俗之中。」老人聽了大喜，說：「正是，正是。」

賞析與點評

「眾人難感易流」，世事往往如此，固無論練功抑或學習。

記道人戲語

紹聖二年五月九日，都下有道人坐相國寺賣諸禁方，緘題其一曰：賣「賭錢不輸方」。少年有博者，以千金得之。歸，發視其方，曰：「但止乞頭[1]。」道人亦善鬻術矣，戲語得千金，然亦未嘗欺少年也。

注釋

1乞頭：贏錢的人獻納給賭場或莊家的稅錢，古稱乞頭。現代稱抽佣、抽頭。

譯文

紹聖二年（一〇九五）五月初九日，汴京有一位道人坐在相國寺賣各種秘方，其中一個封包外題字說：賣「賭錢不會輸的秘方」。一位喜歡賭博的少年，用千錢買去。回家，打開看秘方，說：「停止付賭場所抽佣金（意指「不賭即不輸」）。」這位道人也算精於販賣之術了，用一句戲語就獲得千金，卻也不算欺騙那位少年。

壽禪師放生

錢塘壽禪師，本北郭稅務專知官，每見魚蝦，輒買放生，以是破家。後遂盜官錢為放生之用，事發坐死，領赴市矣。吳越錢王使人視之，若悲懼如常人，即殺之；

否，則捨之。禪師淡然無異色，乃捨之。遂出家，得法眼淨[1]。禪師應以市曹得度[2]，故菩薩乃現市曹以度之。學出生死法，得向死地走之一遭，抵三十年修行。吾竄逐海上[3]，去死地稍近，當於此證阿羅漢果[4]。

注釋

1法眼淨：清淨法眼。佛教有「五眼說」，當中「慧眼」與「法眼」都可以看到實相，僅次於「佛眼」。2度：使人離俗出家。3海上：指海南島。4證阿羅漢果：佛教指長時間修煉及悟道為「證果」。阿羅漢，梵文音譯，簡稱「羅漢」，小乘佛教修行的最高果地。

譯文

杭州壽禪師，本是在城外北郭（城郊）負責稅務的官員，每見人賣魚蝦，就買來放生，由此家庭破產。後來就偷盜官錢，作為放生之用，因事件揭發要處死，被帶往刑場準備處決。吳越國王錢俶命人去觀察，若是他悲哀恐懼像普通人，就處斬；否則，就放掉他。禪師面色平淡安寧，便饒他一命。於是他出家，獲得小乘法眼淨道。禪師應該是在市集刑場離俗出家，所以菩薩乃顯現於市集以引導他入佛法，而修習離開生死之法門，得向死亡之地走一趟，可以抵三十年的修行功力。我被驅逐到海南島，與死亡之地比較近，應當在這地方證得阿羅漢果之正智。

僧正兼州博士

杜牧集有〈敦煌郡僧正兼州學博士僧慧苑除臨壇大德制詞〉，蓋宣宗復河、湟時事也[1]。蕃僧最貴中國紫衣師號[2]，种世衡知青澗城[3]，無以使此等，輒出牒補授[4]。君子予其權[5]，不責其專也。

注釋

1宣宗：唐宣宗李忱（八一〇—八五九），繼武宗為帝，在位前後十三年（八四七—八五九）。復河、湟：黃河與湟水兩川流域一帶土地，自唐中葉起即陷於吐蕃，至大中五年（八五一）方恢復漢人統治。2紫衣：僧人本樸素，原始佛教以糞掃衣、塚間衣為尚，多屬爛污布；賜僧人紫色袈裟，自武則天始。3种（粵：蟲；普：chóng）世衡：字仲平，种放之兄子。少尚氣節，在延安東北故寬州，因其廢壘而築城池以為寇衝，成青澗城。事跡見《宋史》卷三三五本傳。4出牒補授：有僧人王光信，驍勇善騎射，習知蕃部山川道路，种世衡出兵，常使為嚮導，數蕩族帳，奏以為三班借職，改名嵩。世衡為蠟書，遣嵩遺西夏貴人剛浪唛，言其下屬浪埋等已至宋地，朝廷知王有向漢心，命為夏州節度使，奉錢月萬緡，旌節已至，趣其歸附，以棗綴畫龜，喻其早歸之意。剛浪唛得書大懼，自所治執嵩歸元昊，元昊疑剛浪唛貳己，不得還所治，且錮嵩穽中。元昊使其臣李文貴以剛浪唛旨報世衡，言不達所遺書意，或許通和，願賜一言。由是雙方打開和談之門。至於出牒補授，事屬細微，史不詳載。5君子：此處指在高位之宰相或將帥。

譯文

杜牧文集有一篇〈敦煌郡僧正兼州學博士僧慧苑除臨壇大德制詞〉，大約是記唐宣宗恢復黃河與湟水兩川流域之事。蕃僧以中國賜紫衣袈裟和封號為最貴重，种世衡任青澗城知府時，無法使用這等辦法，就私自發出牒文補授官銜。在朝君子既付予地方官權力，也就不追究种世衡專權自作主張了。

賞析與點評

事有權宜，人所共知；將在外，君命有所不受，亦古訓所許，但能否實行，端視在上位者心胸如何。喜之則嘉之，罪之則責之，事例多不勝數。

卓契順禪話

蘇臺定慧院淨人卓契順[1]，不遠數千里，陟嶺渡海，候無恙於東坡。東坡問：「將什麼土物來？」順展兩手。坡云：「可惜許數千里空手來。」順作荷擔勢，信步而去。

注釋 1 淨人：寺院聘用管事、幹雜役的非出家人。

譯文 蘇州姑蘇臺定慧院雜役卓契順，不懼數千里之遙遠，攀山渡海，來嶺南問候東坡是否無恙。東坡問他：「帶着什麼土產品來？」契順展開兩手，空空如也。東坡說：「可惜走這數千里遠的路，卻空着手來。」契順作擔着重擔姿勢，然後漫步走開。

賞析與點評

禪宗注重頓悟，不重語言。受此風影響，卓契順扮演負荷重擔之姿勢，乃以身體語言(body language)表示自己有承擔，而且擔子非輕。表面上不帶任何東西，但萬水千山，肩負責任，比實物更沉重。

僧文葷食名[1]

僧謂酒為「般若湯[2]」，謂魚為「水梭花」，雞為「鑽籬菜」[3]，竟無所益，但自欺而已，世常笑之。人有為不義而文之以美名者，與此何異哉！

注釋　1文：粉飾，文非飾過。葷食：相對於素食而言，包括肉食、飲酒等。2般若：佛教語言，意謂智慧。3鑽籬：指雞在籬笆下鑽來鑽去。

譯文　僧徒稱酒為「般若湯」，把魚叫作「水梭花」，稱雞為「鑽籬菜」，實際上毫無益處，只是自欺而已，世人常常譏笑他們。世人有做不義的事，而用美好的名稱來作雕飾的，與此相比，有何不同呢！

本、秀非浮屠之福

稷下之盛[1]，胎驪山之禍[2]；太學三萬人[3]，噓枯吹生，亦兆黨錮之冤[4]。今吾聞本、秀二僧，皆以口耳區區奔走王公，洶洶都邑，安得而不敗？殆非浮屠氏之福也。

注釋

1稷下之盛：戰國時齊國都城有稷門，本城門，談說之士聚集於此論學，至宣王時有數百千人，振興學術，世稱稷下學派。2驪（粵：梨；普：lí）山之禍：咸陽為秦國都城，驪山在旁，屬借代指稱。秦始皇坑埋儒生四百六十餘人，以其好非議之故。3太學三萬人：東漢有太學，類似國家大學，諸生多至三萬餘人。學生領袖郭林宗、賈偉節等議論政治，與名士李膺、陳蕃、王暢等互相褒揚，蔚成風氣。4黨錮之冤：東漢後期，貴戚與宦官專權，太學生與朝士結黨論政，指斥是非，漸成勢力，桓帝、靈帝時，宦官借天子名義，將議政的士大夫和太學生列為黨人，予以禁錮，藉此打擊士氣，摧殘人才，影響深遠。史稱黨錮之禍。

譯文

齊國稷下學人之盛，成為秦始皇驪山焚書坑儒災禍的根源；漢桓帝時太學三萬人，一齊吹噓，可使生者變枯、枯者變生，於是形成黨錮冤獄的端兆。今天我聽聞本、秀二位僧人，皆以口耳傳言之法，奔走出入王公大臣之門，如此則京城人聲鼎沸，怎會不導致禍患發生？這恐怕不是佛家的福事。

賞析與點評

言論自由，可使奸妄無所遁形；但眾口鑠金，三人成虎。所謂水能載舟，亦能覆舟，中國文化思想中認為事物往往利害並存，福禍互動，此亦一真理。

異事上

本篇導讀——

異事若干篇，記載常人覺得奇怪的一些現象。有些怪誕事，隨着科學昌明，以前無法解釋的現象，現今或可以獲得較完滿客觀的答案。人類對客觀世界的了解，至今仍然不多，亦不透徹，諸如宇宙來源、鬼神、氣功之類等等，仍然未能找到確定的答案。世人只好姑妄聽之，姑且信之。保留這些記錄，留待他日找尋更佳答案，應該是較可取的做法。

記道人問真

道人徐問真，自言濰州人，嗜酒狂肆，能啖生葱鮮魚，以指為，以土為藥，治病良有驗。歐陽文忠公為青州，問真來從公遊，久之乃求去。聞公致仕，復來汝南，公常館之，使伯和父兄弟為之主[1]。公常有足疾，狀少異，醫莫能喻。問真教公汲引氣血自踵至頂，公用其言，病輒已。忽一日求去甚力，公留之，不可，曰：「我有罪，我與公卿遊，我不復留。」公使人送之，果有冠鐵冠丈夫長八尺許，立道周俟之。問真出城，顧村童使持藥笥。行數里，童告之求去。問真於髻中出小瓢如棗大，再三覆之掌中，得酒滿掬者二，以飲童子，良酒也。自爾不復知其存亡，而童子徑發狂，亦莫知其所終。軾過汝陰，公具言如此。其後貶黃州，而黃岡縣令周孝孫暴得重腿疾[2]，軾試以問真口訣授之，七日而愈。元祐六年十一月二日，與叔弼父、季默父夜坐話其事[3]，事復有甚異者，不欲盡書，然問真要為異人也。

注釋

1伯和父：歐陽修子歐陽發，字伯和。父亦作甫，古人表示尊敬的一種稱謂。賜進士出身，累遷殿中丞。四十六歲卒。2腿（粵：墜；普：zhuì）疾：腿病。3叔弼父、季默父：歐陽修的兒子，棐字叔弼、辯字季默。

譯文

道人徐問真，自己說是濰州人，嗜好飲酒，狂浪放肆，敢吃生葱和鮮魚，以指作針，以土為藥，治病頗見靈驗。歐陽修知青州，問真來此與歐公交遊，日子久了，要求回去。後來聽聞歐陽公退休，再來汝南地區，歐陽公仍常招待他住宿，命伯和兄弟負責接待。歐陽公常患足疾，狀態有些異常，大夫無法講清楚。問真教歐陽公汲引氣血，自腳踵至頭頂，歐陽公採納其意見，病就好了。忽然，問真有一天請求歸去，甚為堅決，歐陽公挽留他，問真不肯留下，說：「我有罪，我與公卿交遊，我不再留下。」歐陽公着人送他走，果然有頭戴鐵冠的丈夫，身長八尺餘，站立道旁等候他。問真出城，請村童為他拿着藥箱子。走了數里路，村童告訴他要回去了。問真在髮髻中取出小瓢，大小似棗，再三覆蓋在掌中，得酒滿掬，如此兩次，給那位童子喝，確是美酒。自此不再知道他是生是死，童子亦立即發狂，不知其下落。我經過汝陰（汝水南面），歐陽公詳述情形如此。其後我被貶黃州，而黃岡縣令周孝孫突然患了嚴重腿疾，我試用問真的口訣傳授給他，七日便痊癒。元祐六年（一〇九一）十一月二日，與歐陽棐叔弼甫、歐陽辯季默甫夜間坐談，提及此事，而事情有更奇異的，我不想全部寫下來，然而，問真確實是一個異人。

記羅浮異境

有官吏自羅浮都虛觀遊長壽，中路睹見道室數十間，有道士據檻坐，見吏不起。吏大怒，使人詰之，至則人室皆亡矣。乃知羅浮凡聖雜處[1]，似此等異境，平生修行人有不得見者，吏何人，乃獨見之。正使一凡道士見己不起[2]，何足怒？吏無狀如此[3]，得見此者必前緣也。

注釋

1凡聖：凡，凡人；聖，指神仙，道家修煉至精至純時，達到至人、神人、聖人、真人等境界。2正使：就算、即使。3無狀：行為失檢，此指囂張、放肆。

譯文

有官吏從羅浮都虛觀遊覽長壽院，中途看見道室數十間，有道士憑據門檻而坐，見官吏也不起身。這官員大怒，命人去責問他，走到那裏，發覺人與室都不見了。才知道羅浮山是凡人與仙人混雜居處。像這等奇異境界，平生修行的人也沒有機會看見，這官吏是何等人，竟然可以見到。即使一個平凡的道士見到自己而不起身行禮，何須震怒？這吏員囂張至此，得獲機會見識此種異境，必因前世宿緣所致。

東坡昇仙

吾昔謫黃州，曾子固居憂臨川[1]，死焉。人有妄傳吾與子固同日化去，且云：

「如李長吉時事[2]，以上帝召他。」時先帝亦聞其語[3]，以問蜀人蒲宗孟，且有歎息語。今謫海南，又有傳吾得道，乘小舟入海不復返者，京師皆云，兒子書來言之。今日有從廣州來者，云太守柯述言吾在儋耳，一日忽失所在，獨道服在耳，蓋上賓也[4]。吾平生遭口語無數，蓋生時與韓退之相似，吾命在斗間而身宮在焉。故其詩曰：「我生之辰，月宿南斗[5]。」且曰：「無善聲以聞，無惡聲以揚。」今謗我者，或云死，或云仙，退之之言良非虛爾。

注釋

1曾子固：曾鞏（一〇一九—一〇八三）字子固，南豐（今江西南豐）人，北宋著名古文家。其時在丁母憂。臨川：今江西撫州臨川。2李長吉：李賀，字長吉，唐宗室，著名詩人。傳言李賀書見緋衣人持一板，書云：「上帝成白玉樓，召君作記。」遂卒，年二十七。事見《唐書》本傳。3先帝：指宋神宗（一〇六八—一〇八五在位）。4上賓：死亡，道家謂飛昇為上賓。5月宿南斗：意指身屬磨蠍宮。案：清李慈銘《越縵堂日記．南濠詩話》：「韓詩曰：『我生之初，月宿南斗。』東坡謂公身坐磨蠍宮，而己命亦居是宮，蓋磨蠍星紀之次為斗宿所纏。星家言身命舍者是，多以文顯。」傳言命屬磨蠍宮者，生平多遇挫折，但多藉文學出名。

譯文

從前我謫居黃州，曾子固在臨川丁母憂，竟然死去。人有謠言妄傳，說我和曾子固同日羽化而去，且說：「如李賀當時情況，因上帝召喚他。」其時先帝亦聽聞傳言，遂問蜀人蒲宗孟，而且有慨歎的話。現在我謫居海南，又有謠傳說我得道，坐小舟入海，不再回來，京師都這麼傳言，兒子寄信來說了此事。今日有從廣州來的人，說太守柯述，謂我在儋耳，有一天忽然失去蹤跡，只有道服留下來，大約是昇天去了。我平生遭遇無數謠言，出生時大概跟韓愈一樣，命在斗牛之間，而干支八字卻屬磨蠍宮。韓愈詩說：「我生之時，月宿南斗。」又說：「沒有好名譽可傳聞，沒有壞名聲足以播揚。」現在毀謗我的人，或者說我死了，或者說我昇仙，韓愈的話也句句合我用，確實不虛。

黃僕射

虔州布衣賴仙芝言：連州有黃損僕射者，五代時人。僕射蓋仕南漢官也，未老退歸，一日忽遁去，莫知其存亡。子孫畫像事之，凡三十二年。復歸，坐阼階上，呼家人。其子適不在，孫出見之。索筆書壁云：「一別人間歲月多，歸來人事已消磨。惟有門前鑑池水，春風不改舊時波。」投筆竟去，不可留。子歸，問其狀貌，孫云：「甚似影堂老人也。」連人相傳如此。其後頗有祿仕者。

譯文

虔州平民賴仙芝說：連州有一位叫做黃損僕射的人，是五代時人。僕射應是出仕南漢時的官職，未老即退任回家。一日，忽然遁亡而去，人不知其存亡。其子孫畫畫像拜祀。三十二年後，他卻又回家，坐在大堂前台階上，呼叫家人。他兒子剛巧不在家，孫兒出來看他。他索取筆硯，在壁上寫道：「塵世稍別，卻已經歷許多歲月，回來發覺人事變遷已極多。只有門前一道如鏡之池水，春風一吹依然似舊日之風波。」放下筆就離去，不肯留下。兒子回家，問起他的樣貌，孫子說：「很像影堂上那位老人家。」連州人如此相傳。其後代頗多出來當官。

賞析與點評

此文可用常理解釋：未老退任，且作四十四歲，遠遊三十二年，不過七十六歲，雖過古稀之年，但當時人張子野七十幾尚納妾，因此七十多歲仍然健在亦不稀奇。

癯仙帖

司馬相如諂事武帝，開西南夷之隙。及病且死，猶草〈封禪書〉，此所謂死而不已者耶？列仙之隱居山澤間，形容甚癯，此殆「四果」人也[1]。而相如鄙之，作〈大人賦〉，不過欲以侈言廣武帝意耳。夫所謂大人者，相如孺子，何足以知之！若賈生〈鵩鳥賦〉，真大人者也。庚辰八月二十二日，東坡書。

注釋

1 四果：佛家聲聞乘聖果有四：須陀洹果、斯陀含果、阿那含果、阿羅漢果。至阿羅漢果，即達極品，享受人天供奉，在涅槃境界，永不再入輪迴。

譯文

司馬相如阿諛奉承漢武帝，開通西南夷，造成華夷之間的嫌隙。及病將死，猶起草〈封禪書〉，這就是所謂死而不止的人吧？列仙隱居山澤間，外形容貌相當癯瘦，這幾乎是「四果」人。而相如鄙視他們，作〈大人賦〉，不過欲以誇張之語言去增強武帝野心而已。所謂大人，像司馬相如這等小子，怎有資格去了解！如賈誼撰〈鵩鳥賦〉，才是真正的大人。庚辰年（一一〇〇）八月二十二日，東坡書。

賞析與點評

蘇軾卒於建中靖國元年（一一〇一），〈癯仙帖〉是卒前一年所寫的。以大文學家來評大文學家，蘇軾對司馬相如評價甚低，相當有趣。雖然談及作品，如〈封禪書〉、〈大人賦〉，實際上卻是評價個人之事功及志向胸襟。這不能不令人注意。

記鬼

秦太虛言[1]：寶應民有以嫁娶會客者[2]，酒半，客一人竟起出門。主人追之，客若醉甚將赴水者，主人急持之。客曰：「婦人以詩招我，其辭云：『長橋直下有蘭舟，破月衝煙任意游。金玉滿堂何所用，爭如年少去來休。』倉皇就之，不知其為水也。」然客竟亦無他。夜會說鬼，參寥舉此，聊為之記。

注釋

1秦太虛：秦觀（一〇四九——一一〇〇），字少游、太虛，號淮海居士，高郵（今江蘇高郵）人。任秘書省正字，兼國史院編修官等職。著名詞人，名列蘇門四學士。

2寶應：在今江蘇揚州。

譯文

秦觀說：寶應縣有一個人因嫁娶而會集賓客。筵席舉行中途，一個客人竟然起身出門。主人追趕他，客人好像喝醉了，一心要衝進河水裏，主人急忙抱持他。

客人說：「有一位婦女以詩招我去，詩句說：『長橋底下有蘭木之舟，可以衝破月色、撥開煙靄任意暢遊。家裏金玉滿堂有什麼用處，怎比得上年少時期來來去去遊玩。』我於是倉皇之間跟着去，沒有注意到那是河水呀。」然而客人後來也沒有什麼事。我們在夜間聚會談說鬼魅，參寥子舉出此事，姑且記下來。

李氏子再生說冥間事

戊寅十一月，余在儋耳，聞城西民李氏處子病卒兩日復生。余與進士何旻同往見其父，問死生狀。云：初昏，若有人引去，至官府幕下。有言：「此誤追。」庭下一吏云：「可且寄禁。」又一吏云：「此無罪，當放還。」見獄在地窟中，隧而出入。繫者皆儋人，僧居十六七。有一嫗身皆黃毛如驢馬，械而坐，處子識之，蓋儋僧之室也。曰：「吾坐用檀越錢物，已三易毛矣。」又一僧亦處子鄰里，死已二年矣，其家方大祥[1]，有人持盤及錢數千，云：「付某僧。」僧得錢，分數百遺門者，乃持飯入門去，繫者皆爭取其飯。僧飯，所食無幾。又一僧至，見者擎跪作禮。僧曰：「此女可差人速送還。」送者以手擘牆壁使過，復見一河，有舟，使登之。送者以手推舟，舟躍，處子驚而寤。是僧豈所謂地藏菩薩耶？書此為世戒。

注釋

1大祥：父母喪後兩週年的祭禮。《儀禮．士虞禮》：「又朞而大祥，曰薦此祥事。」賈公彥疏：「此謂二十五月大祥祭，故云復朞也。」朞同期，音機。

譯文

紹聖五年（一〇九八）戊寅十一月，我在儋耳，聽聞城西居民李家的少女病卒，兩日後又醒過來。我與進士何旻一起去見她父親，問少女的死生情況。說：最初昏迷，好像有人帶領我到官府帷幕下面。有人說：「這次是錯誤追捕。」公庭下有一個官吏說：「可暫時拘留。」另一個官吏說：「此人無罪，應當放回去。」看見牢獄就在地窟中，通過隧道出入。被拘繫的都是儋耳人士，僧侶佔十分之六七。有個老婦人全身都是黃毛，好像驢馬，被器械關緊而坐着，少女本認識她，原來是儋耳一位僧人的妻室。說：「我犯了用施主錢物的罪，已三次換毛了。」又有一個僧人也是少女的鄰居，死了兩年，他家正舉行卒後過兩年的大祥祭禮，一個人拿一盤食物及數千錢，說：「交給某位僧人。」僧人得錢，分數百錢給看門的人，就持飯進門。此時被拘禁的人皆爭相取飯。僧人派飯，所食沒有多少。又有一個僧人來，看見他的人都舉手作揖並跪下行禮。僧人說：「此少女，可派人快點送她回家。」送者以手掰開牆壁使她走過去，又見一道河流，有小船，送者叫她登船。

送者以手推開小船，小船衝浪，少女驚醒。這位僧人難道就是所謂地藏菩薩嗎？乃記下此事以警戒世人。

賞析與點評

死而復生，可能是一種暫時性的嚴重昏迷，例如現代腦中風病人，每有昏睡數天而蘇醒過來的案例。至於昏睡期間所見所聞，人言人殊，各有不同經驗，這些是神學及腦神經科學很好的研究材料。

道士張易簡

吾八歲入小學，以道士張易簡為師。童子幾百人，師獨稱吾與陳太初者。太初，眉山市井人子也。余稍長，學日益，遂第進士制策，而太初乃為郡小吏。其後余謫居黃州，有眉山道士陸惟忠自蜀來，云：「太初已尸解矣[1]。蜀人吳師道為漢州太守，太初往客焉。正歲日，見師道求衣食錢物，且告別。持所得盡與市人貧者，

反坐於戟門下[2]，遂卒。師道使卒舁往野外焚之，卒罵曰：『何物道士，使吾正旦舁死人！』太初微笑開目曰：『不復煩汝。』步，自戟門至金雁橋下，趺坐而逝[3]。焚之，舉城人見煙焰上眇眇焉有一陳道人也。」

注釋

1尸解：道教徒昇仙，留下屍骸，稱尸解。2戟門：古代官員衙門，或帝王外巡時止宿之處，有兵士執戟守衛，或插戟為門，稱戟門。3趺（粵：膚；普：fū）坐：盤腿端坐。

譯文

我八歲進小學，拜道士張易簡為師。童子幾百人，老師只稱讚我和陳太初。太初生於眉山老百姓家庭。我年紀稍長，學養日增，就參加進士制策考試而登科，而太初仍然在郡中任小吏。後來我被貶謫居住在黃州，有眉山道士陸惟忠從四川來，說：「太初已經昇仙了。蜀人吳師道任漢州太守，太初往他家作客。正月初一，見師道，求贈衣食錢物，跟着辭別。拿所得的東西，全部贈送給市中居民和貧苦之人，回去坐在戟門下，就死了。師道命兵卒把太初抬往野外焚燒，並罵道：『什麼道士，要讓我在元旦抬走死人！』太初張開眼睛微笑說：『不再煩你。』自戟門步行至金雁橋下，盤腿端坐而逝。焚屍時，全城人看見煙霧火焰上渺遠之間好像有一位陳道人。」

辨附語

世有附語者[1]，多婢妾賤人，否則衰病不久當死者也。其聲音舉止皆類死者，又能知人密事，然皆非也。意有奇鬼能為是耶？昔人有遠行者，欲觀其妻於己厚薄，取金釵藏之壁中，忘以語之。既行而病且死，以告其僕。既而不死。忽聞空中有聲，真其夫也，曰：「吾已死，以為不信，金釵在某處。」妻取得之，遂發喪。其後夫歸，妻乃反以為鬼也。

注釋　1附語：問覡，粵俗稱「問米」，死人附在活人身上講話。據說替身可代死者親述狀況。

譯文　世上有死者附身活人講話的事，多屬婢妾等卑賤的人所為，否則就是衰病快要死的人了。其聲音舉止全都類似死者，又能夠知道人的秘密事情，其實都是錯誤的。其意以為有奇鬼能如此做嗎？從前有人遠行，想觀察其妻子對待自己的態度是親厚抑或刻薄，乃取金釵藏入牆壁中，當作忘記告訴她。既遠行，患病將死，將事情告訴僕人。後來卻沒有死去。一天，妻子忽聞空中有聲，十足是她丈夫的聲音，說：「我已死，你若不信，金釵放在某處。」妻子取得金釵，就為他舉行喪禮。丈夫歸來後，妻子反而以為是個鬼魂。

三老語

嘗有三老人相遇，或問之年。一人曰：「吾年不可記，但憶少年時與盤古有舊。」一人曰：「海水變桑田時，吾輒下一籌，爾來吾籌已滿十間屋。」一人曰：「吾所食蟠桃，棄其核於崑崙山下，今已與崑山齊矣。」以余觀之，三子者與蜉蝣朝菌何以異哉[1]？

注釋

1 蜉蝣（粵：浮游；普：fú yóu）：學名 Ephemeroptera，幼小昆蟲，其翅不能折疊；產卵後即逝，俗稱朝生暮死。朝菌：朝生暮死的菌類植物。出自《莊子．逍遙遊》：「朝菌不知晦朔，蟪蛄不知春秋。」

譯文

曾經有三個老人相遇，有人問他們的年紀。一個人說：「我年歲無法記得，只是想起少年時，和盤古有交情。」一個人說：「海水變桑田時，我就放下一支籤籌，至此我的籤籌已放滿十間屋子。」一個人說：「我吃掉蟠桃，把桃核丟棄在崑崙山下，現在桃樹已與崑山一樣高了。」以我來看，這三個人和朝生夕死的蜉蝣、短暫生命的朝菌，有什麼分別呢？

賞析與點評

中華民族有五千年歷史。遠至北京人、藍田人，也不過七十萬至一百二十萬年歷史，但恐龍在六千五百萬年前已滅絕。在宇宙長河中，人類自盤古開天以來，也只是一瞬間，何況個人。站在更遠更高的角度去看，任何生命都是蜉蝣朝菌。

桃花悟道

世人有見古德見桃花悟道者，爭頌桃花，便將桃花作飯，五十年轉沒交涉。正如張長史見擔夫與公主爭路而得草書之氣[1]，欲學長史書，便日就擔夫求之，豈可得哉？

注釋

1 張長史：唐代張旭曾任金吾長史，以草書聞名。《新唐書》記載，張旭喜歡醉後寫字，稱「狂草」。顏真卿在《張長史十二意筆法記》中提到自己跟隨張旭學習筆法。見擔夫與公主爭路：事見《新唐書》卷二〇二：「旭自言，始見公主擔夫爭道，又聞鼓吹，而得筆法意；觀倡公孫武舞〈劍器〉，得其神。」

譯文

世人見到古來傳說，說古代有德之士因見桃花而悟道，於是爭相歌頌桃花，即使拿桃花來煮飯，五十年也沒有效用。正如唐代張旭長史，見挑夫與公主爭路而獲得啟發，悟得草書之精神，想學張旭書法，便日日接近挑夫以追求書法精神，難道就可獲得嗎？

賞析與點評

學習須講求科學方法。方法錯，效果就會打折扣。張旭見擔夫與公主爭路而頓悟，後人偶亦因類似經驗而產生另一種頓悟，未必無益。不過，若日日向擔夫下手揣摩，當然是愚蠢透頂了。

卷三

異事下

本篇導讀——

因篇幅較長，異事分為上下兩部分，內容沒有太大分別。當中有一部分文字談論報應。如卷二之〈李氏子再生說冥間事〉，卷三之〈陳昱被冥吏誤追〉、〈孫抃見異人〉。做好事得好報，是勸人向善的話，近世常視為騙人的迷信話語。惟從心理學角度思之，幫助別人者，能產生施比受更有福的感念，亦因着主客間之強弱比較，容易理解人生常有欠缺和遺憾，則更能領悟人生，把握個體之幸福，從而樂觀面對生老病死，活得更有信心，更從容，更喜悦。做壞事則泯滅良心，於心不安，容易罹禍，如〈石普見奴為祟〉，發覺是誤會，病也就好了。

朱炎學禪

芝上人言：近有節度判官朱炎學禪，久之，忽於《楞嚴經》若有所得者[1]。問講僧義江曰[2]：「此身死後，此心何住？」江云：「此身未死，此心何住？」炎良久以偈答曰[3]：「四大不須先後覺[4]，六根還向用時空[5]。難將語默呈師也[6]，只在尋常語默中。」師可之。炎後竟坐化，真廟時人也[7]。

注釋

1《楞嚴經》：佛經，唐沙門般剌密帝所譯，共十卷。2講僧：講經的僧人。3偈：梵語云「頌」，漢語言「偈」，原屬佛經中的唱詞。4四大：佛家以地、水、火、風四大物質構成天地萬象。覺：覺悟，覺知。佛家語。5六根：佛家認為人通過眼、耳、鼻、舌、身、意六根以認識世界。從現代科學觀點看，包括視覺、聽覺、嗅覺、味覺、觸覺、思覺六種神經細胞，形成人的智慧，去理解人類生存的世界。6語默：不語，無言。禪宗主張不用言語而頓悟。7真廟：北宋皇帝趙恆的廟號真宗（九九八—一〇二二在位），簡稱真廟。

譯文

芝上人說：近日有節度判官朱炎學禪，時間久了，忽然對《楞嚴經》好像有些心得。問講僧義江法師說：「這個身軀死後，這個心住在哪裏？」義江說：「這個身軀未死時，這個心住在哪裏？」過了一段頗長時間，朱炎才以偈語回答：「何須了解地水火風四物的先後，眼耳鼻舌身意六根用時還向性空。難將不語心事呈告師父，一切只在閒常不言之中。」法師覺得不錯。朱炎後來竟然端坐安詳離世。他是真宗時代的人。

賞析與點評

「此身未死，此心何住？」宗教之特點，就是讓人反省生命，導人深思生命之來源去向，包括在生時如何安身立命的問題。

故南華長老重辨師逸事

契嵩禪師常瞋[1]，人未嘗見其笑；海月慧辨師常喜，人未嘗見其怒。予在錢塘，親見二人皆趺坐而化。嵩既茶毗，火不能壞，益薪熾火，有終不壞者五[2]。

海月比葬，面如生，且微笑。乃知二人以瞋喜作佛事也。世人視身如金玉，不旋踵為糞土，至人反是。予以是知一切法以愛故壞，以捨故常在，豈不然哉！予遷嶺南，始識南華重辨長老，語終日，知其有道也。予自嶺南還[3]，則辨已寂久矣。過南華弔其眾，問塔墓所在，曰：「我師昔有壽塔南華之東數里，有不悅師者葬之別墓，既七百餘日矣，今長老明公獨奮不顧，發而歸之壽塔。改棺易衣，舉體如生，衣皆鮮芳，眾乃大愧服。」東坡居士曰：辨視身為何物，棄之尸陁林[4]，以飼烏鳶何有，安以壽塔為？明公知辨者，特欲以化服同異而已。乃以茗果奠其塔而書其事，以遺其上足南華塔主可興師[4]。時元符三年十二月十九日。

注釋

1 契嵩（粵：鬆；普：sōng）：宋代高僧，字中靈，本藤州鐔津李氏子。受法於洞山曉聰禪師，居杭州靈隱寺。熙寧四年（一〇七一）卒。2 終不壞者五：《湘山野錄》：「契嵩沒於杭，火葬訖，不壞者五物，睛、舌、鼻、耳毫、數珠，時恐厚誣，以烈火重煅，愈煅愈堅。」3 自嶺南還：蘇軾北歸為建中靖國元年（一一〇一）。4 尸陁林：《玄應音義．七》：「尸陀林，正音言尸多婆那，此名寒林。其林幽邃而寒，因以名也。在王舍城側，死人多送其中。」原指王舍城外郊區居民墓葬地，是荒涼、陰寒、幽深的林區。4 上足：高足。通常指弟子中之較顯要者。

譯文

契嵩禪師常怒目而視，旁人未嘗見他發笑；海月慧辨師常快樂，旁人未嘗見他發怒。我在杭州，親見二人皆盤坐而離世。契嵩以焚化禮燒屍，火焰不能燒壞遺體，添加木柴以增強烈火高温，但身上有五物始終燒不壞。海月至葬，面色如在生時，而且微笑。才知道兩個人分別以瞋怒和快樂去修煉佛法。世人把身體當作金玉，沒多久即化為糞土，聖哲之人反其道行之。我由此知道一切法因愛惜而造成破壞，以能捨棄因此得以常存，難道不是如此！我謫遷嶺南，才認識南華寺重辨長老，與他談論終日，知道他是道行高的法師。我從嶺南北返，重辨長老已圓寂很久了。經過南華寺慰問僧眾，問起重辨的塔墓所在地，他們說：「師父從前有壽塔營置在南華寺東面數里，但有不喜歡師父的人把他安葬在別的墓厝，經過七百多天，現今長老明公獨自奮不顧身，發掘出來仍歸葬於原來壽塔。想更換棺木及改穿壽衣，發覺整個身體不朽似在生時，衣服依然光鮮芬芳，大家都很慚愧和佩服。」東坡居士說：重辨把身體算作什麼東西，拿往尸陁林處丟棄罷了，用來餵飼烏鴉飛鷹也無所謂，何苦用壽塔去安置？明公是深知重辨的人，只不過想利用此機會來感化說服同道和異見的人而已。於是奉上香茗水果祭奠其塔而書寫這件事，並留贈給他的高足、南華寺僧塔主管可興法師。其時元符三年十二月十九日。

賞析與點評

元符三年十二月十九日，是蘇軾的生日，西曆已步入新年（一一〇一），十多天後即建中靖國元年。蘇軾的北歸路線，是經粵北韶關南華寺北上。他在自己生日談法師屍體之處理，固然有客觀事緣背景，卻令人揣測蘇軾藉此抒發其看破生死造化之感觸。真正對人類有貢獻，其名萬世留存。何必經營陵墓，浪費人間寶貴資源？

冢中棄兒吸蟾氣

富彥國在青社，河北大饑，民爭歸之。有夫婦襁負一子，未幾，迫於飢困，不能皆全，棄之道左空冢中而去。歲定[1]，歸鄉過此冢，欲收其骨，則兒尚活，肥健愈於未棄時，見父母，匍匐來就。視冢中空無有，惟有一竅滑易，如蛇鼠出入，有大蟾蜍如車輪，氣咻咻然，出穴中。意兒在冢中常呼吸此氣，故能不食而健。自爾遂不食，年六七歲，肌膚如玉。其父抱兒來京師，以示小兒醫張荊筐。張曰：「物之有氣者能蟄，燕蛇蝦蟆之類是也[2]。能蟄則能不食，不食則壽，此千歲蝦蟆也。決不當與藥，若聽其不食不娶，長必得道。」父喜，攜去，今不知所在。張與余言，蓋嘉祐六年也。

注釋

1歲定：定，有停止之義，歲定疑指一年後饑荒停止。2燕蛇：燕蛇細長，四肢退化，體表覆蓋鱗片。上頜骨較短，前端有溝牙。若溝牙後有數枚細牙，屬前溝牙類毒蛇，毒液含神經毒。蝦蟆（粵：麻；普：má）：指青蛙和蟾蜍。

譯文

富弼在青州，黃河北部發生嚴重饑荒，流民爭相歸附青州。有夫婦背負一個襁褓孩兒，沒多久，迫於飢餓困苦，一家無法兼顧，惟有將孩子棄置路旁的空置墓室中而去。一年後，饑荒不再，這家人回鄉，路過此冢，想收拾兒子的屍骨，則兒子尚生存，比起未曾棄置時更加肥碩壯健，看見父母，就匍匐爬來接近他們。視察冢中，空無一物，惟有一洞口滑溜溜，如蛇鼠出入，有大蟾蜍，狀如車輪，吐氣之聲咻咻然，爬出穴中。估計兒子在冢中常常呼吸此氣，所以能不食而健康。自此遂不進食，年六七歲，肌膚如玉。其父抱兒子到京師來，給小兒醫師張荊筐看。張說：「有氣的動物能蟄伏而居，如燕蛇、蝦蟆之類就是。能蟄伏而居就可以不進食，不進食則長壽，那是一隻千歲蝦蟆呢。絕對不應當用藥，若聽任他不進食不娶妻，成長以後一定得道。」其父大喜，帶孩子回去，現在不知在何方。張荊筐和我談起此事，大概是嘉祐六年（一〇六一）的事。

賞析與點評

災荒歲月，常有人間慘事。把孩兒棄置途旁，任其自生自滅，可悲之餘，現代讀者或會聯想到狼孩。幼兒能存活下來，是否單靠蟾蜍供養氣息，亦未必然。墓塲可能有祭品留下供其食用，或附近有居民見之不忍，而留置食品給孩子。至於「自爾遂不食」，能維持多久，或其父所言是否真實，就很難説。

石普見奴為祟

石普好殺人，以殺為娛，未嘗知暫悔也。醉中縛一奴，使其指使投之汴河[1]，指使哀而縱之。既醒而悔，指使畏其暴，不敢以實告。居久之，普病，見奴為祟，自以必死。指使呼奴示之，祟不復出，普亦癒。

注釋 1指使：低級軍官，乃州縣或將領之屬官，平日供差遣。

譯文 石普喜歡殺人，把殺人當作娛樂，未嘗知道後悔。某次於醉酒時綁起一個奴僕，叫他的指使官將那奴僕投進汴河，指使哀憫奴僕而放他走。石普醒後心裏後悔，但指使官畏懼他殘暴，不敢把實況相告。過了好久，石普患病，見到奴僕鬼魂作祟，自以為必死。指使官乃呼喚奴僕出來讓他看，於是鬼祟不再出現，石普也痊癒了。

賞析與點評

這是疑心生暗鬼、杯弓蛇影的同類故事。從科學角度思考，是潛意識作怪。心病還須心藥醫，指使官了解來龍去脈，就以行動治療心理毛病。

陳昱被冥吏誤追

今年三月，有書吏陳昱者，暴死三日而蘇，云：初見壁有孔，有人自孔擲一物，至地化為人，乃其亡姊也。攜其手自孔中出，曰：「冥吏追汝，使我先。」見吏在旁，昏黑如夜，極望有明處，空有橋，榜曰「會明」[1]。人皆用泥錢，橋極高，有行橋上者。姊曰：「此生天也[2]。」昱行橋下，然猶有在下者，或為烏鵲所啄。姊曰：「此網捕者也。」又見一橋，曰「陽明」，人皆用紙錢。有吏曹十餘人，以狀及紙錢至者，吏輒刻除之，如抽貫然[3]。已而見冥官，則陳襄述古也[4]。問昱何故殺乳母，昱曰：「無之。」呼乳母至，血被面，抱嬰兒，熟視昱曰：「非此人也，乃門下吏陳周。」官遂放昱還，曰：「路遠，當給竹馬。」又使諸曹檢己籍，曹示之，年六十九，官左班殿直[5]。曰：「以平生不燒香，故不甚壽。」又曰：「吾輩更此一報，即不同矣。」意謂當超也。昱還，道見追陳周往。既蘇，周果死。

注釋

1榜：牌匾。2生天：佛教謂死後能轉生天界，惟生前需行十善。3抽貫：古代銅錢中有方孔，用繩索串連起來成一貫，從貫繩中間抽取若干個錢，叫抽貫。4陳襄述古：陳襄，字述古，侯官（今福建侯官）人，慶曆二年（一〇四二）進士，攝浦城（今福建浦城）令。神宗時除侍御史、知制誥，遷樞密直學士。後出知陳州、杭州。見《宋史》卷三二一本傳。5左班殿直：禁軍值班，有殿前左班、右班之分。直通「值」。

譯文

今年三月，有書吏陳昱，猝死三日而復蘇，說：初見牆壁有孔，有人從壁孔擲出一物品，至地上卻化為人，就是他死去的姐姐。牽着他的手從孔中出，說：「冥間官吏追你，使我先走。」他見官吏在旁邊，天昏黑如夜晚，盡望有光明的地方，空中有橋，橋上匾額云「會明」。人人都用泥錢，橋極高，有人在橋上走。姐姐說：「這就是生天。」陳昱走在橋下，但下面還有人，有人被鳥鵲所啄。他的姐姐說：「這是用網捕鳥的人。」又見一道橋，上寫着「陽明」，橋上人都用紙錢。有官吏十餘人，能奉上狀辭及紙錢的，官吏即刻剔除，像抽掉一貫錢中的若干個。隨後見到冥間官吏，卻是陳襄，字述古。問陳昱為什麼殺乳母，陳昱說：「沒有這回事。」喚乳母來，血流披面，抱着嬰兒，仔細看陳昱，說：「不是這個人，是他門下僚屬陳周。」冥官於是放走陳昱，說：「路遠，應當給他竹馬。」又命吏屬檢查他的生死紀錄冊，吏屬拿給他看，應該年六十九，官職至左班殿直。說：「因他平生不燒香，所以不會很長壽。」又說：「我們經此善業報應，結果就不同了。」意謂當超升官職。陳昱返回陽間路上，看見追捕陳周前往。蘇醒之後，陳周果然死去。

豬母佛

眉州青神縣道側有一小佛屋，俗謂之「豬母佛」，云百年前有牝豬伏於此，化

為泉，有二鯉魚在泉中，云：「蓋豬龍也。」蜀人謂牝豬為母，而立佛堂其上，故以名之。泉出石上，深不及二尺，大旱不竭，而二鯉莫有見者。余一日偶見之，以告妻兄王愿，愿深疑，意余之誕也。余亦不平其見疑，因與愿禱於泉上曰：「余若不誕者，魚當復見。」已而二鯉復出，愿大驚，再拜謝罪而去。此地應為靈異。青神文及者，以父病求醫，夜過其側，有髽而負琴者邀至室[1]，及辭以父病，不可留，而其人苦留之，欲曉乃遣去。行未數里，見道傍有劫賊所殺人，赫然未冷也，否則及亦未免耳。泉在石佛鎮南五里許，青神二十五里。

注釋

1 髽（粵：抓；普：zhuā）：髮髻。

譯文

眉州青神縣的道旁，有一所小佛屋，俗稱為「豬母佛」，據說百年前有母豬伏在此，化為泉水，有兩條鯉魚在泉中游，有人說：「大概就是豬龍。」蜀人稱母豬為母，而建立佛堂於上面，所以命名如此。泉水從石上流出，深不及二尺，大旱也不乾竭，而兩條鯉魚卻沒有人看見。我有一天偶然看見，把這事告訴小舅（妻兄）王愿，愿深覺懷疑，心裏以為我在胡說。我也因他懷疑而不大高興，因此與王愿在泉上禱告，說：「我如果沒有錯誤，魚應當能再看見。」跟着兩條鯉魚就再出現，王愿很驚訝，再三道歉而去。此地應有靈異。青神縣有位稱文及的人，因父患病而來求醫，夜晚經過廟側，有盤髮髻而帶着琴的人邀他進室，文及以父親有病告辭，沒有留下，而那人苦苦留他。天將破曉，才送他走。行未數里，見道旁有人被劫賊所殺，屍體赫然未冷，如非剛才留下，文及亦難以倖免了。泉水在石佛鎮南五里多，離青神縣府二十五里。

賞析與點評

文及是孝子，所謂得道多助，善有善報，終能倖免。但被賊劫殺的人，其業報又如何呢？

王翊夢鹿剖桃核而得雄黃

黃州岐亭有王翊者，家富而好善。夢於水邊見一人為人所毆傷，幾死，見翊而號，翊救之得免。明日偶至水邊，見一鹿為獵人所得，已中幾槍。翊發悟，以數千贖之。鹿隨翊起居，未嘗一步捨翊。又翊所居後有茂林果木，一日，有村婦林中見一桃，過熟而絕大，獨在木杪，乃取而食之。翊適見，大驚。婦人食已棄其核，翊取而剖之，得雄黃一塊如桃仁[1]，及嚼而吞之，甚甘美。自是斷葷肉，齋居一食[2]，不復殺生，亦可謂異事也。

注釋 1雄黃：一種含硫與砷的礦石，又稱石黃、黃金石、雞冠石，質軟性脆，通常粒狀，橙紅色，常產於溫泉區。有毒，中藥可治腫瘤癌等。2齋居一食：意謂過着樸素的居士生活，如僧人般齋戒、獨居、每天只食一餐。

譯文 黃州岐亭，有一個人名王翊，家裏富有而樂善好施。夢見河邊有一個人被人毆傷，幾乎死亡，看見王翊即大哭，王翊救了他，得以免死。明日，偶然走到溪邊，看見一頭鹿被獵人捕捉，身上中了幾槍受傷。王翊領悟，遂以數千錢買鹿。鹿隨王翊起居，未嘗一步離開王翊。王翊所居房子後面有茂密的樹林果木，有一天，有個村婦在林中見到一個桃子，桃子熟透而非常大，獨留在樹頂，就取來吃掉。王翊剛巧看見，大驚。婦人吃完，棄掉那個桃核，王翊拿去剖開，得到一塊雄黃，狀如桃仁，於是嚼碎並吞下，甚為甜美。自此之後即戒斷葷肉，齋戒獨居，只吃一餐，不再殺生，亦可說是一件異事。

賞析與點評

救受傷的馴鹿，亦另一種善報。但真雄黃有毒，照理不能亂食。

徐則不傳晉王廣道

東海徐則隱居天台[1]，絕粒養性。太極真人徐君降之曰：「汝年出八十，當為王者師，然後得道。」晉王廣聞其名[2]，往召之。則謂門人曰：「吾年八十來召我，徐君之言信矣。」遂詣揚州。王請受道法，辭以時日不利。後數日而死，支體如生，道路皆見其徒步歸，云：「得放還山。」至舊居，取經書分遺弟子，乃去。既而喪至[3]。予以謂徐生高世之人，義不為煬帝所污，故辭不肯傳其道而死。徐君之言，蓋聊以避禍，豈所謂危行言遜者耶？不然，煬帝之行，鬼所唾也，而太極真人肯置之齒牙哉[4]！

注釋

1 **徐則**：據《隋書》所載，徐則乃東海郯（今山東郯城）人，受業於周弘正，隱居縉雲山，後入天台山，絕穀養性。2 **晉王廣**：隋煬帝楊廣（六〇五—六一八在位）登位前封晉王，鎮守揚州。3 **喪**：《隋書》原文云：「須臾，屍柩至，方知其靈化。」則此處喪指屍柩送達。云死訊亦可。4 **置之齒牙**：放在齒牙間，放進口中，即提到。此乃婉轉說法。

譯文

東海地方有位徐則，隱居天台山，不吃飯而養性。太極真人徐君降下預言說：「汝年紀到八十，當成為王者之師，然後得道。」晉王楊廣聽到他的大名，派人徵召他。徐則對門人說：「我年八十來召我，徐君的話實現了。」遂到達揚州。晉王請求傳授道家之法，徐則推辭說時日不利。過了幾天就死去，肢體如有生時，道路上的人都看見他步行回去，說：「獲得批准放歸山林。」回到舊居，取經書分贈弟子，然後離去。跟着，屍柩才送到。我因此說，徐生是世外高人，堅心守義不為隋煬帝所玷污，因此推辭、不肯傳授其道法而死。徐君的話，不過聊以避免災禍，豈是行險而語謙那種人呢？否則，隋煬帝之行為，鬼魂亦會唾棄，太極真人哪裏肯提及他呢！

先夫人不許發藏

昔吾先君夫人僦宅於眉[1]，為紗縠行[2]。一日，二婢子熨帛，足陷於地。視之，深數尺，有大甕覆以烏木板，先夫人急命以土塞之。甕有物如人咳聲，凡一年乃已，人以為此有宿藏物欲出也。夫人之姪之問者，聞之欲發焉。會吾遷居，之問遂僦此宅，掘丈餘，不見甕所在。其後某官於岐下[3]，所居大柳下，雪方尺不積；雪晴，地墳起數寸。軾疑是古人藏丹藥處，欲發之。亡妻崇德君曰[4]：「使吾先姑在[5]，必不發也。」軾愧而止。

注釋

1先君夫人：先君，指父親蘇洵，其夫人程氏，即蘇軾之母。僦：租賃。2紗縠：地名，眉州屬下紗縠鎮。行：本象形字，即街道。3岐下：岐山之下，在陝西鳳翔府範圍內。蘇軾因任鳳翔府通判而居此。4崇德君：蘇軾妻子王弗，二十七歲卒。封崇德君。5先姑：已逝世之家姑。媳婦稱丈夫之父母為家翁家姑，俗稱公公婆婆。

譯文

從前我母親在眉州租房子，在紗縠鎮居住。有一天，兩個婢女熨帛時，雙腳陷進地裏。看一看，地下深陷數尺，有一個大甕，用黑木板覆蓋，我母親急命人用泥土填塞。甕裏有東西發出聲音，似人在咳嗽，經歷一年才停止，有人以為這裏有舊藏東西準備出土。母親的姪子名之問，聽説此事就想發掘。剛好我要遷居，之問就租這房子，掘了一丈多深，卻不見甕之所在。後來我到岐山下鳳翔府任官，所居房子的大柳樹下，雪下方尺，該處卻不積雪。等待雪霽天晴，有土堆隆起數寸。我懷疑這是古人埋藏丹藥的地方，就打算發掘。亡妻崇德君當時尚在生，説：「假使我家姑還在，必定不會發掘。」我十分慚愧，乃停止發掘。

記范蜀公遺事

李方叔言[1]：范蜀公將薨數日[2]，鬚髮皆變蒼，郁然如畫也。公平生虛心養氣，數盡神往而血氣不衰，故發於外耶？然范氏多四乳，固與人異，公又立德如此，其化也必不與萬物同盡，蓋有不可知者也。元符四年四月五日。

注釋

1李方叔：名廌。蘇軾謫居黃州，方叔以文謁見，軾謂其文筆墨瀾翻，有飛砂走石之勢。然舉試時，軾典貢舉，方叔竟落選。見《宋史》卷四四四。2范蜀公：范鎮，成都人，字景仁。舉進士第一，擢起居舍人，知諫院，遷翰林學士兼侍讀。後以銀青光祿大夫致仕，累封蜀郡公，故稱蜀公。見《宋史》卷三三七。薨（粵：轟；普：hōng）：古代天子死亡曰崩，諸侯死亡曰薨。

譯文

李廌方叔說：范鎮逝世前幾天，鬚髮都變蒼白，形象優雅如畫。范公平生虛心修養浩然之氣，雖年歲已盡、精神離去，但血氣不衰，因此而體現於外表吧？范氏比別人多了四個奶，肯定與凡人不同，他又建立如此崇高德操，他的物化也一定不會跟萬物一般耗盡，其中可能有些是我們不明白的事。元符四年（一一〇一）四月五日。

賞析與點評

「其化也必不與萬物同盡，蓋有不可知者也。」這句話倒是真理。現代科學雖然昌明，但無法解釋的事仍然有很多。有人死了多天而復生，有植物人睡了十多年忽然蘇醒過來，等等，早已不是奇聞。男性有多至四個或六個乳房，其實也絕非罕見。范鎮死前情狀安寧優雅，也是很平常的事。

記張憨子

黃州故縣張憨子[1]，行止如狂人，見人輒罵云：「放火賊！」稍知書，見紙輒書鄭谷〈雪詩〉[2]。人使力作，終日不辭。時從人乞，予之錢，不受。冬夏一布褐，三十年不易，然近之不覺有垢穢氣。其實如此，至於土人所言，則有甚異者，蓋不可知也。

注釋

1 張憨（粵：堪；普：hān）子：《蘇詩總案》云：「元豐三年正月，至黃州故縣遇張憨子，召以來。不言亦不坐，但俯仰熟視傳舍堂中，久之而去。作〈張先生詩〉。」詩之序曰：「先生不知其名，黃州故縣人，本姓盧，為張氏所養。陽狂垢污，寒暑不能侵。常獨行市中，夜或不知其所止。往來者欲見之，多不能致。余試使人召之，欣然而來。」可與本節參照。2 鄭谷雪詩：鄭谷，字守愚，袁州（今江西宜春）人，唐代詩人。父鄭史嘗任永州刺史。七歲能詩，光啟三年（八八七）進士，官右拾遺，都官郎中。其〈雪中偶題〉云：「亂飄僧舍茶煙濕，密灑歌樓酒力微。江上晚來堪畫處，漁人披得一蓑歸。」

譯文

黃州舊縣有一位張憨子，行動舉止像狂人，見人就罵：「放火賊！」稍為懂得書寫，見到紙張就寫鄭谷的〈雪詩〉。有人請他做苦工，做整天都不推辭。經常向人乞討，拿錢給他，不接受。無論冬夏，他都身穿一套布料褐衣，三十年不改，但接近他並不覺得有污垢髒穢氣味。他的實況如此，至於當地人所講，還有很多奇聞異說，多數無從證實。

賞析與點評

佯狂之士，憤世嫉俗，古今皆有。有趣的是，張憨子逢人就罵放火賊，是什麼原因呢？現代心理學書常以喜歡放火的人為例，指出這種人都有心理毛病。張憨子本人是否即放火賊呢？

這裏所述數事，其實都不詳盡。能寫鄭谷〈雪詩〉，是否僅學此一首呢？不受錢，是否接受其他東西如食物呢？身無垢穢氣，是否永遠只穿着同一布料之褐色衣服卻每天更換呢？文章留有尾巴：士人所言，還有很多異事，但蘇軾未能證實而不寫，可見其行文審慎。

記女仙

予頃在都下，有傳太白詩者，其略曰：「朝披夢澤雲。」又云：「笠釣清茫茫。」此非世人語也，蓋有見太白在肆中而得此詩者。神仙之道，真不可以意度。紹聖元年九月，過廣州，訪崇道大師何德順[1]。有神仙降於其室，自言女仙也。賦詩立成，有超逸絕塵語。或以其託於箕帚[2]，如世所謂「紫姑神」者疑之[3]。然味其言，非紫姑所能至。人有入獄鬼、群鳥獸者託於箕帚，豈足怪哉；崇道好事喜客，多與賢士大夫為遊，其必有以致之也哉？

注釋　1何德順：道士，在廣州城西天慶觀。2箕帚：吳中正月上元燈節，有迎箕姑、帚姑之占卜遊戲。乃以箕帚着衣，作人形，講述或顯示神仙鬼怪之事。3紫姑神：又作子姑神。相傳紫姑神是人家妾，為大婦所嫉，每以穢事相使役，正月十五日，含恨而死。

譯文

我近來在首都汴京，有人傳誦李太白的詩，其中大略說：「晨早披上雲夢澤的雲彩。」又云：「在茫茫湖水中戴着笠子淒清垂釣。」這不是世上凡人的語言，好像有人見到太白在店肆中因而獲得這首詩。神仙之道，真不可用心來猜量。紹聖元年（一〇九四）九月，我經過廣州，訪問崇道大師何德順。有神仙下降到其房間，自言是女仙。賦詠詩歌，立刻完成，有超脱飄逸高出世間之語言。或者以其寄託於箕帚，猶如世上所謂「紫姑神」而懷疑她。但咀嚼其言辭，並非紫姑仙子所能達到。還有人把入獄鬼、群鳥獸等等託附於箕帚之神，又何足怪呢；崇道大師喜歡做事及結納賓客，與賢士大夫多所交遊，他一定有某種感召他人的能力吧？

池魚踴起

眉州人任達為余言：少時見人家畜數百魚深池中，沿池磚甃，四周皆屋舍，環遶方丈間凡三十餘年，日加長。一日天晴無雷，池中忽發大聲如風雨，魚皆踴起，羊角而上，不知所往。達云：「舊說不以神守，則為蛟龍所取，此殆是爾。」余以為蛟龍必因風雨，疑此魚圈局三十餘年，日有騰拔之念，精神不衰，久而自達，理自然爾。

譯文

眉州人任達對我説：少年時代見到人家在深池中畜養數百尾魚，沿池砌了磚甃，四周皆建屋舍，環遶方丈間，達三十餘年，不斷加長。有一日，天晴無雷，池中忽然發出巨聲，如風雨驟作，魚都跳躍而起，以羊角形狀升上天空，不知飛往哪裏。任達説：「舊時説法，不用神守，則被蛟龍所取去，大概就是這樣了。」我以為蛟龍必藉風雨而出，疑此魚在局限中圈困三十餘年，日夕有飛騰拔起之念，精神旺盛，長久之後，能夠使自己通達天道，也是很自然的道理。

賞析與點評

此異象，疑似龍捲風之作用。

孫抃見異人

眉之彭山進士有宋籌者，與故參知政事孫抃夢得同赴舉，至華陰，大雪，天未明，過華山下。有牌堠云「毛女峯」者，見一老姥坐堠下，鬢如雪而無寒色。時道上未有行者，不知其所從來，雪中亦無足跡。孫與宋相去數百步，宋先過之，亦怪其異，而莫之顧。孫獨留連與語，有數百錢掛鞍，盡與之。既追及宋，道其事。宋悔，復還求之，已無所見。是歲，孫第三人及第，而宋老死無成。此事蜀人多知之者。

譯文

眉州彭山有一位名叫宋籌的人，與已去世的參知政事孫抃夢得一同出發參加科舉考試。到華陰，天下起大雪，天未亮，經過華山下。有個土堡稱「毛女峯」，一老婦人坐在土堡前，兩鬢如雪，但無畏冷之神態。此時路上沒有其他行人，不知道她從哪裏來，雪中也沒有腳印。孫抃與宋籌距離幾百步，宋先經過，也覺得奇怪，但沒有多看她。孫抃卻逗留一會兒跟她談話，把馬鞍上掛着的幾百個銅錢全送給她。孫抃追上宋籌，談及此事。宋覺得悔疚，回頭去找她，已經見不到。這年，孫抃以第三人及第，而宋籌到老死也不成功。這件事蜀人多數知道。

賞析與點評

關心矜寡孤獨老人，是應該的；鼓勵世人做善事，也是應該的。但是若以為好心必有好報，卻可能是邏輯錯誤。孫抃的文才或本來比宋籌高，若關心老人的換了是宋籌，宋也未必能高中。何況，科舉之閱卷，也有主觀成分。

修身曆

子由言：有一人死而復生，問冥官如何修身，可以免罪？答曰：「子宜置一卷曆，晝日之所為，莫夜必記之[1]，但不記者，是不可言不可作也。無事靜坐，便覺一日似兩日，若能處置此生常似今日，得至七十，便是百四十歲。人世間何藥可能有此效！既無反惡[2]，又省藥錢。此方人人收得，但苦無好湯使，多嚥不下。」晁無咎言[3]：司馬温公有言[4]：「吾無過人者，但平生所為，未嘗有不可對人言者耳。」予亦記前輩有詩曰：「怕人知事莫萌心。」皆至言，可終身守之。

注釋

1 莫夜：夜晚。莫，即「暮」。2 反惡：從相反方向產生壞效果，即壞處、副作用。3 晁無咎：名補之（一〇五三——一一一〇），字無咎，號歸來子，濟州鉅野（今山東巨野）人。著名詞作家。4 司馬温公：司馬光（一〇一九——一〇八六），字君實。陝州夏縣涑水鄉（今山西夏縣）人。北宋著名史學家，曾任丞相。

譯文

子由說：有一個人死後復活，在陰間曾問冥官：怎樣修身，才可以免罪？回答說：「你應該放置一卷日曆，白天所作所為，晚上必須記下來，所不記的，是不可講不可做的事。無事而靜坐，就會覺得一天好像兩天，如果能夠安排此生常常像今天一般，生活至七十，便等於一百四十歲。人世間有哪種藥能夠有此效果！既無壞處，又省藥錢。這藥方人人可吸收，但苦無好湯使用，多數吞嚥不下。」晁無咎說：司馬温公談過：「我沒有什麼過人之處，但平生所作所為，未嘗有不可以對人講的事。」我也記得前輩有一首詩說：「怕人知道事情，就莫萌生歹念。」都是至言，可以終生遵守。

賞析與點評

俗語云：「為善最樂。」其最大的好處，未必是業報。如西方聖賢所說，施比受更有福，內心喜樂可以培養自信，增強成功的信念，做起事來更有把握。

技術

本篇導讀——

技術指方技道術，古代醫、卜、星、相，都可包容於此。又因巫與醫有密切關係，巫與本土宗教又分不開，故本組文章所討論的問題，亦涉及宗教思想，尤其是道家思想。然而，說到底，蘇子人生基本原則不外乎「修心養性，看破生死」八個字。

醫生

近世醫官仇鼎，療癰腫為當時第一，鼎死，未有繼者。今張君宜所能，殆不減鼎。然鼎性行不甚純淑，世或畏之。今張君用心平和，專以救人為事，殆過於鼎遠矣。元豐七年四月七日。

譯文

近世醫官仇鼎，治療癰腫病，為當時第一。仇鼎死後，後繼無人。現今張君宜所做到的，大概不會比仇鼎差。但仇鼎品性行為不怎麼單純美好，世上有些人會害怕他。當今張君宜用心平和，專以救人為其職責，能力比仇鼎強多了。元豐七年（一〇八四）四月七日。

賞析與點評

醫術重要，醫德亦重要。任何一方面出問題，皆可置人於死地。

論醫和語[1]

男子之生也覆[2]，女子之生也仰[3]，其死於水也亦然。男子內陽而外陰，女子反是。故《易》曰「《坤》至柔而動也剛」[4]，《書》曰「沉潛剛克」[5]，世之達者[6]，蓋如此也。秦醫和曰：「天有六氣，淫為六疾：陽淫熱疾[7]，陰淫寒疾[8]，風淫末疾[9]，雨淫腹疾[10]，晦淫惑疾[11]，明淫心疾[12]。夫女陽物而晦時[13]，故淫則為內熱蠱惑之疾。」女為蠱惑[14]，世之知者眾，其為陽物而內熱，雖良醫未之言也。五勞七傷[15]，皆熱中而蒸，晦淫者不為蠱則中風，皆熱之所生也。醫和之語，吾當表而出之[16]。讀《左氏》，書此。

注釋

1醫和：春秋時期秦國名醫。晉平公有疾，求助於秦，秦伯命醫和視之，曰：「疾不可為。」2覆：面向地，背朝天。3仰：面朝天，背向地。4《坤》至柔而動也剛：語出《坤．文言》。天為乾，地為坤。大地運行，生養萬物，故其性能廣泛包容而柔順，能承載萬物，故其質寬厚而至大至剛。動指地球運行。5沉潛剛克：語出《尚書．洪範》：「六、三德：一曰正直，二曰剛克，三曰柔克。平康，正直；彊弗友，剛克；燮友，柔克。沉潛，剛克；高明，柔克。」克，能。三德謂正直，能剛，能柔。此處引「沉潛，剛克」四字，其實是以借代手法包括了後面的「高明，柔克」，意即沉潛能剛，高明能柔，如老子所說，水柔弱無比，但洪水如猛獸，剛烈至極；高明強大無倫，能以聰慧接納一切危難，是亦能柔。6達者：達，通達。可指「達則兼濟天下」者，即高官厚祿之士，亦可指道德修養臻善、義理通達之人。7陽淫熱疾：陽屬乾，淫指過分。陽剛之氣過盛，則心火大動，醫家所謂躁熱、狂躁之類也。8陰淫寒疾：陰屬坤，陰氣過盛，類似血壓偏低者，容易出現體冷畏寒之現象。9風淫末疾：末，杜預注以末為四支，即以樹木之枝末比喻人之四肢。惟樹木之本末亦可指根與梢，故末可能指頭部，而非四肢。案：生活中，常見老人吹風太多，容易出現頭眩、頭疼徵狀，因腦部血液循環不順，導致四肢冰冷，以至癱瘓，亦有可能。10雨淫腹疾：春夏多雨水，容易滋生細菌，並導致腹瀉肚痛。11晦淫惑疾：晦，夜。案：原意晦淫似指夜間性生活過度。惟普通人睡眠太多，血液不流通，神智受損，亦容易迷糊疑惑。此句或倒果為因，個性多心疑惑者，屬情緒病之一種，或者數日不睡，或者多日嗜睡。12明淫心疾：明，白日。原意似諷指白天行淫，即不分日夜縱慾。惟普通人若整天不睡而工作，休息不足，壓力太大，亦容易產生心理病，如抑鬱症，躁狂症之類。13女陽物而晦時：杜預云：「女陰常隨男陽，故云陽物。」《左傳正義》云：「男為陽，女為陰，女常隨男，則女是陽家之物也，而晦夜之時用之，若用之淫過，則生內熱蠱惑之疾。」以男性為中心之說法，女人是男人的性工具，在夜間使用，故云陽物。14女為蠱惑：蠱是毒蟲，惑即迷惑。古代以男性為中心，認為男子易受女色迷惑，即後世所謂紅顏禍水，遂視女性為導致災禍之根源。15五勞七傷：五勞，指心勞、肝勞、脾勞、肺勞、腎勞等五臟勞損。七傷，〈虛勞候〉云：「一曰大飽傷脾；二曰大怒氣逆傷肝；三曰強力舉重，久坐濕地傷腎；四曰形寒，寒飲傷肺；五曰憂愁思慮傷心；六曰風雨寒暑傷形；七曰大恐懼不節傷志。」16表而出之：表，標誌。出，揭示出來。

譯文

男子出生時面向下，女子出生時面向上，掉進水中溺死時也是這樣。一般男子內心剛強而外表陰柔，女子相反。故此《易經》說：「《坤》至為柔順，而一動則剛強無比」，《書經》說「沉潛能克服剛鋭」，世上通達的人，都是如此這般。秦國的醫和說：「大自然有六種氣候，若過頭則會產生六種疾病：陽氣過盛則出現熱病，陰氣過盛則有寒疾，風過多則會四肢患病，雨下過量則肚子易病，夜間縱慾過多易生迷亂，白天不加節制，會產生心理毛病。女人是男人的性工具，在夜間使用，故屬陽物。過多行房，猶如體內高熱有毒蠱而受迷惑之病。」女色使人過分沉迷如受毒蠱之害，世上對此了解的人很多，惟女性成為男人性工具而導致內熱，即使良醫也未能説清楚。五勞七傷，皆中心過熱使軀體蒸發消耗，夜裏過分縱慾的人即使不受毒蠱所害，也會中風，這都來源於心中過熱。醫和的話，我應當標記並揭示出來。讀了《春秋左氏傳》，就寫下這話。

賞析與點評

蘇軾乃據《左傳·昭公元年》抒發意見，該段話提及晉侯專注女色，縱心淫慾，造成病患。以今天的話説，就是性生活過度。篇幅所限，無法詳説。醫和之中心思想為節制，凡事「不節不時」則有害。醫和推測，晉侯沉溺女色，國家可能大亂，主政大臣趙孟可能有危險，甚至死亡。

記與歐公語

歐陽文忠公嘗言：有患疾者，醫問其得疾之由，曰：「乘船遇風，驚而得之。」醫取多年柂牙為柂工手汗所漬處[1]，刮末，雜丹砂、茯神之流，飲之而愈。今《本草注．別藥性論》云：「止汗，用麻黄根節及故竹扇為末服之。」文忠因言：「醫以意用藥多此比，初似兒戲，然或有驗，殆未易致詰也。」予因謂公：「以筆墨燒灰飲學者，當治昏惰耶？推此而廣之，則飲伯夷之盥水，可以療貪；食比干之餕餘，可以已佞；舐樊噲之盾，可以治怯；嗅西子之珥，可以療惡疾矣。」公遂大笑。元祐六年閏八月十七日，舟行入潁州界，坐念二十年前見文忠公於此，偶記一時談笑之語，聊復識之。

注釋

1柂（粵：舵；普：tuó）牙：柂，舵。常見的有平衡舵和升降舵。通常在船尾正中位置開孔，以實木為舵杆插孔，舵杆下方鑲接木板為舵葉，可左右活動。舵杆插入船尾中軸孔，以平衡舵為例，底下舵葉活動，可使船隻調整方向。柂牙是舵杆的上半部分，露出船尾上，以絞車和繩索操作。

譯文

歐陽文忠公說過，有人患病，大夫問他得病緣由，說：「乘船遇到風暴，害怕而得病。」大夫拿一個使用多年的舵牙，在舵工手汗所染漬之處，刮下粉末，混雜丹砂、茯神等物，讓他喝下，病就好了。現在的《本草注．別藥性論》說：「止汗，取麻黃根節及舊竹扇，磨為粉末，服食。」文忠公於是說：「大夫憑心意用藥，多數像這般情形，初看似兒戲，既有證驗，大概不可輕易就指責。」我於是對文忠公說：「以筆墨燒灰給學者喝，應當可以治迷亂懶惰了吧？據此推而廣之，飲用伯夷的洗臉水，可以治療貪婪；吞食比干吃剩的食物，可以防止諂佞；舐舔樊噲的盾，可以治療膽怯；嗅聞西施的耳環，可以治好惡疾了。」文忠公於是大笑。元祐六年（一〇九一）閏八月十七日，坐船進入潁州地界，因念二十年前在此地見文忠公，偶然記得一時談笑的話，姑且再把它記下。

賞析與點評

幾千年來，中國研究者用血汗和經歷積累寶貴的醫療知識，記下藥方和藥物性質，這本來不應當開玩笑。但中醫學的缺點，是未能以現代科學所要求的方式提供客觀明確的數據以證明，遂使人誤會其虛玄。新一代的中醫學者，不斷努力，隨着時間過去，總有一天，中醫學必能像西醫和西藥一樣使人信服。

參寥求醫

龐安常為醫，不志於利，得善書古畫，喜輒不自勝。九江胡道士頗得其術，與予用藥，無以酬之，為作行草數紙而已，且告之曰：「此安常故事，不可廢也。」參寥子病，求醫於胡，自度無錢，且不善書畫，求予甚急。予戲之曰：「子粲、可、皎、徹之徒[1]，何不下轉語作兩首詩乎[2]？」龐、胡二君與吾輩遊，不曰「索我於枯魚之肆」矣[3]。

注釋

1粲：僧粲，即禪宗三祖僧璨，姓氏及籍貫不詳。史料記載，他以白衣的身份拜謁剛從北方逃來舒州司空山（今安徽嶽西縣西南）避難的二祖慧可，後傳其衣鉢。可：僧無可，俗姓賈，范陽（今河北涿州）人，賈島從弟。少時出家為僧，與賈島同居青龍寺，後雲遊越州、湖湘、廬山等地。大和（八二七—八三五）年間，為白閣寺僧。與姚合過往甚密，酬唱甚多。皎：皎然，唐代詩僧。本姓謝，名晝，靈運十世孫，湖州人。有《杼山集》十卷，以及著名文學評論作品《詩式》等存世。徹：靈徹，唐代詩僧。本姓湯，字源澄，會稽人。雲門寺律僧。至吳興，與皎然遊。2轉語：禪宗令人轉迷開悟之語句。學禪者迷惑不解之時，其師忽然翻轉機法，出一語句，而使學禪者頓然領悟，稱為轉語。3索我於枯魚之肆：語出《莊子・外物篇》。

龐安常做大夫，主要目的不在圖利，他得到好的書帖和古畫，就喜不自勝。九江的胡道士頗能得其醫術，為我用藥治療，無以酬謝他，寫了幾張行草書法給他而已，並且告訴他說：「這是安常以往的做法，不應該放棄。」參寥子生病，向胡道士求醫，考慮自己無錢，又不善於寫書帖繪畫，遂緊急向我求助。我和他開玩笑說：「你是僧粲、無可、皎然、靈徹之類僧徒，為什麼不下轉語作兩首詩？」龐、胡二君跟我們這群人交遊，求生活無異於「到賣鹹魚的店鋪找我」（乾死）。

王元龍治大風方

王斿元龍言[1]：「錢子飛有治大風方[2]，極驗，常以施人。一日夢人自云：『天使已以此病人，君違天怒，若施不已，君當得此病，藥不能愈。』子飛懼，遂不施。」僕以為天之所病，不可療耶，則藥不應服有效；藥有效者，則是天不能病。當是病之祟，畏是藥而假天以禁人耳。晉侯之病，為二豎子[3]，李子豫赤丸[4]，亦先見於夢，蓋有或使之者。子飛不察，為鬼所脅。若余則不然，苟病者得愈，願代受其苦。家有一方，能下腹中穢惡，在黃州試之，病良已。今後當常以施人。

注釋

1王斿：字元龍，王安石弟安國之子。2大風：古代風疾有三種，一種是腦血管栓塞，導致半身不遂，即中風；一種是痲瘋，又稱癩疾，頭髮皆落，遍體膿血不止；另一種是精神病，瘋癲。漢代應劭《風俗通．過譽．司空潁川韓稜》：「位過招殃，靈督其釁，有加無瘳。」風疾恍忽，即神經錯亂。3「晉侯之病」二句：《左傳．成公十年》：「公疾病，求醫於秦。秦伯使醫緩為之。未至，公夢疾為二豎子，曰：『彼良醫也，懼傷我，焉逃之？』其一曰：『居肓之上，膏之下，若我何？』醫至，曰：『疾不可為也……』」後世稱病入膏肓，義源於此。4李子豫赤丸：《續搜神記》云：「許永為豫州刺史，鎮歷陽，其弟得病，心腹堅痛。居一夜，忽聞屏風後有鬼言：『何不速殺之？明日，李子豫當以赤丸打汝，汝即死矣。』及旦，遂使人迎子豫。既至，病者忽聞腹中有呻吟之聲，子豫遂於巾箱中出八毒赤丸以服之。須臾，腹中雷鳴絞轉，大利，所病即愈。」大利即大痢，腹瀉之後，即痊癒。據此，疑是病得嚴重時之夢囈。

譯文

王斿元龍說：「錢子飛有藥方治療嚴重風疾，極為應驗，經常把藥方贈送給人。有一天，夢見有人自語：『天使已經把這病傳給人群，你違抗天命所怒，若繼續施藥不停止，你會得到此病，藥不能治癒。』子飛恐懼，於是不再施贈藥方。」我以為天所傳的病，如真的不可治療的話，則藥不應該服食之後有效；藥物有效，則是天無意使人生病。應當是出於病魔鬼祟，畏懼此藥而假藉天意以制止人類治療而已。晉侯之病，源於兩個小病鬼，李子豫以赤丸療病，事情也是先由夢裏知見，可能有這回事而為鬼所驅使。子飛不察，被鬼威脅。如果是我，則不會，若能使病者得以痊癒，我願代其受苦。家中有一道藥方，能使腹中穢惡東西瀉出，在黃州嘗試用之，病即復原。今後當常用來施贈給人。

賞析與點評

認為天降病給人，或天降禍給人，遂不應救，是迷信到極點。蘇軾婉轉地批判錢子飛之說法；否則，如人們把地震、海嘯當作天意，便會袖手旁觀。

延年術

自省事以來，聞世所謂道人有延年之術者，如趙抱一、徐登、張元夢，皆近百歲，然竟死，與常人無異。及來黃州，聞浮光有朱元經尤異[1]，公卿尊師之者甚眾，然卒亦病，死時中風搐搦[2]。但實能黃白[3]，有餘藥金皆入官。不知世果無異人耶？抑有而人不見，此等舉非耶？不知古所記異人虛實，無乃與此等不大相遠，而好事者緣飾之耶[4]？

注釋

1浮光：當地鄉鎮地名。2搐搦（粵：匿；普：nuò）：痙攣，俗稱抽筋，身體肌肉不由自主地抽搐收縮。3黃白：指道家煉丹、將礦石化成黃金、白銀的法術。4好事者：喜歡出頭多事的人、喜歡張揚的人，以至傳播謠言或興風作浪的人。

譯文

自從懂事以來，聽說世上有所謂道人懂得延年之術，例如趙抱一、徐登、張元夢，都活了近百歲，但最後還是死亡，與常人沒有分別。來到黃州，聽聞浮光有朱元經，尤其神異，公卿尊他為師，為數甚眾，但結果也是患病，死時且中風抽筋。但他其實懂製煉金銀的法術，剩餘的藥材和黃金皆歸入官府。不知道世上是否確無異人？抑有異人而凡人不能遇見，而這些人的舉止都屬錯誤？不知道古代所記異人是虛是實，莫非與這些人相去不遠，只是愛好張揚的人大力誇張修飾的結果？

賞析與點評

能懷疑，即具科學精神，下一步是驗證與實踐。

單驤孫兆

蜀人單驤者，舉進士不第，顧以醫聞。其術雖本於《難經》、《素問》[1]，而別出新意，往往巧發奇中，然未能十全也。仁宗皇帝不豫，詔孫兆與驤入侍，有間，賞賚不貲。已而大漸，二子皆坐誅，賴皇太后仁聖[2]，察其非罪，坐廢數年。今驤為朝官，而兆已死矣。予來黃州，鄰邑人龐安常者，亦以醫聞，其術大類驤，而加之以鍼術絕妙。然患聾，自不能愈，而愈人之病如神。此古人所以寄論於目睫也耶？驤、安常皆不以賄謝為急，又頗博物，通古今，此所以過人也。元豐五年三月，予偶患左手腫，安常一鍼而愈，聊為記之。

注釋

1《難經》：古代醫書，二卷、八十一篇。傳說為秦越人扁鵲所撰。《素問》：《黃帝內經》之一，記載黃帝與岐伯對話。二書與《傷寒雜病論》，《神農本草經》並列為中醫學四大經典。2皇太后：指仁宗第二任皇后曹氏（一〇一六——一〇七九），名將曹彬孫女，封慈聖光獻皇后。原籍真定靈壽（今河北靈壽縣）。

譯文

蜀地有人名叫單驤，參加進士考試未能登第，獨以醫術聞名於世。他的醫術雖源自《難經》、《素問》，卻別出新意，往往富有巧思並離奇醫好，但未能百分之百治癒。仁宗皇帝臨近駕崩，詔命孫兆與單驤入內宮診病，在短時間內有不少賞賜。仁宗不久去世，二子都因此受死罪，倚賴皇太后仁聖，體察他們沒有罪過，他們因此事也被廢棄數年。今單驤仍做朝官，而孫兆已經死了。我來黃州，鄰邑人龐安常，也是以醫術聞名，他的醫術很像單驤，再加上針灸之術，絕妙無比。但他耳聾，自己無法治療自己，而治癒別人的病卻如神仙般。這就是古人用目光判斷疾病之辦法吧？單驤、龐安常都不注重別人賄贈酬謝，且頗為博學多識，通達古今，這就是他們的過人之處。元豐五年（一〇八二）三月，我偶然患了左手腫病，安常下一針就痊癒，聊且記下。

賞析與點評

準確判斷病源，準確下藥，極不容易。閩諺謂醫者主人福，是說治病過程常帶偶然成分。現在所謂「會診」，集合多名醫生，共同觀察研析病情，將錯誤減少至最微，但限於科學研究未臻至境，未知之數仍多，治病仍無萬全之策。另一方面，文中記太后不追究醫官失職，可謂理智。

僧相歐陽公

歐陽文忠公嘗語：「少時有僧相我：『耳白於面，名滿天下；唇不着齒[1]，無事得謗。』其言頗驗。」耳白於面，則眾所共見，唇不着齒，余亦不敢問公，不知其何如也。

注釋

1 唇不着齒：着，當如着衣之着；衣以蔽體，唇以蔽齒，唇不蔽齒，則形成牙齒外露，類似哨牙。此話疑是暗示，意指開口多言，唇齒常常外露，而言多必失，易得罪別人，招來怨謗。

譯文

歐陽文忠公曾經說：「少年時，有僧人為我相命，說：『耳比面白，名滿天下；唇不着齒，無事遭謗。』他的話頗算應驗。」耳比面白，眾人都能看見；「唇不着齒」這話，我不敢問歐陽公，不知當中說什麼。

賞析與點評

「唇不着齒」這話，如果我們能猜透，以蘇軾之聰明，理應難不倒他。一是當時確沒有問歐陽公，留空以紀實，二是故弄玄虛，留白以讓後人馳想。

記真君籤[1]

沖妙先生季君思聰，所製觀妙法象[2]，居士以憂患之餘[3]，稽首洗心[4]，歸命真寂[5]，自惟塵緣深重[6]，恐此志未遂，敢以籤卜，得吳真君第三籤[7]，云：「平生常無患，見善其何樂。執心既堅固，見善勤修學。」敬再拜受教，書《莊子．養生》一篇，致自厲之意，不敢廢墜，真聖驗之。紹聖元年八月二十一日，東坡居士南遷過虔[8]，與王嵓翁同謁祥符宮，拜九天使者堂下[9]，觀之妙象，實同此言。

注釋

1真君：道家率性自然，以真為主體，故由真道而真君、真人、真聖等，皆言獲得自然至道。2所製：疑指扶乩、求籤等手法。3居士：蘇軾自稱。宋代逐漸三教合一，居士於佛、道兼用。4稽首：稽首，叩頭。洗心：淨化心靈向善，俗語稱洗心革面，即改邪歸正。5歸命真寂：真指自然，寂，指靜默無為；歸命，謂皈依性命於某處，此指誠心歸附。6塵緣深重：塵業，世間事務；深重，負擔極重，指熱心世務。7吳真君：疑即吳猛。據《太平廣記》所載，吳真君名猛，字世雲，家於豫章武寧縣（今江西九江市武寧縣），事父母以孝聞，懂道術。8南遷過虔：虔，虔州，今江西贛州。南遷指蘇軾貶惠州安置，路過虔州。9九天使者：據《太平廣記》所載，唐開元中，玄宗

譯文

夢神仙羽衛，千乘萬騎，集於空中。有一人朱衣金冠，乘車而下，謁帝曰：「我九天採訪，巡糾人間，欲於廬山西北，置一下宮，自有木石基址，但須工力而已。」帝即遣中使，詣山西北，果有基跡宛然。信宿有巨木數千段。自然而至，非人所運。……初玄宗夢神人，因召天台道士司馬承禎，以訪其事。承禎奏曰：「今名山嶽瀆血食之神，以主祭祠，太上慮其妄作威福，以害蒸黎，分命上真，監蒞川嶽，有五嶽真君焉。又青城丈人為五嶽之長。潛山九天司命主九天生籍。廬山九天使者執三天之符，彈劾萬神，皆為五嶽上司，盍各置廟，以齋食為饗。」玄宗從之。是歲五嶽三山各置廟焉。

沖妙先生姓季名思聰，其所製作，能使人觀察玄妙之道，以及自然法則及萬象。我東坡居士在飽經憂患之後，願叩頭淨心，歸依寂靜之道，自覺俗務負擔極重，恐怕這歸依道家之志未能達成，乃大膽以籤問卜，獲得吳真君第三籤，說：「平生常無禍患，看見善事即感快樂。堅執之心牢固不變，見善更加勤心修煉。」虔敬此心再拜以接受教導，又謄抄《莊子・養生》篇，以作自我磨勵之意，不敢廢棄修為，冀望真聖驗證我之誠意。紹聖元年（一〇九四）八月二十一日，東坡居士南遷經過虔州，與王嵓翁一起到祥符宮參拜，於堂下叩拜九天使者神像，觀察奇妙的術數，情況與所言相同。

賞析與點評

從宗教修為方面講，「塵緣深重」實略帶貶意，等於說熱心追逐功名利祿，雖未至罪孽深重，亦離不開是非，距過障不遠，早晚將墮災劫之中。

信道、智法說[1]

東坡居士遷於海南，憂患之餘，戊寅九月晦[2]，遊天慶觀，謁北極真聖[3]，探靈籤，以決餘生之禍福吉凶[4]。其辭曰：「道以信為合，法以智為先。二者不離析，壽命不得延。」覽之竦然，若有所得，書而藏之，以無忘信道、法智二者不相離之意。軾恭書：古之真人未有不以信人者[5]，子思則曰：「自誠明謂之性」[6]，此之謂也。孟子曰：「執中無權，由執一也[7]。」法而不智，則天下之死法也。道不患不知，患不凝；法不患不立，患不活。以信合道，則道凝；以智先法，則法活。道凝而法活，雖度世可也[8]，況延壽乎？

注釋

1信道、智法：信、智，均屬動詞；道、法為概念名詞。簡單地說，原意謂應信服道，以理智實施法則。2九月晦：晦本指每月最後一天，次日為朔。惟晦亦可指昏暗不明。孔凡禮《三蘇年譜》繫此事於九月廿九日，而王宗稷《東坡先生年譜》云：「又於（元符元年）九月四日遊天慶觀，有〈信道法智說〉。」繫於九月四日。3北極真聖：北極紫微大帝，道教神祇之一。4決：決斷，解決，此指清楚了解。5不以信人者：信，誠信；人，做人，為人；不以信人者，不憑據誠信而做人的。6自誠明謂之性：自，從，源自。誠，真誠。明，明白。性，天性。語出〈中庸〉。據說子思是〈中庸〉的作者。7「執中無權」兩句：語出《孟子．盡心上》。執，秉持、執着；權，權宜變通；由，猶。《孟子》原文，是說與其像楊朱拔一毛利天下而不為，或墨子摩頂放踵利天下而苦行，不如像子莫秉持中道，便宜行事。8度世：出世成仙。《論衡．無形》：「稱赤松、王喬好道為仙，度世不死，是又虛也。」

譯文

東坡居士在海南島謫遷期間，飽經憂患，元符元年（一〇九八）九月廿九日，遊天慶觀，拜謁北極真聖象，探求靈籤，以明瞭餘生之禍福吉凶。靈籤之辭說：「道以信心為合宜，法以智慧為先行。二者不分開處理，歲壽運命不能延伸。」看了心裏驚懼，若有所得，寫下來並收藏好，以示不要忘記信道、法智兩方面不能相離棄之意。我恭敬地書寫下來：古代的真人未嘗不憑據誠信去做人的。子思說：

「緣出真誠而自然明白道理，叫做天性」，就是這道理了。孟子說：「秉執中道而不權宜變通，等於執着一點、一成不變。」師法往聖而不以智執行，則成為天下的死法。道不怕人不知，最怕不凝聚團結；法不怕不能樹立，最怕不能靈活施行。以誠信來結合道，則道可以凝聚眾人；以智慧先決於法，則法可靈活實行。道能凝聚而法可靈活，就是升仙也可以了，何況延長年壽呢？

賞析與點評

靈籤富有神學與科學意味：「道以信為合，法以智為先。二者不離析，壽命不得延。」惟「二者不離析、壽命不得延」此兩句有歧義，可指「二者永不能離析，所以壽命不得延長」，屬因果句，亦可指「二者如不離析，壽命就不得延長」，屬條件句。

以今日事理觀之，道近宗教，惟信心是從，不容質疑；法近格物，以客觀法則規條細析之，以理智判斷，不應迷信；故道法不能兼容，兩者若不分開處理，相互矛盾，容易陷入迷思，令人傷神苦惱，何以長壽？蘇子聰明，故意折衷融合，最後達到道凝而法治境界。此中是否有歪曲概念之意，值得再三思考。

費孝先卦影

至和二年，成都人有費孝先者始來眉山，云：近遊青城山[1]，訪老人村，壞其一竹牀。孝先謝不敏，且欲償其直[2]。老人笑曰：「子視其下字云：此牀以某年月日某造，至某年月日為費孝先所壞。成壞自有數[3]，子何以償為！」孝先知其異，乃留師事之，老人受以《易》軌革卦影之術[4]，前此未知有此學者。後五六年，孝先以致富。今死矣，然四方治其學者，所在而有，皆自託於孝先，真偽不可知也。聊復記之，使後人知卦影之所自也。

注釋

1青城山：在四川都江堰市西南，道教名山之一。2直：值，價值。3數：定數。4《易》軌革卦影之術：古代占驗術，結合卦象、圖畫，討論占卜曆算等。具體起源時間不詳。

譯文

至和二年（一〇五五），成都有一個叫費孝先的人，初次來眉山，說：最近遊青城山，訪老人村，弄壞一張竹牀。孝先謝罪，自稱笨拙，而且想照價賠償。老人笑着說：「你看看底下有字說：此牀某年月日由某人製造，至某年月日為費孝先所弄壞。成壞自有定數，你何須賠償！」孝先心知事不尋常，就留下拜他為師。老人以《易》經軌革卦影之術授他，在此之前沒有知道這種學問的人。過了五六年，孝先因此致富。現在他死了，但各地研究這種學問的人，到處都有，皆自託辭說出於費孝先，真假不能辨別。聊且再記此事，使後人知道卦影之說從哪裏產生。

賞析與點評

據魏泰記載，「自至和（一〇五四—一〇五六）、嘉祐（一〇五六—一〇六三）以來，費孝先以術名天下，士大夫無不作卦影，而應者甚多。」費孝先以卦影活躍數十年，經歷仁宗、英宗、神宗、哲宗四朝，影響十分巨大，有關記載，亦十分神奇。蘇軾以一句「真偽不可知也」概括之，可謂具深意矣。

記天心正法咒

王君善書符[1]，行天心正法[2]，為里人療疾驅邪。僕嘗傳此咒法，當以傳王君。其辭曰：「汝是已死我，我是未死汝。汝若不吾祟，吾亦不汝苦。」

注釋

1書符：書寫、繪畫符咒。2天心正法：道教派系之一，出於天師道，強調內外兼修，以傳天心正法得名。

譯文

王君擅長使用書符，施行天心正法，為鄰里左右治病驅邪。我也曾經傳授這種符咒法，應當將之傳給王君。其文辭說：「你是已死的我，我是未死的你。你如果不作祟害我，我也不會令你受苦。」

辨五星聚東井

天上失星，崔浩乃云[1]：「當出東井」[2]，已而果然，所謂「億則屢中」者耶[3]？漢十月[4]，五星聚東井[5]，金、水當附日不遠[6]；而十月，日在箕、尾[7]，此浩所以疑其妄[8]。以余度之，十月為正[9]，蓋十月乃今之八月爾。八月而得七月節[10]，則日猶在翼、軫間[11]，則金、水聚於井亦不甚遠。方是時，沛公未得天下，甘、石何意諂之[12]？浩之說，未足信也。

注釋

1崔浩：北魏清河（今山東武城縣）人，字伯淵，少好文學，博覽經史，以至玄象陰陽百家之言。仕北魏道武、明元、太武三帝，官至司徒，助北魏太武帝統一北方。

2當出東井：東井，星宿名，即井宿。據《魏書．崔浩傳》，初，姚興死之前歲也，太史奏：熒惑在匏瓜星中，一夜忽然亡失，不知所在。或謂下入危亡之國，將為童謠妖言，而後行其災禍。太宗聞之，大驚，乃召諸碩儒十數人，令與史官求其所詣。浩對曰：「案《春秋左氏傳》說神降於莘，其至之日，各以其物祭也。請以日辰推之，庚午之夕，辛未之朝，天有陰雲，熒惑之亡，當在此二日之內。庚之與未，皆主于秦，辛為西夷。今姚興據咸陽，是熒惑入秦矣。」後八十日，熒惑星果然出於東井。明年，姚興死，二子交兵，三年，姚秦國亡。3億則屢中：語出《論語．先進》：「賜不受命，而貨殖焉，億則屢中。」億通臆，猜測。屢屢猜中。4漢十月：此特指漢高祖元年（前二〇六）十月。5五星聚東井：《漢書．高帝紀上》：「元年冬十月，五星聚於東井。沛公至霸上。秦王子嬰素車白馬，繫頸以組，封皇帝璽符節，降枳道旁。」應劭注：「東井，秦之分野。五星所在，其下當有聖人以義取天下。」《漢書．天文志》：「漢元年十月，五星聚於東井，以曆推之，從歲星也。此高皇帝受命之符也。故客謂張耳曰：『東井秦地，漢王入秦，五星從歲星聚，當以義取天下。』」6金、水嘗附日不遠：金、水，二星名。古代認為金星與水星依附日星（太陽）而行。7箕、尾：箕星和尾星，二十八宿之屬。8此浩所以疑其妄：這句話似應解作：此崔浩之見，我所以懷疑他亂說。9十月為正：正，正月；以十月為歲首。古代曆法定歲首，夏建寅（陰曆正月）、殷建丑（夏曆十二月）、周建子（夏曆十一月），秦建亥（夏曆十月）；至漢武帝元封六年（前一〇五），制太初曆，改以正月為歲首，延用至今。可見劉邦登位時，歲首乃十月。10節：節令。一年八節，為立春、春分、立夏、夏至、立秋、秋分、立冬、冬至；雖云八月十五日中秋節，惟立秋實際上多在六月尾七月間，故云八月而得七月節。11**日猶在翼、軫間**：翼、軫，星名。12**甘、石**：《史記・天官書》：「昔之傳天數者，在齊，甘公；魏，石申。」以甘、石借代，泛指天文曆官。

譯文

天上失去熒惑星的蹤影，崔浩於是說：「當出東井」，後來其事證實，乃屬所謂「屢猜屢中」了罷？漢代十月，五星聚集東井，金星、水星應該是依附太陽不遠處；而十月，日在箕星、尾星之間；此崔浩之論，我所以懷疑其誕妄。以我推度，漢初以夏曆十月為正月，則第十月等於今天之八月而已。八月還在七月節範圍中，太陽仍然留在翼星、軫星之間，而金星、水星聚集於東井座，距離也不會太遠。正當此時，沛公劉邦尚未取得天下，甘公、石申之類的天文曆官，豈非意在諂諛？崔浩之說，實未足以徵信。

賞析與點評

這篇記載，可見蘇軾富有懷疑精神。還須細心思慮、推測、求證，以尋真相。

四民

本篇導讀——

四民指士農工商；百姓謂百官族姓，人與民在《論語》等書中的使用也不一樣，似乎有點階級成分的意味。這類統稱的概念，今天我們不以為意，大致視為一律平等，古代其實有各種各樣的區分或類別。區別，可能與血統有關，也可能與職業有關，更多的是與財富、權力或知識有關。〈論貧士〉談士階層，士是知識分子，但當中卻涉及馬皇后與晉惠帝，其實是談識見；〈梁賈說〉談商人、〈梁工說〉談丹道冶煉，並非講工匠。嚴格地說，這一組文字以「四民」為標題，有點文不對題。不過，既然大家都反對以今人的尺度去評論古人，只好說，「一樣米養百樣人」，人生有各種各樣的表現，而某些人的行為作風不值得恭維。

論貧士

俗傳書生入官庫，見錢不識。或怪而問之，生曰：「固知其為錢，但怪其不在紙裹中耳。」予偶讀淵明〈歸去來辭〉云：「幼稚盈室，瓶無儲粟。」乃知俗傳信而有徵。使瓶有儲粟，亦甚微矣，此翁平生只於瓶中見粟也耶？〈馬后紀〉[1]：夫人見大練以為異物；晉惠帝問飢民何不食肉糜[2]，細思之皆一理也，聊為好事者一笑。永叔常言：「孟郊詩：『鬢邊雖有絲，不堪織寒衣』，縱使堪織，能得多少？」

注釋

1〈馬后紀〉：《後漢書．明德馬皇后紀》，卷十上。漢明帝馬后，馬援之女，常着大練（即粗帛），宮中妃嬪視為異物。2晉惠帝：武帝子惠帝，生性痴呆，人告以民飢，他反問道：「百姓餓死，何不食肉糜？」

譯文

俗傳有書生進入官庫，見到錢也不懂。有人感到奇怪而問他，書生說：「肯定知道是錢，但奇怪錢為什麼不在紙包裹之中而已。」我偶然讀淵明〈歸去來辭〉說：「幼小孩童滿室，而瓶中沒有儲存穀粟。」乃明白世俗所傳確信而有證據。假使瓶裏有儲存穀粟，也一定很少，這老翁平生只是在瓶中見到穀粟吧？〈馬后紀〉：宮中妃嬪見皇后穿着粗帛，以為是奇異物品；晉惠帝問飢餓的百姓，為什麼不吃豬肉粥，仔細思考，都是同一道理，聊且說來讓好事者笑一笑。歐陽永叔常說：「孟郊詩：『鬢邊雖有白絲，卻不足以編織寒衣』，縱使可以編織，能編得多少？」

賞析與點評

當世所謂智商測驗，與閱歷有莫大關係。見聞多，可以增長知識。晉惠帝問飢民何以不吃肉糜，因為他生於深宮之中，長於婦人之手，不識民間疾苦，那也難怪他。陶淵明提及以瓶儲粟，可能是古今器物名稱體制不同，也可能是誇張（故意縮小），像孟郊所詠，文學用語是不能以邏輯深究的。

梁賈說

梁民有賈於南者[1]，七年而後返。茹杏實海藻[2]，呼吸山川之秀，飲泉之香，食土之潔，泠泠風氣，如在其左右，朔易弦化[3]，磨去風瘤[4]，望之蝤蠐然[5]，

蓋項領也。倦遊以歸，顧視形影，日有德色，徜徉舊都，躊躇顧乎四鄰，意都之人與鄰之人，十九莫己若也。入其閨，登其堂，視其妻，反驚以走：「是何怪耶？」妻勞之，則曰：「何關於汝！」饋之漿，則憤不飲；舉案而飼之，則憤不食；與之語，則向牆而欷歔；披巾櫛而視之[6]，則唾而不顧。謂其妻曰：「若何足以當我？亟去之[7]！」妻俛而怍[8]，仰而歎曰：「聞之：居富貴者不易糟糠[9]，有姬姜者不棄憔悴[10]。子以無癭歸[11]，我以有癭逐。嗚呼，癭邪！非妾婦之罪也！」妻竟出。於是賈歸家三年，鄉之人憎其行，不與婚。而土地風氣，蒸變其毛脈，啜菽飲水，動搖其肌膚，前之醜稍稍復故。於是還其室[12]，敬相待如初。君子謂是行也，知賈之薄於禮義多矣。居士曰：貧易主，貴易交，不常其所守，茲名教之罪人，而不知學術者，蹈而不知恥也。交戰乎利害之場，而相勝於是非之境，往往以忠臣為敵國，孝子為格虜，前後紛紜，何獨梁賈哉！

注釋

1梁：梁州，原指陝西漢中一帶。惟宋代首都汴梁，乃古代大梁所在地，或指此。2杏實海藻：杏仁、海藻，中醫用作治療癭病之藥物。3朔：朔望，借代歲月。弦：音樂。化：變化。4磨：消磨，消腫。風：指痲瘋之類腫塊。瘤：癭瘤，大頸泡腫瘤。5蝤蠐（粵：囚齊；普：qiú qí）：本是天牛的幼蟲，以之比喻婦女頸項潔白豐潤，如天牛幼蟲，優美動人。《詩經．衛風．碩人》：「領如蝤蠐。」6披巾櫛（粵：節；普：zhì）：拿上毛巾和梳子，巾櫛泛指盥洗用品。披，形容雙手張開奉上毛巾，動作連及梳櫛。7亟去之：快離開這裏。亟，急。8俛而怍：低頭而且感到慚愧。9糟糠：指貧困時期一同艱苦生活的妻子，俗稱糟糠之妻。10姬：妾。姜：指莊姜，《詩經．衛風．碩人》讚美衛莊公妻莊姜云：「手如柔荑，膚如凝脂，領如蝤蠐，齒如瓠犀，螓首蛾眉。巧笑倩兮，美目盼兮。」案：《左傳》謂雖有姬姜，無棄蕉萃」之說。11瘻（粵：影；普：yǐng）：頸部生腫瘤，俗稱大頸泡。古代認為此病源於情志內傷及水土因素，現代多以為與缺碘有關，而導致甲狀腺出毛病。12還其室：室，妻室；妻子返回家裏。

譯文

梁州一位居民到南方買賣，七年後回家。長期食用杏仁和海藻，呼吸南國山川秀氣，飲用清香的泉水，食品產自潔淨的泥土，走起路來，好像泠泠清風在他左右隨身附影；因歲月變遷，腫瘤已消磨，看起來像天牛幼蟲般潔白動人，那就是頸項了。在外住久了，生厭倦之心而回歸，顧視自己的軀體影子，每日都有自得之神色，在古老的都城裏徜徉徘徊，看到鄰居，躊躇滿志，心中以為都中人與鄰里，十居其九比不上自己。進入閨房，登上廳堂，看到妻子，驚得要逃跑：「這是什麼怪物？」妻子服侍他，他卻說：「跟你有什麼關係！」給水他喝，則憤而不飲；端起盤子奉上食物給他吃，也怒而不吃；跟他說話，則面向牆壁而欷歔歎息；雙手奉上巾櫛並看着他，則口吐涎沫、不肯面對，對妻子說：「你怎配當我妻子？快給我滾開！」妻子低頭慚愧，而後仰面歎息說：「聽人說：身處富貴的人不會換掉糟糠之妻，家裏姬妾美若莊姜，也不會厭棄憔悴之妻。夫君癭瘤消失而回來，我因有癭瘤而被驅逐。啊呀，癭瘤啊！這不是妾婦的過錯呀！」妻子終於離去。這商人歸家三年，鄉人痛恨其行為，不和他結婚。而土地風霜，寒暑凝蒸，慢慢改變其血脈，食用豆菽、飲用水流，開始改變他的肌肉皮膚，以前的醜態又稍稍恢復了。這樣只好讓妻子回家，互相敬重、相待如初。君子談及這種行為，深知商賈對於禮義多不重視。東坡居士說：貧困則轉換東家，富貴則改變交友對象，不會永久堅守道義，這是名教的罪人，而不知學問道術的人，蹈此境地而不知羞恥。人在利害場所交戰，在是非環境中相競逐，往往把忠臣當作仇敵，把孝子視為桀驁不馴的人，前後轉變，花樣繁多，何只梁州商賈一人呀！

賞析與點評

估計這是一篇寓言，這也是我國民間常見的現象。美國作家賽珍珠曾以《大地》獲頒諾貝爾文學獎，該書寫的是近代中國農民暴發戶與其妻妾子女的故事。

梁工說

梁工治丹竈有日矣[1]。或有自三峯來[2]，持淮南王書[3]，欲授枕中奇秘坎離生養之法[4]，陰陽九六之數[5]，子女南北之位[6]，或黃或白[7]，生生而不窮，以是強兵，以是緒餘以博施濟眾。而其始也，密室為場，空地為爐，外爐山木之上煮天一，坯父鼎母[8]，養以既濟[9]，風火絪縕[10]，而瓦礫化生。方士未畢其說，工悅之，然以為盡之矣。退試其術，逾月破竈，而黃金已芽矣。於是謝方士，方士曰：「子得予之方，未得究其良，知其一不知其二。余弗邀利於子，後日不成，不以相仇，則子之惠也。」工重謝之曰：「若之術殫於是矣，予固知之矣，豈若愚我者哉！」遂歌〈驪駒〉以遣送之。束書在於腰，長揖而去。工日治其訣，更增益劑量，其貪婪無厭。童東山之木[11]，汲西江之水，夜火屬月魄，晝火屬日光，操之彌勤，而其術愈疏，為之不已。而其費滋甚，牛馬銷於鉛汞，室廬盡於鉗鎚，券土田，質妻子，蕭條繿縷，而其效不進。至老以死，終不悟。君子曰：術之不慎，學之不至者然也，非師之罪也。居士曰：朽牆畫墁[12]，天下之賤工，而莫不有師。問之不下，思之不熟，與無師同。其師之不至[13]，朽牆畫墁之不若也。不至，則欺其中，亦以欺其外。欺其中者己窮，欺外者人窮。如梁工蓋自窮，亦安能窮人哉！

注釋

1**丹竈**：指冶煉術。竈同「灶」。2**三峯**：山名。江蘇勾容東南有茅山，其大、中、小三座山峯曰三峯。3**淮南王書**：即《**淮南子**》，西漢淮南王劉安召集門客編集。屬道家典籍。4**枕中奇秘**：唐孫思邈著《**枕中方**》，又名《**攝養枕中方**》，談攝生繕性之法。**坎離生養**：《**周易**》中坎卦為水、離卦為火，兩者相剋亦相濟。道教徒以坎男指汞，煉內丹者則以之喻陰精，又以離女為鉛，煉內丹時指陽氣。道家強調相生相剋以求平衡，遂衍生採陰補陽之說。5**陰陽九六之數**：《**周易**》之卦，陽爻歸於九，陰爻歸於六，故九六實爻之別稱。6**子女南北之位**：《**周易・說卦**》有所謂乾坤六子：「乾，天也，故稱父。坤，地也，故稱母。震，一索而得男，故謂之長男。巽，一索而得女，故謂之長女。坎，再索而男，故謂之中男。離，再索而得女，故謂之中女。艮三索而得男，故謂之少男。兌三索而得女，故謂之少女。」而孔穎達疏認為乾坤六子乃先賢以此顯明父子之道。南北之位，當《**周易**》作為占卦工具時，會計算上述三男三女所處東西南北方位，再定吉凶。7**或黃或白**：黃指金，白指銀，以其色喻。8**坯父鼎母**：坯，陶冶之器，土製器具。《**後漢書・崔駰傳**》：「參差同量，坯冶一陶。」父指乾或陽，母喻坤或陰。句意謂以坯鼎器具冶煉陰陽萬物。9**養以既濟**：《**周易**》中「既濟」卦辭為：「亨，小，利貞。」初時小順利。養，冶煉。10**風火絪縕**：以風助火之勢，推動陰陽冶煉之功。絪縕亦作「氤氳」，陰陽二氣交融。《**周易・繫辭**》下：「天地氤氳，萬物化醇。男女構精，萬物化生。」11童：斬伐清光。12杇牆畫墁：杇牆指粉刷牆壁，畫墁指在牆上畫圖。此話有兩層意思，一是以杇牆和畫墁借代為建築方面最低等的工作，表示極容易而膚淺的技術，連這事也須有老師傅教導。另一個意思是，弄不好，這邊把牆壁粉刷好，那邊就把牆壁上亂畫弄髒，全功盡廢，所以要老師有序地教導。
13師之不至：師，作動詞，即學習某種技藝未到家。

譯文

梁地一位工匠從事丹竈冶煉之術很長時間了。有人從三峯山來，拿着《淮南子》，想教授他枕中奇秘所提攝生繕性、坎離生養陰陽調補之法，還有陰陽九六宇宙變化之術數，求取子女及以方位定益之策，獲致金銀財富，可以生生不息永不困窮，藉此來強兵壯國，還可用剩餘的小法術去廣泛施捨和救濟群眾。開始的時候，把房間封密作為冶煉之場地，騰空地方建築起爐竈，盡取屋外山上的林木來燒爐，煙火直達天極；以坯鼎器具冶煉陰陽萬物，符合既濟亨通之卦，借風助火之勢，推動冶煉陰陽之功，連瓦礫亦可變化產生奇妙之物。方士尚未講完學說，梁工已很高興，感到盡得其學了。退下來就試驗方士所說的冶煉之法。滿一個月，打開爐竈，黃金已萌芽了。於是感謝方士，方士說：「你雖得傳我的方術，但未能深達優良境地，只知其一，不知其二。我不向你要求利益，日後冶煉不成功，不要憎恨我，就是你的恩惠了。」梁工再次向他深致謝意，說：「你的技術已經全部講完，我肯定知道了，你怎麼會欺騙我呢？」於是高唱〈驪駒〉之歌以歡送方士。方士把書本束紮於腰際，一個長揖就離開。梁工每日以其秘訣冶煉，再增加藥劑分量，可謂貪婪不滿足。把東山樹木砍伐清光，汲取西江的水，夜間以爐火配合月魄，白天以爐火連接日光，操煉更加勤奮，而法術效果卻愈加空疏，一直冶煉下去而無法停止。他的花費極多，牛馬盡用來換取鉛汞，房屋賣掉以添置鉗鎚，把土田售賣給別人，連老婆兒女也典質出去，以至家徒四壁，身上衣着繿縷，而其效果仍無進展。到了老年臨死，始終不能省悟。君子說：學藝不能謹慎從事，是學習而不達目標的人的問題，卻不是教師的罪過。居士說：粉刷牆壁以及在牆上繪畫，都是天下最低賤的工種，這無不靠師傅教導。若求教不能深入，思慮不能成熟圓通無瑕，與沒有師父教導是一樣的。若學習某種技藝未到家，則連粉刷牆壁、繪畫垣墁的工匠也不如。技藝未到家，是心中自我欺騙，也是對外欺騙別人。自欺的則自己窮困，欺人的使人窮困。像梁工，大概就自己窮困，他哪裏有本事使人窮困呢！

賞析與點評

蘇軾將「自欺欺人」一語敷衍為「不至，則欺其中，亦以欺其外。欺其中者己窮，欺外者人窮。」從前，大部分人沒有機會接受教育，有高深教養的人都極謙虛，以為自己不行。如今大學學額泛濫，大量年青人進了大學，卻出現了一個普遍的現象，許多人終日吃喝玩樂，逃課打機，虛度時光，然後非得甲等成績不肯罷休，真是奇怪。

女妾

本篇導讀——

這幾篇文字，從晉惠帝皇后賈氏之評價，而論人生容易惑於眾口，又藉賈婆婆之舉薦而指斥賈昌朝奸佞，再因家婢正確判斷王敦性格而評石崇無知人之明。所謂「女妾」，並非評論婦女，而是談論人事管理，實際無分性別。

賈氏五不可

晉武帝欲為太子娶婦，衞瓘曰[1]：「賈氏有五不可[2]：青、黑、短、妒而無子。」竟為群臣所譽，娶之，竟以亡晉。婦人黑白美惡，人人知之，而愛其子，欲為娶婦，且使多子者，人人同也。然至其惑於眾口，則顛倒錯繆如此。俚語曰：

「證龜成鼈」，此未足怪也。以此觀之，當云「證龜成蛇」。小人之移人也，使龜蛇易位，而況邪正之在其心，利害之在歲月後者耶！

注釋

1衞瓘（粵：灌；普：guàn）：衞瓘（二二〇——二九一），字伯玉。河東安邑（今山西夏縣北）人。三國時，任魏國鎮東將軍，入晉，升司空、太保，惠帝時被賈后誅殺。

2賈氏有五不可：據《晉書・后妃・惠賈皇后》傳所載，乃武帝云：「賈家種妒而少子，醜而短黑。」又《黃帝內經・素問・五臟生成篇第十》云：「面青目赤，面赤目白，面青目黑，面黑目白，面赤目青，皆死也。」青黑之説疑與此有關。

譯文

晉武帝想為太子娶媳婦，衞瓘説：「賈充之女賈南風有五項因素不可娶：面青、目黑、身短、嫉妒而且會無子。」結果卻為群臣所稱讚，娶過來，終於導致西晉滅亡。婦人膚色黑白美醜，人人知道，而且愛護兒子，希望為兒子娶媳婦，且讓兒媳多子，這想法人人相同。但是到了為眾口所迷惑，竟然錯謬顛倒到這地步，真想不到。俚語説：「證實烏龜會變成鼈」，這未足以奇怪，據此事觀察，應當説「證龜成蛇」才對。小人之口能改變人的信念，使龜變蛇，交換位置，何況邪正存在其心，利害要經歷漫長歲月之後才能證實呀！

賞析與點評

三人成虎，謠言造成暴動，謊言說一百遍變成真理，這些都可證明眾人言語如洪水猛獸，力量巨大。「青、黑、短」乃從生理因素推測身體不健康，「妒」則從製造矛盾判斷賈氏不宜立為后。

賈婆婆薦昌朝

温成皇后乳母賈氏[1]，宮中謂之賈婆婆。賈昌朝連結之[2]，謂之姑姑。臺諫論其奸，吳春卿欲得其實而不可。近侍有進對者曰：「近日臺諫言事，虛實相半，如賈姑姑事，豈有是哉！」上默然久之，曰：「賈氏實曾薦昌朝。」非吾仁宗盛德，豈肯以實語臣下耶！

注釋

1 温成皇后：進士張堯封之女張氏（一〇二四—一〇五四），河南永安（今河南鞏縣南）人。因父早死，寄居宮中，被仁宗皇帝趙禎納為妃，封貴妃。死後才追封謚號為溫成皇后。2賈昌朝：賈昌朝（九九八—一〇六五）字子明，原籍真定獲鹿（今河北真定），賈琰從孫。真宗天禧初，獻文召試，賜同進士出身。慶曆五年（一〇四五）同中書門下平章事，成為宰相。

譯文

溫成皇后的乳母賈氏，宮中人稱她為賈婆婆。賈昌朝連結她，稱她姑姑。臺諫評論昌朝奸詐，吳春卿想查證實情而不成功。接近皇上的太監，有次進言，說：「近日臺諫官員討論政事，虛實各一半，如賈姑姑的事，難道真有事實嗎？」皇上沉默良久，說：「賈氏真的曾經推薦賈昌朝。」若非我們的仁宗皇帝英明盛德，怎麼肯將實情告訴臣下呢！

賞析與點評

閒言閒語，所在多有，歸根結柢，關鍵在於是誰下決定。有的朝代禁止太監干政，有的朝代制止外戚干政。至於利益集團盤結，貪污腐敗，則無不滅亡的。

石崇家婢

王敦至石崇家如廁，脫故着新，意色不作。廁中婢曰：「此客必能作賊也。」此婢能知人，而崇乃令執事廁中，殆是無所知也。

譯文

王敦到石崇家上廁所，他脫去舊衣服，穿上新衣物，意態神色不羞愧。在廁中守候的婢女說：「這位客人一定會做賊。」這婢女能夠知人心，石崇卻命令她在廁所中做事，可見他對婢子的能力一無所知。

賞析與點評

知人之明和用人之明，都是複雜的學問。可能婢子的缺點大於有知人之明的本事，可能石崇府中人人都是高明之士，婢子已經是其中最愚笨的人。

賊盜

本篇導讀——

「人無賢愚，皆喜之」，這種到處受人敬重的人，要麼是仁人君子，要麼是大奸大惡，〈盜不劫幸秀才酒〉的幸思順與《水滸傳》中的及時雨宋公明有近似的習性，或許幸思順就是宋公明的原型。蘇軾因護送魏王下葬而獲賞數千緡錢，但已用罄，梁上君子連續兩夜來偷盜而無所獲，則可能盜賊是熟人，知道蘇軾身邊有錢而不知已經散盡。蘇氏記此，目的似是供該熟人窺看，而不是留給後人鑒賞。

盜不劫幸秀才酒

幸思順，金陵老儒也[1]。皇祐中，沽酒江州，人無賢愚，皆喜之。時劫江賊方熾，有一官人艤舟酒壚下[2]，偶與思順往來相善，思順以酒十壺餉之。已而被劫於蘄、黃間，群盜飲此酒，驚曰：「此幸秀才酒邪？」官人識其意，即紿曰[3]：「僕與幸秀才親舊。」賊相顧歎曰：「吾儕何為劫幸老所親哉[4]！」斂所劫還之[5]，且戒曰：「見幸慎勿言。」思順年七十二，日行二百里，盛夏曝日中不渴，蓋嘗啖物而不飲水云。

注釋

1金陵：今南京市。2艤（粵：蟻；普：yǐ）舟：租船。3紿（粵：代；普：dài）：騙。4吾儕：我輩。5斂：收起。意指當時已分贓。

譯文

幸思順，是金陵一位年老儒生。皇祐年中，在江州賣酒，人民不分賢愚，都喜歡他。當時江上行劫的盜賊正熾盛，有一位官人，在酒壚下準備僱船，偶然和思順交談得很投契，思順取十壺酒贈送給他。跟着這官人在蘄州、黃州之間被劫，群盜飲了這批酒，驚叫起來：「這不是幸秀才的酒嗎？」官人領悟這意思，就騙他們說：「我與幸秀才，份屬親戚故舊。」賊人互相顧視，歎息說：「我們為什麼打劫幸老所親近的人呀！」收起所劫的財物退還給他，並且勸戒他說：「見到幸秀才，小心不要談及這事。」思順年齡七十二，每日步行二百里，在盛夏熱日中也不口渴，聽說能夠吃東西而不必喝水。

賞析與點評

仗義每多屠狗輩，或云盜亦有道；前者幸思順近之，後者即江上賊。看來幸思順是一位江湖人物，從他每日能步行二百里，盛夏不口渴，恐怕是位武術高手，大隱隱於市而已。問題是，幸思順能關照黑白兩道，人無賢愚，皆喜之，也不簡單吧？這讓我們想起《水滸傳》中那些賣酒的英雄，而蘇軾筆下的幸思順，比他們出現得還要早。

梁上君子

近日頗多賊，兩夜皆來入吾室。吾近護魏王葬，得數千緡，略已散去，此梁上君子當是不知耳。

譯文 近日有很多盜賊，兩夜都進入我房間。我最近護送魏王下葬，得賞錢數千緡，已用了大部分，這位梁上君子應當是不知道的了。

賞析與點評

這段話相當有趣，蘇軾可能是故意寫在紙上，並把紙放於桌上，讓那位梁上君子看到此箋，知道作者無錢的實況而罷手。「梁上君子」這一雅稱，也藉蘇文而就此流行。

夷狄

本篇導讀——

三篇文章提及與鄰國邦交，一東一西。〈曹瑋語王鬷元昊為中國患〉中的王鬷獲高人指導，提醒他及早防範西夏侵擾，他卻無動於衷，以致錯失良機。〈高麗公案〉一文中，北宋朝廷與高麗國交往，出現一些波折，蘇軾責怪提議交往的官員多事，並反映接待官員無外交能力。蘇氏思想，偏向於封閉自守，這值得我們深思。遠邦來朝，原是好事，惟北宋官員無能，辦事無方，數十年後亡國，乃是理所當然！

曹瑋語王鬷元昊為中國患

天聖中[1]，曹瑋以節鎮定州[2]。王鬷為三司副使[3]，疏決河北囚徒，至定州。

瑋謂鬷曰：「君相甚貴，當為樞密使。然吾昔為秦州[4]，聞德明歲使人以羊馬貨易於邊[5]，課所獲多少為賞罰，時將以此殺人。其子元昊年十三[6]，諫曰：『吾本以羊馬為國，今反以資中原，所得皆茶彩輕浮之物，適足以驕惰吾民，今又欲以此戮人。茶彩日增，羊馬日減，吾國其削乎！』乃止不戮。吾聞而異之，使人圖其形，信奇偉。若德明死，此子必為中國患，其當君之為樞密時乎？盍自今學兵講邊事？」鬷雖受教，蓋亦未必信也。其後鬷與張觀、陳執中在樞府[7]，元昊反，楊義上書論土兵事，上問三人，皆不知，遂皆罷之。鬷之孫為子由婿，故知之。

注釋

1天聖：北宋仁宗皇帝（一〇二三—一〇六三在位）的第一個年號，公元一〇二三—一〇三二年。2曹瑋：北宋名將。父曹彬。嘗擊敗李繼遷於石門，又屢破西羌。簽書樞密院事。奸相丁謂誣其黨寇準，貶萊州觀察使，卒後謚武穆。定州：今河北定州市。3王鬷：字總之，趙州臨城（今河北邢臺）人。七歲喪父，哀毀過人。舉進士，授婺州觀察推官。景祐五年，參知政事。遷尚書工部侍郎、知樞密院事。帝數問邊境之事，王鬷不能應對，罷知河南府。4秦州：今甘肅天水。5德明（九八一—一〇三二）：西夏太宗，小字阿移。李繼遷長子，二十三歲即位。卒謚光聖皇帝。6元昊（一〇〇三—一〇四八）：德明子，小字嵬理，更名曩霄。宋景祐五年（一〇三八），元昊稱帝，國號大夏（史稱西夏），定都興慶（今寧夏銀川），修宮殿，設百官，製西夏文，頒禿髮令。又派軍隊攻佔瓜州、沙州（今敦煌）、肅州（今酒泉、嘉峪關一帶）。在位十七年。7 **張觀**：絳州絳縣（今山西絳縣）人，字思正。真宗大中祥符七年（一〇一四）甲寅科狀元。仁宗時拜同知樞密院事。康定中（一〇四〇—一〇四一），西兵失利，張觀與陳執中等議兵，久而不決，罷，以資政殿學士、尚書禮部侍郎知相州，徙澶州。**陳執中**（九九〇—一〇五九）：字昭譽，父陳恕之，洪州（今江西南昌）人。真宗時以父蔭為秘書省正字。累遷知梧州、江寧府、揚州、永興軍。仁宗寶元元年（一〇三八）同知樞密院事。出知青州，改永興軍。召拜參知政事。慶曆五年（一〇四五），同平章事兼樞密使。皇祐元年（一〇四九）出知陳州。五年，再入相。至和二年（一〇五五）充鎮海軍節度使判亳州。逾年，以司徒致仕。嘉祐四年卒，謚恭。見《宋史》卷二八五。

譯文

天聖中，曹瑋任節度使鎮守定州。王鬷任三司副使，將河北的囚犯分流判決，送至定州。曹瑋對王鬷說：「君相你的樣貌相當顯貴，他日當出任樞密使。我昔日主管秦州，聽聞西夏國主李德明每年命人以羊馬在邊界以貨換貨交易，計算官員在課稅中獲得多少作為賞罰準則，當時守將因此事件殺人。德明兒子元昊十三歲，勸諫其父說：『我們本來以牧養羊馬立國，現在反而拿來資助中原，所換得的都是茶葉、綵緞等輕浮物品，這足以使我國國民驕奢懶惰，現今又欲因此事殺人，豈不害了自己？茶葉綵緞日日增加，羊馬日日減少，我國力量將會削弱呀！』於是停止，不再殺戮。我聞此事感到驚異，派人圖繪其外貌，確實奇偉。如果德明死，此子必成為中國禍患，到其時，將是你做樞密使吧？何不從今學兵法、研究邊防事務？」鬷雖接受教誨，大概亦未必相信。其後王鬷與張觀、陳執中在樞密院，元昊反叛，楊義上書論士兵事件，皇上問三人，都不知曉，結果全部罷免。王鬷的孫子是子由女婿，所以知道此事。

賞析與點評

機會是給有準備的人的。曹瑋是一位對國家負責任，並且能高瞻遠矚的人，可惜王鬷只是苟且偷安，沒有遠見的文人，辜負了曹瑋的好意。宋朝之亡，就是亡在這類因循守舊的人手上。

高麗

昨日見泗倅陳敦固道言[1]：「胡孫作人狀[2]，折旋俯仰中度[3]，細觀之，其相

侮慢也甚矣[4]。人言『弄胡孫』，不知為胡孫所弄！」其言頗有理，故為記之。又見淮東提舉黃實言：「見奉使高麗人言：所致贈作有假金銀錠[5]，夷人皆坼壞，使露胎素，使者甚不樂。夷云：非敢慢也，恐北虜有覘者以為真爾[6]。」由此觀之，高麗所得吾賜物，北虜皆分之矣。而或者不察，謂北虜不知高麗朝我，或以為異時可使牽制北虜[7]，豈不誤哉！今日又見三佛齊朝貢者過泗州[8]，官吏妓樂，紛然郊外，而椎髻獸面[9]，睢盱船中[10]。遂記胡孫弄人語良有理，故并記之。

注釋

1泗倅（粵：翠；普：cuì）：泗州通判。宋代官制，以通判助知州，俗稱「倅」。2胡孫：猢猻。胡孫作人狀，近似沐猴而冠的說法。3折旋俯仰中度：謂禮儀及談判合宜，合乎標準。折旋，討論折中、來回談判。俯仰，比喻談判中有所進退、提出要求與讓步。中，合適。度，尺度。4相侮慢：侮辱、鄙視、輕慢我方。相，以閩南話為例，指甲方對乙方單方面而言，非互相之意。5假金銀錠：以合金或鍍金之物質製造出來之金錠、銀錠，使用於屬欺詐性之送禮。6北虜：遼國，又稱契丹。7牽制北虜：結交高麗，聯合兩國軍事力量南北夾攻以牽制契丹。8三佛齊：國名。唐代古籍稱室利佛逝；位置在真臘、闍婆之間，與占城為鄰。其佛教遺跡仍保存於印尼。9椎髻獸面：頭髮結紮似椎形，臉形如野獸；可能是戴上面具。10睢盱船中：在船上睜眼仰視。

譯文

昨日見泗州通判陳敦，字固道，他說：「猢猻打扮作人的形狀，談判商議進退俱合尺度，但細心觀察，對我方侮辱傲慢，相當嚴重。人說『玩弄猢猻』，卻不知被猢猻所玩弄！」他的話頗有理，所以特意記下。又見淮東提舉黃實說：「見奉命出使往高麗的人說：我方所致送的物品中有假金銀錠，夷人都把它擊壞，露出原本的樣子，使者感到很難過。夷人說：不敢對你們怠慢，只恐怕契丹人窺伺以為是真品而已。」由此觀之，高麗所得我方賞賜物品，契丹都分去一部分。而或者不察，認為契丹不知道高麗向我國朝貢，或以為他日可利用高麗來牽制契丹，如此弄虛作假，豈不誤事！今日又見三佛齊國朝貢者經過泗州城，官吏以妓樂迎接，郊外一片熱鬧，來者髮髻紮起如椎形，臉形如野獸，在船上睜眼仰視。憶起「猢猻弄人」之語頗有道理，因此一併記錄下來。

賞析與點評

不懂民族平等之理，不懂尊重夷狄，是古代士人的一大通病，大賢如蘇軾亦不例外。其實，送禮用假金銀錠，待對方拆開，露出洋相，其過在我，而非夷人。再說，古代招遠人，萬方來朝，原是光榮的事，遭到侮慢，可能是外交人才不足，或外交經驗不足，應該先檢討才對，而不是一味辱罵別人。

高麗公案

元祐五年二月十七日，見王伯虎炳之言：「昔為樞密院禮房檢詳文字[1]，見高麗公案。始因張誠一使契丹，於虜帳中見高麗人，私語本國主向慕中國之意，歸而奏之，先帝始有招徠之意。樞密使呂公弼因而迎合，親書劄子乞招致，遂命發運使崔極遣商人招之。」天下知非極，而不知罪公弼。如誠一，蓋不足道也。

注釋

1 樞密院：宋代樞密院為國家最高軍事機構，相當於國防部，亦處理對外事務。

譯文

元祐五年（一〇九〇）二月十七日，見到王伯虎炳之，他說：「我昔日任樞密院禮房檢詳文字，看到與高麗來往的公文檔案。開始是因張誠一出使契丹，在胡虜的帳幕中遇見高麗人，他私下表示高麗國主有嚮慕中國的意念。歸國後上奏此事，先帝開始產生招徠的念頭。樞密使呂公弼因而迎合主上，親撰劄子，乞求邀請對方到來，於是命令發運使崔極派遣商人前往邀請。」天下人只知道譴責崔極，而不知怪罪呂公弼。至如張誠一，實在不值得提起。

賞析與點評

這裏透露幾個訊息，一是宋代中央政府有關部門設有檔案室，整個事件，前因後果，原原本本歸檔。二是外交人員能及時反映鄰國意圖，張誠一的做法並沒有錯；三是擴闊邦交的主動權在於皇帝，呂公弼不過是迎合主上，崔極也不過是奉命行事，蘇軾即使不同意擴展邦交，在知道真相後，仍只指責呂、崔，不敢針對皇帝，亦非君子所為。

卷四

古蹟

本篇導讀——

古蹟是蘇軾在黃州一帶遊歷的所睹所聞，當中既保留了不少久已遺忘散佚的古蹟、見聞，也滲透出蘇軾被貶黃州後的沉痛心情。此處文字多見於蘇軾的詩作散文中，讀者不妨對讀觀賞，或許會有新的體會。

鐵墓厄臺

余舊過陳州[1]，留七十餘日，近城可遊觀者無不至。柳湖旁有邱，俗謂之「鐵墓」，云陳胡公墓也[2]，城濠水注齧其址[3]，見有鐵錮之。又有寺曰「厄臺」[4]，云孔子厄於陳、蔡所居者，其說荒唐，在不可信[5]。或曰東漢陳愍王寵「散弩臺」[6]，以控黃巾者，此說為近之。

注釋

1陳州：今河南淮陽，周初陳國管治的地方。北周時設置陳州。2陳胡公：周初陳國開國君主，嬀姓，名滿。3城濠：護城河。注：原作「往」，據蘇集改。齧（粵：熱；普：niè）：咬。此形容河水衝擊陳胡公墓。4厄臺：相傳孔子行經陳、蔡斷糧的地方。5在：商本、蘇集無「在」字。6陳愍王寵散弩臺：陳愍王劉寵，漢代藩王。《後漢書》載劉寵善用弓弩。黃巾起事，群縣皆棄城而走，劉寵整軍守衛陳地，國人畏懼，不敢叛離，故獨陳地得保完整。陳愍王，原作「陳思王」。據《後漢書》卷五十，劉寵謚「愍」，應稱「陳愍王」，據改。

譯文

我以往經過陳州，在這裏停留了七十餘日，陳州附近值得遊玩觀賞的地方我都去過。柳湖旁邊有個小山丘，大家稱它為「鐵墓」，說是西周陳國開國君主陳胡公的墓地。護城河的流水不斷衝蝕這個墓地，當地人以鐵索固定它。當地還有一所叫「厄臺」的寺廟，相傳是孔子在陳、蔡厄困時所居住的地方，但這個說法荒唐，實在不可信。又傳聞這裏即是東漢陳愍王劉寵的「散弩臺」，昔日陳愍王便是在這個地方對抗黃巾軍的亂事，這個說法較接近事實。

黃州隋永安郡

昨日讀《隋書．地理志》，黃州乃永安郡[1]。今黃州東十五里許有永安城[2]，而俗謂之「女王城」[3]，其說甚鄙野。而《圖經》以為春申君故城[4]，亦非是。春申君所都，乃故吳國，今無錫惠山上有春申廟，庶幾是乎？

注釋

1永安郡：今湖北黃岡縣。隋開皇年間置黃州，大業初年改為永安郡。2黃州東：「東」原作「都」，據商本改。3女王城：王象之《輿地紀勝》注謂「女王城」可能是「楚王城」之訛。4春申君：戰國時楚人，名黃歇，楚考烈王相，封春申君，並賜予淮北十二縣，與信陵君、孟嘗君、平原君並稱「戰國四公子」。

譯文

昨日讀《隋書．地理志》，發現原來黃州即是永安郡。現在黃州都城十五餘里的地方有永安城，大家稱之為「女王城」，這個說法很鄙陋荒誕。《圖經》說是春申君舊有的封地，這也不正確。春申君的封地，是以往吳國的所在地，現在無錫惠山上有春申廟，大概就是證明吧！

賞析與點評

蘇軾之所以關心黃州，乃因此地是他被貶謫之地。宋神宗元豐二年（一〇七九），蘇軾因

「烏臺詩案」被貶黃州團練副使，在這裏度過了足足五年的光陰。他細閱《隋書》、《圖經》，尋找黃州的歷史流變。要了解蘇軾這種心情，不妨翻閱其〈正月二十日與潘郭二生出郊尋春忽記去年是日同至女王城作詩乃和前韻〉（簡稱〈女王城和詩〉）。

記樊山[1]

自余所居臨皋亭下[2]，亂流而西[3]，泊於樊山，為樊口[4]，或曰「燔山」，歲旱燔之[5]，起龍致雨；或曰樊氏居之，不知孰是。其上為廬洲[6]，孫仲謀汎江遇大風[7]，柂師請所之[8]，仲謀欲往廬洲，其僕谷利以刀擬柂師[9]，使泊樊口。遂自樊口鑿山通路歸武昌[10]，今猶謂之「吳王峴」[11]。有洞穴，土紫色，可以磨鏡。循山而南至寒谿寺[12]，上有曲山[13]，山頂即位壇[14]、九曲亭，皆孫氏遺蹟。西山寺泉水白而甘，名菩薩泉，泉所出石，如人垂手也。山下有陶母廟[15]，陶公治武昌[16]，既病登舟，而死於樊口。尋繹故蹟[17]，使人悽然。仲謀獵於樊口，得一豹，見老母曰：「何不逮其尾？」忽然不見。今山中有聖母廟[18]，予十五年前過之，見彼板仿佛有「得一豹」三字[19]，今亡矣。

注釋

1樊山：，在今湖北鄂州。2臨皋亭：蘇軾的住所，在今湖北黃岡縣南長江邊。3流：橫渡江河。4樊口：地名，樊港入江之口，故名。5燔（粵：凡；普：fán）：焚燒。6蘆洲：地名，在今安徽合肥。7孫仲謀：孫權，字仲謀，三國東吳的建立者，與曹魏、蜀漢三國鼎立。8柂（粵：舵；普：tuó）師：掌舵的人。9谷利：三國吳人，孫權僕侍，曾任孫權左右給事、親近監。《三國志》載孫權於武昌新裝大船，試泛的時候，遇上風浪，舵手問孫權打算前往的地方，谷利即以刀威脅舵手，使船在樊口停泊。後孫權問其故，谷利解說孫權乃萬乘之主，不能稍遇不測，為了社稷才這樣做。擬：比劃。此指以刀威脅。10武昌：地名，今湖北鄂州市。11峴（粵：現；普：xiàn）：小而險峻的山嶺。12寒谿寺：在今湖北鄂州市西。13曲山：《輿地紀勝》記九曲嶺：「在武昌九曲亭下，山九折，東坡因亭名之。」此曲山當指此地。14即位壇：傳言孫權即位於此，故名。15陶母廟：供奉陶侃母親湛氏的廟宇。16陶公：陶侃，字士行，晉潯陽（今江西九江）人，早年清貧，因屢立戰功，升任荊州刺史。後陶侃助晉室擊敗蘇峻後，封長沙郡公，都督八州軍事。東晉咸和九年（三三四），陶侃病重，上表辭位，在返長沙時，卒於樊溪，年七十六歲。17尋繹：探尋。18聖母廟：又稱樊姥廟、大姥廟。19彷佛：即「彷彿」。

譯文

從我居所臨皋亭下，河水往西流，直到樊山的地方是樊口，這裏又名「燔山」，每年天旱的時候，人們都會在此燒山，那些煙霧如飛龍般升天而降雨。有人說這裏是樊氏居住的地方，但未知是否。此地上方是廬洲，當年孫權在漲潮渡江時遇到大風，舵手問孫權想前往的地方，孫權打算前往廬洲，但他的僕役谷利以刀威脅舵手，使船停泊在樊口。跟着孫權便從樊口鑿山路通往武昌，今天這裏還稱為「吳王峴」。樊山上有洞穴，泥土呈紫色，可以用來磨鏡。循山路往南行，便到達寒溪寺，上面有曲山，山頂有即位壇、九曲亭等孫權遺蹟。西山寺泉水清澈甘甜，名為菩薩泉，泉水所流出的石頭好像人垂手的模樣。山下有陶母廟，昔日陶侃管治武昌，抱病登舟，最後死在樊口。探尋這些故蹟，使人感到淒涼悲傷。孫權在樊口狩獵，得到一隻豹，又見到一個老婦，老婦問他：「為何不抓住豹尾？」老婦問完就消失了。今天山中有聖母廟，我十五年前曾經路過此地，見牆板上彷彿還有「得一豹」三個字，但這次再來，已經消失了。

賞析與點評

蘇軾尋繹故蹟而感悽然的緣故，究竟是因為看見歷史的變化盛衰，抑或是感到時光逝去如斯？這點在蘇軾最後的補筆（孫權樊口得豹一事）中清楚地交代了出來。

赤壁洞穴

黃州守居之數百步為赤壁，或言即周瑜破曹公處[1]，不知果是否？斷崖壁立，江水深碧，二鶻巢其上[2]，有二蛇，或見之。遇風浪靜，輒乘小舟至其下，捨舟登岸，入徐公洞。非有洞穴也，但山崦深邃耳[3]。《圖經》云是徐邈，不知何時人，非魏之徐邈也[4]。岸多細石，往往有温瑩如玉者，深淺紅黃之色，或細紋如人手指螺紋也。既數遊，得二百七十枚，大者如棗栗，小者如芡實[5]，又得一古銅盆盛之，注水粲然[6]。有一枚如虎豹首，在口鼻眼處，以為群石之長。

注釋

1周瑜：周瑜，字公瑾，廬江郡舒縣（今安徽舒城縣）人，三國吳國名將，在赤壁之戰中指揮若定，以少勝多，直接奠定了魏蜀吳三國鼎立的局面。曹公：即曹操，字孟德，沛國譙縣（今安徽亳州市）人，三國時曹魏政權創建者，去世後其子曹丕稱帝，追尊為魏武帝。2鶻（粵：骨；普：gǔ）：隼的古稱。3崦（粵：淹；普：yān）：泛指山。4徐邈：字景山，燕國薊（今天津）人，三國時曹魏官員。5芡（粵：欠；普：qiàn）實：芡，睡蓮科芡屬水生植物，種子名芡實，可入藥。6粲然：鮮亮發光的樣子。

譯文

從黃州太守居所出發，數百步便到赤壁，傳言這裏就是周瑜大破曹操軍隊的地方，但不知道是否真確。這裏兩岸的斷岸猶如聳立的牆壁，江水深綠，傳言有兩隻隼在這赤壁之上築巢，巢上又有兩條蛇。我剛好遇到風平浪靜，便乘坐小船到那裏，並且捨船登岸，到達徐公洞。這徐公洞並非真正的洞穴，只是深山凹陷的地方而已。《圖經》記載：這徐公指的是徐邈，不知道是何時的人，但並非三國時曹魏官員徐邈。岸灘有許多細石，當中有的晶瑩剔透如玉石，有的是深淺的紅黃色，又有的細紋如手指的螺旋紋。遊歷了數次，我共收集得二百七十枚石頭，大的如棗子、栗子，小的細如芡實，我又尋覓得一個古銅盆盛載它們，注水的時候，粲然奪目。其中一枚好像虎豹的頭，有口、有鼻、有眼，是眾石中最美的。

賞析與點評

蘇軾被貶黃州後，一地竟可遊歷數次，又以撿石為樂。這種樂趣背後的鬱悶，或許只有經歷過世變的人才能感悟得到。這事又見蘇軾前、後〈怪石供〉，讀者不妨拿來對讀，或許會有另一番體會。

玉石

本篇導讀——

從玉石這兩段文字中，可以看見蘇軾的興趣真不少。蘇軾對於每件事情，都抱着尋根究柢的精神，這點是值得我們學習的。他這種精神除了在議論人物、史事中可以看見外，在這裏也可以察見一二。例如他問老玉工匠的一二事情，竟然連專業人士也不知其確。

辨真玉

今世真玉甚少[1]，雖金鐵不可近，須沙碾而後成者[2]，世以為真玉矣，然猶未也，特珉之精者[3]。真玉須定州磁芒所不能傷者[4]，乃是云。問後苑老玉工，亦莫知其信否。

注釋

1今世真玉甚少：此上《蘇集》有「步軍指揮使賈逵之子祐為將官徐州，為予言」十八字。2沙碾（粵：nin[5]；普：niǎn）：用沙子滾壓、研磨。3珉（粵：民；普：mín）：像玉美石。4定州磁芒：定瓷複燒的技術，北宋年間興起。

譯文

今世真的玉石很少。世人以為真的玉石不能被金屬所損害，必須以沙石研磨才能成形，但這仍未盡其實，還有珉石的精美者都是這樣。真玉必須是以定州窰複燒的方法都不能傷害它的質量。我嘗試問過後苑的老玉工匠，但他也不知道這是否真確。

紅絲石

唐彥猷以青州紅絲石為甲[1]。或云：「惟堪作骰盆[2]，蓋亦不見佳者。」今觀雪庵所藏[3]，乃知前人不妄許爾[4]。

注釋

1唐彥猷：唐詢，錢塘（今杭州）人，好書法，喜歡收藏硯台，著有《硯錄》。青州：今山東益都。2骰盆：盛骰子的盆。3雪庵：人名，生平不詳。4許：稱讚。

譯文

唐詢認為青州的紅絲石最好。但也有人說：「這僅可以作為盛骰子的盆，亦非上好的玉石。」現在看見雪庵所藏的，便知道前人並不是胡亂稱讚了。

井河

本篇導讀——

井河只有兩則文字，第一則〈筒井用水鞴法〉言四川鹽井取鹽方法，第二則〈汴河斗門〉言汴河修築堤堰之事。從這兩則文字可見，蘇軾很關心當前的政事，對於民間的生活、朝廷的用資都有不少考察，而且他對政策的利弊亦有不少洞見。

筒井用水鞴法[1]

蜀去海遠[2]，取鹽於井。陵州井最古[3]，淯井、富順鹽亦久矣[4]，惟邛州蒲江縣井[5]，乃祥符中民王鸞所開[6]，利入至厚。自慶曆、皇祐以來[7]，蜀始創「筒井」[8]，用圜刃鑿如碗大，深者數十丈，以巨竹去節，牝牡相銜為井[9]，以隔橫入淡水，則醎泉自上[10]。又以竹之差小者出入井中為桶，無底而竅其上，懸熟皮數寸，出入水中，氣自呼吸而啟閉之，一筒致水數斗。凡筒井皆用機械，利之所在，人無不知[11]。《後漢書》有「水鞴」，此法惟蜀中鐵冶用之，大略似鹽井取水筒。太子賢不識[12]，妄以意解，非也。

注釋

1水鞴（粵：備；普：bèi）：水排。2去：距離。3陵州井：即陵州鹽井。四川遠離海岸，取鹽惟有取礦鹽，當中以陵州井規模最大。4淯（粵：育；普：yù）井：在今四川長寧縣北。宋置淯井監，以收鹽利。富順鹽：在今四川富順縣境內的鹽井。5邛（粵：窮；普：qióng）州：南朝梁設置邛州，即今四川省邛崍縣、大邑縣、蒲江縣。6祥符：宋真宗的第三個年號。7慶曆、皇祐：宋仁宗第六、第七個年號。8筒井：取鹽方法之一，以直立粗大的竹筒吸鹵的鹽井。9牝：雌。牡：雄。此指相間。10醎（粵：咸；普：xián）：同「鹹」。11知：蘇集「知」作「智」。12太子賢：唐章懷太子李賢，字明允，唐高宗李治之子，注《後漢書》。

譯文

蜀地離海較遠，故只能以井取鹽。陵州井最古老，淯井、富順鹽井亦頗有歷史，其中邛州蒲江縣的鹽井，是宋真宗祥符年間平民王鸞所開鑿，獲利甚豐。自宋仁宗慶曆、皇祐以來，蜀地始創「筒井」的方法，以圈刃開鑿如碗大面積的土地，深的有數十丈，並以去節的巨大竹樹，兩枝相間的銜入井中，其中一枝貫入淡水，那樣鹽水便自竹洞而上。又以較少的無底竹桶，附以數寸的熟皮革，不斷出入水中，那些地氣便會推動着自然開合，一筒出來的水有數斗之多。凡運用筒井的都附以機械，以便取得更大的利益，這裏的人都無不知道。《後漢書》有「水鞴」的方法，這種方法只有蜀中冶鐵的時候運用，模式與鹽井取水筒的方法相近。李賢注《後漢書》的時候不太理解，妄自解釋，並不恰當。

汴河斗門[1]

數年前朝廷作汴河斗門以淤田[2]，識者皆以為不可，竟為之，然卒亦無功。方樊山水盛時放斗門[3]，則河田墳墓廬舍皆被害，及秋深水退而放，則淤不能厚，謂之「蒸餅淤」[4]，朝廷亦厭之而罷。偶讀白居易《甲乙判》，有云：「得轉運使以汴河水淺不通運[5]，請築塞兩河斗門[6]，節度使以當管營田悉在河次[7]，在斗門築塞，無以供軍。」乃知唐時汴河兩岸皆有營田斗門，若運水不乏，即可沃灌。

古有之而今不能，何也？當更問知者。

注釋

1汴河：汴水，在今河南開封。斗門：堤堰所設宣泄暴漲洪水的閘口。2淤田：用水將淤泥衝入農田。3方：當。4蒸餅淤：不能耕種的淤田。5轉運使：官名，唐時設置，掌水陸之轉運。6築塞：築堤壩以堵塞。7節度使：官名，唐代駐守各道的武將稱為都督，都督帶使持節的稱為節度使。營田：官田的一種，募人耕種，量收租利。河次：緊挨着河的地方。

譯文

數年前朝廷在汴水修建堤堰以便把淤泥衝入農田，有識之士都認為不可行，但朝廷仍然實行，最後未能取得成功。當樊山河水瀑漲的時候開放堤堰，附近的田地、墳墓、田野間的屋舍都會被沖毀，若是等到深秋水退的時候才開放堤堰，那麼淤泥不多，稱之為「蒸餅淤」（不能用於耕田），朝廷亦感到厭惡而不實施。偶然翻閱白居易《甲乙判》一書，有言：「得知轉運使因為汴水水淺不能運輸，故疏請修築兩河的堤壩，節度使亦以所管的屯田在汴水的兩岸，若是在此修築堤霸，便無法供應軍方的糧餉。」由此知道唐時汴水兩岸都有軍田堤堰，若航運的水不缺乏的時候，還可以灌溉農田。古代可以這樣做而今天不能，這是什麼原因？這應當問知情的人士。

賞析與點評

蘇軾這段文字顯然是表達對當今朝政的不滿，尤其是最後一句「當更問知者」，更頗有指斥當權者不是的意味。

卜居

本篇導讀——

所謂卜居，指的是以占卜的方法選擇居所。屈原《楚辭》中便有〈卜居〉一篇，藉卜居來肯定自己的志向。蘇軾卜居這部分作品，雖然都是採用後人選擇居住地的意思，但當中仍不乏對朝政的批評及對自我志向的肯定，故閱讀前不妨先看看屈原的〈卜居〉。

太行卜居[1]

柳仲舉自共城來[2]，摶大官米作飯食我[3]，且言百泉之奇勝[4]，勸我卜鄰。此心飄然已在太行之麓矣[5]！元祐三年九月七日，東坡居士書。

注釋

1卜居：以占卜的方法選擇居所。後泛指選擇居住的地方。2**柳仲舉**：柳仲矩之訛字，其人生平不詳。**共城**：隋開皇六年（五八六）置，在今河南輝縣。3**摶**（粵：博；普：bó）：捏聚搓揉成團。**大官米**：大官村在河南輝縣城東三十里，因所產稻米質優，故多運往京師，因而稱為大官米。4**百泉**：地名，在今河南輝縣西北，因湖底遍佈泉眼，故名。5**太行之麓**：太行山，中國東部地區的重要山脈和地理分界，跨越北京、河北、山西、河南四省。此指共城在太行山東麓。

譯文

柳仲舉（矩）從共城來，揉了一些大官米做的飯團給我吃，並且跟我講述百泉的奇觀勝景，又勸我在此定居。我的心已經迅速地飄往這太行山的東麓了。元祐三年（一〇八八）九月七日，東坡居士記下。

賞析與點評

元祐三年，蘇軾已久在朝中新、舊派的鬥爭中，此時有朋自共城而來，並具言當地勝景，蘇軾便立即萌生退隱卜居的想法。看他「心飄然已在太行之麓」那種言語，是多麼渴望能夠逍遙於世上。

范蜀公呼我卜鄰[1]

范蜀公呼我卜鄰許下[2]，許下多公卿，而我蓑衣箬笠，放蕩於東坡之上，豈復能事公卿哉？居人久放浪[3]，不覺有病，或然持養，百病皆作。如州縣久不治，因循苟簡[4]，亦曰無事，忽遇能吏，百弊紛然，非數月不能清淨也。要且堅忍不退，所謂一勞永逸也。

注釋

1 范蜀公：范鎮，字景仁，華陽（今四川成都）人。2 許下：地名，今河南許昌市。漢朝時，許下是群賢聚首之地。3 居人：商本作「若人」。4 苟簡：苟且簡略。

譯文

范鎮叫我在許下定居，說許下多公卿貴人，而我只是穿着蓑衣箬笠，浪跡於東坡之上，又怎能再事奉那些公卿貴人呢？我放浪形骸太久了，不覺有任何病痛，現在忽然要保養起來，那麼各種疾病都會發作。就如一個州縣長久沒有治理，只是因循舊日苟且簡略的方式，也可以相安無事，現在忽然遇到一位能幹的官吏，那沒有幾個月是不能清理的。倒不如堅忍不退卻，這就是所謂的一勞永逸了。

賞析與點評

此則雖名為卜鄰，但實際上是蘇軾自言其節操。從這則文字可見，蘇軾不但不願摧眉折腰侍奉公卿貴人，而且還要保持他那種堅忍不退讓的精神。

合江樓下戲[1]

合江樓下，秋碧浮空[2]，光搖几席之上，而有茅店廬屋七八間，橫斜砌下。今歲大水再至，居人散避不暇。豈無寸土可遷，而乃眷眷不去，常為人眼中沙乎？

注釋　1合江樓：在今廣東惠州府東北部東江和西枝江的合流處。2秋碧：秋日澄碧的天空。

譯文　合江樓下，秋日澄碧，搖曳的水光映射到几席上，附近有茅店廬屋七八間，一間間堆砌着。今年大水再來，居民急於逃避。難道沒有其他地方可以遷徙，反而戀戀不捨此地，成為人們眼中的沙礫嗎？

賞析與點評

從標題來看，蘇軾已點明此則乃是戲言。但在言語間，我們還是可以看出蘇軾自從被貶、為別人眼中釘的背後，其實是深感不滿的。

亭堂

本篇導讀——

亭堂的四篇文字並沒有直接的聯繫，似乎是蘇軾偶有所書而成。我們讀的時候，不妨多留意蘇軾的思想，你會發現除了對世情的不滿外，蘇軾還是一個充滿戲謔之情的人物。

臨皋閒題

臨皋亭下八十數步，便是大江，其半是峨嵋雪水[1]，吾飲食沐浴皆取焉，何必歸鄉哉[2]！江山風月，本無常主，閒者便是主人。聞范子豐新第園池[3]，與此孰勝？所以不如君子，上無兩稅及助役錢爾[4]。

注釋

1**峨嵋**：山名，在今四川峨嵋山市境內，其頂峯地區約有半年時間為冰雪覆蓋。2**歸鄉**：峨嵋山在蘇軾家鄉眉州附近，故言不用歸鄉也能如置身家鄉之中。3**范子豐**：名百嘉，成都府人（今四川成都）。4**兩稅**：指兩税法。唐代楊炎制定兩税法，按地定税，夏秋兩季納税。**助役錢**：王安石變法之一，使原先免役的坊郭戶、女戶、單丁、寺觀、品官戶等，繳納定額半數的助役錢，以充官府僱役的費用。

譯文

臨皋亭往下八十步，便是大江，此江的水一半是來自峨嵋山的雪水，我飲食和沐浴都是用這些水，那又何必要回到家鄉呢！江山風月，本來就沒有固定的主人，以悠閒的心觀賞的便是主人。聽説范子豐剛建了新的房子園池，與這裏相比，哪個比較優勝？我這裏所以不如范子豐的，只是范子豐那裏沒有收取兩税法與助役錢罷了。

賞析與點評

「閒者便是主人」一語道出了蘇軾的曠達。然而這種曠達背後，蘇軾還是受着世俗事物的牽制，未能獲得真正的自由。尤其是想到臨皋亭與范子豐新園的差別時，蘇軾竟然道出兩税法與助役錢的恐怖，這顯然是針對王安石的變法而論。

名容安亭

陶靖節云[1]：「倚南窗以寄傲，審容膝之易安[2]。」故常欲作小軒，以容安名之。

注釋

1 陶靖節：陶淵明謚號，潯陽柴桑（今江西九江）人，晉朝詩人。2「倚南窗以寄傲」兩句：語出陶淵明〈歸去來兮辭〉。

譯文

陶淵明說：「斜倚南窗以寄託傲世之情，明白小屋容膝便足享安適之感。」故此我經常想搭建一間小屋，並且以「容安」命名。

賞析與點評

蘇軾被貶黃州後，開始細味陶淵明的詩文，而且有一番新的體會。蘇軾嘗說：「我即淵明，淵明即我也」，可見他在陶淵明身上，尋找到一份自我的託寄。這是蘇軾在官場世態的桎梏下，嚮往陶淵明那種任真自足的心態，這也是他有意以「容安」命名居所的原因。

陳氏草堂[1]

慈湖陳氏草堂[2]，瀑流出兩山間，落於堂後，如懸布崩雪，如風中絮，如群鶴舞。參寥子問主人乞此地養老[3]，主人許之。東坡居士投名作供養主[4]，龍邱子欲作庫頭[5]。參寥不納，云：「待汝一口吸盡此水，令汝作。」

注釋

1草堂：隱士自稱其居住的地方。2慈湖：湖泊名，在今安徽當塗縣北。3參寥子：參寥大師，本姓何，能文章，喜為詩，與蘇軾、秦觀深交。4供養主：佛教稱供獻神佛或設飯食招待僧人為供養，勸募供養物者為供養主。5龍邱子：即陳慥，字季常，北宋眉州（今四川青神）人，蘇東坡好友，平生信佛，飽參禪學，自稱龍邱先生。庫頭：佛門中職掌寺內出納者。

譯文

慈湖的陳氏草堂，有一條瀑布流出於兩山之間，聚落在它的後面，看起來仿如懸掛着的布匹、雪崩的樣子，又像風中的飄絮，又像群鶴翩翩起舞。參寥問草堂的主人，請求在這裏養老，主人應許。我決定報名作供養的人，龍邱子陳慥打算做掌出納的人。參寥不應許，說：「等你能一口吸盡這瀑布的水，我就讓你來做。」

賞析與點評

此則頗具戲謔之情。蘇軾對於與朋友間的軼事，印象是如此深刻。

雪堂問潘邠老[1]

蘇子得廢園於東坡之脅[2]，築而垣之[3]，作堂焉，號其正曰「雪堂」[4]。堂以大雪中為，因繪雪於四壁之間，無容隙也。起居偃仰[5]，環顧睥睨[6]，無非雪者，蘇子居之，真得其所居者也。蘇子隱几而晝瞑[7]，栩栩然若有所適[8]，而方興也，未覺，為物觸而寤[9]。其適未厭也，若有失焉，以掌抵目，以足就履，曳於堂下[10]。客有至而問者，曰：「子世之散人耶[11]？拘人耶[12]？散人也而未能，拘人也而嗜慾深。今似繫馬止也，有得乎？而有失乎？」蘇子心若省而口未嘗言，徐思其應，揖而進之堂上[13]。客曰：「嘻，是矣！子之欲為散人而未得者也。予今告子以散人之道：夫禹之行水[14]，庖丁之提刀[15]，避衆礙而散其智者也。是故以至柔馳至剛，故石有時以泐[16]；以至剛遇至柔，故未嘗見全牛也。予能散也，物固不能縛；不能散也，物固不能釋[17]。子有惠矣[18]，用之於內可也，今也如蝟之在囊，而時動其脊脅，見於外者不特一毛二毛而已。風不可摶，影不可捕，童子知之。名之於人，猶風之與影也，子獨留之。故愚者視而驚，智者起而軋[19]。吾固怪子為今日之晚也，子之遇我，幸矣！吾今邀子為藩外之遊[20]，可乎？」

注釋

1雪堂：蘇軾在黃州，寓居於臨皋亭，在東坡築雪堂。潘邠老：潘大臨，字邠老，黃州吝安鎮（今湖北黃岡）人。2脅：旁邊。3垣：牆垣、矮牆。4正：正堂。5偃仰：俯仰。6睥睨（粵：pei³ 魏；普：pì nì）：斜着眼睛看。7隱几：倚着几案。晝瞑：白晝睡覺。8栩栩：歡喜自得貌。9寤：睡醒。10曳：飄搖，此指拖着身子。11散人：閒散而不為世用的人。12拘人：受拘束的人。13揖：兩手合於胸前行禮，表示恭敬。14禹之行水：大禹治水。相傳大禹以疏導河川之法治理河水。15庖丁之提刀：語出《莊子・養生主》，謂梁惠王時有位善宰牛的廚師，技巧極為熟練，刀鋒不及筋骨，故十九年而刀刃無損。16泐（粵：勒；普：lè）：石頭依其脈理散裂。17釋：放開。18惠：通「慧」，指慧根。19軋（粵：札；普：yà）：排擠。20藩：籬笆。此指世外。

譯文

我在東坡附近獲得一塊荒廢的園地，在那裏築起牆垣，興建堂室，並把堂的正室命名為「雪堂」。由於這堂室是在大雪中建造，因此在堂室的四壁上都畫滿了雪，沒留下一點空隙。每當起臥的時候，斜斜地環顧四周，所見的無非都是雪，我居住在這裏，真是得償所願居住在這地方了。我倚着几案午睡，歡然自得的好像很舒適，剛剛興起，還未睡醒的時候，忽然被事物驚醒。剛才舒適的感覺還未厭倦，但又好像若有所失，所以用手掌抵擋眼睛，穿着鞋履，拖着身子在堂下走。恰巧有客人到來，問：「你是世間閒散的人嗎？受拘束的人嗎？說你是閒散的人，你似乎還未做到；說你是受拘束的人，但你的嗜好慾望又很深。你現在看來好像繫起韁繩叫馬匹停止，你有所得着嗎？你有所失去嗎？」我內心好像有所覺悟，但口裏又好像未能說出什麼，我慢慢地思考怎樣應對，並且揖手邀請客人進堂。客人說：「哈！是啊！你想成為散人而未做得到。我現在告訴你做散人的道理：當日大禹治水，庖丁解牛，都是避開障礙而驅散他們的智巧。所以以至柔操控至剛，就如石頭依從其脈理散裂；而以至剛遇上至柔，故此便未嘗看見全牛。你若能閒散，萬物便不能綑縛着你；若你不能閒散，你內心的事物便不能釋放出來。你是聰明的人，只要內心實行這種方法便可以了，現在你好像一隻放在袋子裏的刺猬，有時擺動身子，在外面看見的便不只是那些針刺。風是不可以束縛的，影是不可以捕捉的，這道理孩童也知道。名聲對於人來說，猶如風和影一樣，而你卻要強行保留。所以愚昧的人會經常驚慌，而智者卻會摒棄這些。我本來奇怪你為什麼覺悟得這麼晚，你現在遇到我，真是幸運哦！我現在邀請你跟我一起到世外遊歷，你是否願意？」

蘇子曰：「予之於此，自以為藩外久矣，子又將安之乎？」客曰：「甚矣，子之難曉也！夫勢利不足以為藩也，名譽不足以為藩也，陰陽不足以為藩也，人道不足以為藩也，所以藩子者[1]，特智也爾[2]。智存諸內，發而為言，則言有謂也[3]，形而為行，則行有謂也。使子欲嘿不欲嘿[4]，欲息不欲息，如醉者之恚言[5]，如狂者之妄行，雖掩其口，執其臂，猶且喑嗚跼蹙之不已[6]。則藩之於人，抑又固矣。人之為患以有身[7]，身之為患以有心[8]。是圃之構堂，將以佚子之身也[9]，是堂之繪雪，將以佚子之心也。身待堂而安，則形固不能釋，心以雪而警，則神固不能凝。子之知既焚而燼矣，燼又復然，則是堂之作也，非徒無益，而又重子蔽蒙也。子見雪之白乎？則恍然而目眩。子見雪之寒乎？則竦然而毛起。五官之為害，惟目為甚，故聖人不為。雪乎雪乎，吾見子知為目也，子其殆矣！」客又舉杖而指諸壁，曰：「此凹也，此凸也。方雪之雜下也，均矣，厲風過焉，則凹者留而凸者散。天豈私於凹凸哉？勢使然也。勢之所在，天且不能違，而況於人乎！子之居此，雖遠人也，而圃有是堂，堂有是名，實礙人耳，不猶雪之在凹者乎？」

注釋

1藩子：原作「籓予」，從張本、《學津》本、商本改。2特：只是、僅僅。3謂：道理、意義。4嘿：沉靜無聲。5恚（粵：惠；普：huì）：怨恨、憤怒。6喑嗚：悲咽。踽蹙（粵：局促；普：jú cù）：侷促不安。不已：「不」原作「而」，據蘇集、商本改。7有身：即有我。8有心：即有心智。9佚：通「逸」，棄置。

譯文

我說：「我所以到這裏，自以為已經到達世外了，你又會如何安置我呢？」客人說：「真是！你還是未曉得箇中道理啊！其實勢與利並不足成為藩籬，名與譽亦不足成為藩籬，即使陰陽也不足成為藩籬，做人的道理也不足成為藩籬。真正的藩籬，是來自智慧的。智慧存於內心，發出而成為言語，那麼這些言論便是有意義的，若是行徑都是由此出發，那麼行徑都會存有意義。假使你有意沉默與否，有意休息與否，就會好像醉者怨恨的言論，好像狂者的妄自行徑，雖然掩住嘴巴，執住胳臂，但他還是悲咽侷促。這樣人的藩籬，又會更根深柢固了。人之所以有如此的禍患是因為有身體，身體的禍患是因為有心。現在你在這個園圃築起了堂室，是因為你希望身體可以隱逸；這個堂室繪畫了雪，是因為你希望隱逸你的心。你的身體有待這個堂室才能安靜，那你的形骸就不能釋放，你的心有待雪才不會驚慌，那你的神思便不能凝聚。你本來想把所有東西焚燒殆盡，但到最後又死灰復燃，那麼你這個堂室的建造，非但無益，反而加重了你的蒙蔽。你看見雪是白的嗎？它的光亮使你眼睛看不清楚。你感受到雪的寒冷嗎？它使你毛骨悚然。五官的禍害，以眼睛為最，所以聖人不願意以眼睛判斷事物。雪呀雪呀，我看見你以眼睛來看事物，那你已經殆盡了。」客人又舉起他的木杖指向牆壁，說：「這裏是凹，這裏是凸。當雪下來的時候，本來是均等的，大風吹過後，才出現凹凸的情況。上天本身豈有意製造凹凸？這純粹是勢所使然。勢的存在，上天也不能違反，更何況是人呢？你居住在這裏，雖然遠離他人，但你的園圃有這個堂室，堂室又有這樣的名字，反而窒礙了你呀，不就好像凹陷的雪嗎？」

蘇子曰：「予之所為，適然而已[1]，豈有心哉？殆也，奈何？」客曰：「子之適然也？適有雨，則將繪以雨乎？適有風，則將繪以風乎？雨不可繪也，觀雲氣之洶湧，則使子有怒心；風不可繪也，見草木之披靡[2]，則使子有懼意。覩是雪也[3]，子之內亦不能無動矣。苟有動焉，丹青之有靡麗，冰雪之有水石，一也。

德有心，心有眼，物之所襲[4]，豈有異哉！」蘇子曰：「子之所言是也，敢不聞命？然未盡也，予不能默，此正如與人訟者，其理雖已屈，猶未能絕辭者也。子以為登春臺與入雪堂[5]，有以異乎？以雪觀春，則雪為靜，以臺觀堂，則堂為靜。靜則得，動則失。黃帝，古之神也，遊乎赤水之北，登乎崑崙之邱，南望而還，遺其玄珠焉[6]。遊以適意也[7]，望以寓情也，意適於遊，情寓於望，則意暢情出而忘其本矣，雖有良貴[8]，豈得而寶哉？是以不免有遺珠之失也。雖然，意不久留，情不再至，必復其初而已矣，是又驚其遺而索之也。余之此堂，追其遠者近之，收其近者內之[9]，求之眉睫之間，是有八荒之趣[10]。人而有知也，升是堂者，將見其不溯而僾[11]，不寒而栗，淒凜其肌膚[12]，洗滌其煩鬱，既無炙手之譏[13]，又免飲冰之疾[14]。彼其趦趄利害之途[15]，猖狂憂患之域者，何異探湯執熱之俟濯乎？子之所言者，上也；余之所言者，下也。我將能為子之所為，而子不能為我之為矣。譬之厭膏粱者與之糟糠[16]，則必有忿詞；衣文繡者被之以皮弁[17]，則必有愧色。子之於道，膏粱文繡之謂也，得其上者耳。我以子為師，子以我為資[18]，猶人之於衣食，缺一不可。將其與子遊，今日之事姑置之以待後論，予且為子作歌以道之。」歌曰：

雪堂之前後兮春草齊，雪堂之左右兮斜徑微。雪堂之上兮有碩人之頎頎[19]，考槃於此兮芒鞋而葛衣[20]。挹清泉兮[21]，抱甕而忘其機[22]；負頃筐兮[23]，行歌而采薇[24]。吾不知五十九年之非而今日之是，又不知五十九年之是而今日之非，吾不知天地之大也寒暑之變，悟昔日之癯而今日之肥[25]。感子之言兮，始也抑吾之縱而鞭吾之口，終也釋吾之縛而脫吾之羈[26]。是堂之作也，吾非取雪之勢，而取雪之意；吾非逃世之事，而逃世之機。吾不知雪之為可觀賞，吾不知世之為可依違。性之便，意之適，不在於他，在於群息已動，大明既升，吾方輾轉一觀曉隙之塵飛。子不棄兮，我其子歸！

客忻然而笑[27]，唯然而出[28]，蘇子隨之。客顧而頷之曰[29]：「有若人哉！」

注釋

1適然：偶然。2披靡：偃伏。3覩：同「睹」。4襲：因循。5春臺：勝景。6玄珠：語出《莊子．天地》：「黃帝遊乎赤水之北，登乎崑崙之丘而南望，還歸，遺其玄珠。」7適意：自在合意。8良貴：不以爵祿而貴，指人自身的品行修養。9內：通「納」，接納。10八荒：天下。11不溯而僾（粵：愛；普：ài）：指沒有逆風仍感到呼吸不順暢。溯，逆風；僾，呼吸不順暢。12淒凜：淒清寒冷。13炙手：炙手可熱。此喻權勢氣焰之盛。14飲冰之疾：吃冰冷食物的時候，意識會先感到寒冷。此喻內心憂懼。15趑趄（粵：姿疽；普：zī jū）：行走困難。16厭：通「饜」，飽足。膏粱：肥肉與美穀。17文繡：錦繡的衣服，喻富貴人家。皮弁：用鹿皮製成的帽子，尊貴者才能戴用。18資：資用。19碩人之頎頎：語出《詩經．衛風．碩人》：「碩人其頎。」指美人修長的身材。20考槃：《詩經．衛風》篇名。詩讚美賢者隱處山林之間。芒鞋而葛衣：用芒草編織的鞋子，用葛布製成的衣服。21挹：舀取。22抱甕而忘其機：語出《莊子．天地》：「子貢遊於楚，反於晉，過漢陰，見一丈人，方將為圃畦，鑿隧而入井，抱甕而出灌，搰搰然用力甚多，而見功寡。」此喻安於拙陋，不貪機巧。23頃筐：斜口的筐。24采薇：伯夷、叔齊因不滿周武王伐殷，於武王滅殷後，逃到首陽山，採薇而食，義不食周粟，最終餓死於首陽山。25癯（粵：渠；普：qú）：瘦。26「始也抑吾之縱而鞭吾之口」兩句：蘇軾以馬喻己，謂自己受牽制，為人繫累。27忻（粵：欣；普：xīn）然：歡欣。28唯：答應。29頷：點頭。

譯文

我說：「我的所作所為，只是偶然這樣罷了，並非有心這樣做的。你說我殆盡，怎樣呢？」客人說：「你是偶然嗎？適逢下雨，你會繪畫雨嗎？偶然遇風，你會繪畫風嗎？雨不可以繪畫，你看見洶湧的雲氣，你便會產生怨怒的心情；風也不可以繪畫，你看見草木的偃伏，便會令你產生懼怕的感覺。看到雪，你的內心也不能無動於衷。若是你的心有所動，那麼圖畫的華麗，就好像冰雪中有水與石一樣（指雪的凹凸），都是同一的道理。你的德一旦受心的影響，心便會有所見，物亦因之相襲而來，那又有什麼分別呢？」我說：「你說的很對，我難道不敢聽從嗎？但是還未說清楚，我不能沉默，正如與人爭拗，明明道理方面是理虧，但仍有話想說。你認為登上春臺與進入我的雪堂，兩者有分別嗎？以雪來觀看春天，那麼雪是安靜的。以臺來觀看堂室，那麼堂室是安靜的。靜便有所得，動便有所失。黃帝，古代的神祇，遊玩於赤水的北面，登上崑崙的山丘，望向南面而歸還，遺失了他的黑珠。遊玩是希望舒暢，遠望是希望抒發情感，意在遊玩間得到閒適，情亦在遠望間感受得到，那麼意得到暢順，情得以抒發而忘了本體，雖然他仍有個人的德操，但那不能說是得到寶庫嗎？所以難免會遺失黑珠啊。雖然這樣，意不會停留太久，情也不會再次出現，必然會回復到最初的情況，但是又好像驚覺他遺失了什麼而尋找。我這個堂室，是把遠的拉近，把近的收納在內心，在眉睫之間，看到天地的樂趣。知道的人，來到這個堂室，就會感到沒有逆風但仍然呼吸困難，並不寒冷但感到顫慄，讓他的身體變得清淨，煩鬱得以洗滌，這樣就沒有權貴的譏諷，也可以免於內心的憂懼。那些在利害的路途中困難地行走，在猖狂憂患道路上行走的人，與把手放進滾湯中拿取熱物有什麼分別呢？你所說的，是上策；我所說的，是下策。我能夠做到你所說的，但你不能做到我所說的。譬如吃慣美食的人，你給他糟糠，那麼他必定會有怨言；穿着錦繡的人，你給他配以尊貴的鹿帽，他必定會有愧色。你的道理，說的是美食錦繡，是上者之道。我以你為師傅，而你以我為資用，就好像人對於衣食一樣，缺一不可。我將與你一起出遊，今天的事姑且放在一邊以後再討論，我先為你作一首歌來表達。」歌詞是這樣的：

雪堂的前後呀春草整齊地生長，雪堂的左右呀小路彎彎。雪堂之上呀有修長的美人，隱逸的賢者在這裏呀穿着芒鞋葛衣。舀取清泉呀，抱着甕壺而忘記他的機巧；背負傾斜的竹筐呀，一邊歌唱一邊採薇。我不知道活了五十九年的錯誤而今天才是正確，我又不知道活了五十九年的正確而今天才是錯誤，我不知道天地的廣大與寒暑的變化，感悟過往的消瘦而今天的肥胖。感悟你的話呀，開始的時候抑制我的放縱而鞭打我的口，最終也釋開我的綑縛而脫下我的羈繩。這堂室的建造，我並非取自下雪的景象，而是取自下雪的意境；我並非逃避世間的事物，而是逃避世間的機巧。我並不知道雪的形態可以觀賞，我也不知道世間的規律可以依循違背。放開我的性情，舒暢我的意態，這並不在於其他，而在於靜止的萬物已經啟動，太陽已升起來，我便翻來覆去觀看破曉的飛塵。你不嫌棄我呀，我便跟你一起歸去！

客人欣然地笑，歡喜地走出，我跟隨着他。客人回望點頭說：「有你這樣的人啊！」

賞析與點評

蘇軾這位客人，我們不必看成真有其人，這很可能是蘇軾自問自答的杜撰罷了。從文章的內容來看，蘇軾似乎訴說他「雪堂」的建構與建造的動機，但在字裏行間，我們可以看到蘇軾對於自己平生的回望與評價，尤其是最後一首歌所說：「吾不知五十九年之非而今日之是，又不知五十九年之是而今日之非」，顯然是未能完全釋懷的表現。這位客人，就好像蘇軾內心所願，要超然世外；然而他骨子裏又不情願就這樣捨棄一生的堅持，由是在出世與入世的矛盾中苦苦尋覓。

人物

本篇導讀——

人物一章，是蘇軾對於歷代人物事跡的評論。蘇軾在開首第一則〈堯舜之事〉中，引用了《史記》的言論：「夫學者載籍極博，猶考信於六藝。」可以說，蘇軾大抵能做到，他除了博覽典籍外，還加以考證、分析。這二十餘則文字的論述，很多都理據充分，條理清晰。當然，蘇軾在議論人物的時候也不忘借以譏諷世事、自我感懷一番，讀者宜加留心。

堯舜之事

夫學者載籍極博，猶考信於六藝[1]。《詩》、《書》雖闕[2]，然虞、夏之文可

知也。堯將遜位[3]，讓於虞舜[4]，舜、禹之間，岳牧咸薦[5]，乃試之於位，典職數十年，功用既興[6]，然後授政。示天下重器，王者大統，傳天下若斯之難也。而說者曰堯讓天下於許由[7]，由不受，恥之，逃隱。及夏之時，有卞隨、務光者[8]。此何以稱焉？東坡先生曰：士有以簞食豆羹見於色者[9]。自吾觀之，亦不信也。

注釋

1六藝：儒家六經，即《詩經》、《尚書》、《禮記》、《周易》、《樂經》、《春秋》。2闕：脱漏。3堯：古帝陶唐氏的稱號。4虞舜：古帝舜的稱號，因建國於虞，故稱「虞舜」。5岳牧：堯舜時有四岳十二牧，分掌政務與四方諸侯。6既興：發揮以後。7許由：堯時隱士。相傳堯要讓位給許由，許由不接受，逃到箕山下，農耕而食。堯又讓他做九州長官，他便到潁水邊洗耳，不願聽到這些塵俗之言。8卞隨：夏代隱士。相傳湯建立商朝，要讓天下給卞隨，卞隨自感受辱，投水自盡。務光：夏代隱士。相傳湯建立商朝，要讓天下給務光，務光負石自沉於廬水。9簞（粵：丹；普：dān）食豆羹：一竹器飯食，一木碗羹湯，代指簡陋的食物。色：神色。

譯文

學者閱讀典籍極其廣博，可是還要在六藝中探求是否可信。《詩經》、《尚書》雖然有所闕漏，但仍然可以看到虞、夏的文獻。堯將退位，讓位給虞舜，以及舜讓位給禹的時候，朝臣都共同推薦，並且給推薦的人嘗試執政，等到管理了數十年的時間，建立了功業後，才給予帝位。可見管理天下這個重任，皇位的統系，傳天下就是如此困難。而有人說堯讓天下給許由，許由不接受，並且感到恥辱，因而逃離隱逸。到夏的時候，有卞隨、務光等人亦是如此。這樣如何陳說？我說：士人中有因為一竹器飯食、一木碗羹湯而神色有所改變的，在我看來，並不可信。

賞析與點評

從蘇軾重提司馬遷在《史記》所言的「考信於六藝」一句，我們一方面看到蘇軾對儒家經典的重視，也可以看到他小心謹慎、求真的精神。

論漢高祖羹頡侯事

高祖微時，嘗避事，時時與賓客過其丘嫂食[1]。嫂厭叔與客來，陽為羹盡轑釜[2]，客以故去。已而視其釜中有羹，由是怨嫂。及立齊、代王[3]，而伯子獨不

侯[4]。太上皇以為言[5]，高祖曰：「非敢忘之也，為其母不長者[6]。」封其子信為羹頡侯[7]。高祖號為大度不記人過者，然不置轑釜之怨，獨不畏太上皇緣此記分杯之語乎[8]？

注釋

1丘嫂：長嫂。2陽：通「佯」，偽裝。轑（粵：老；普：lǎo）：以器具刮物，使其發出聲響。3立齊、代王：劉邦稱帝後分封同姓諸侯，以兄長劉喜為代王，立婚前長庶子劉肥為齊王。4伯子：兄長的兒子，此指劉邦兄長劉伯之子劉信。侯：封侯。5太上皇：皇上的父親。此指劉邦之父。6長：長輩。此處指劉邦認為劉信的母親不足稱為長輩。7羹頡侯：顏師古注《漢書》謂：「頡，音戛，言其母戛羹釜也。」頡，即敲擊之意。8分杯之語：《史記．項羽本紀》載楚漢相爭，項羽俘虜了劉邦的父親，並威脅要烹煮之。劉邦回答項羽謂：「吾與項羽俱北面受命懷王，曰約為兄弟，吾翁即若翁，必欲烹而翁，則幸分我一杯羹。」

譯文

當漢高祖劉邦還卑微的時候，經常逃避職事，並且常常與賓客到他長嫂那裏飲食。長嫂厭惡劉邦與客人的到來，佯裝食物食盡而刮響鍋底，客人知道後離去。劉邦及後看見鍋中還有湯羹剩下，於是怨怒他的長嫂。及後劉邦稱帝，分封同姓兄弟時，惟獨他兄長劉伯的兒子劉信不獲分封。劉邦的父親因此有微言，劉邦說：「我並不敢忘記他，是他的母親不配為長輩而已。」故後來劉邦封劉信為羹頡侯。漢高祖向為有度量，不記別人過失的人，但就不能擺脱刮鍋的怨恨，難道他不怕父親因此記起當日劉邦與項羽「分杯羹」的言論嗎？

賞析與點評

此則雖以劉邦封羹頡侯一事推翻《漢書》所稱劉邦「豁達大度」，但實際上最後一句補語更見精警。

武帝踞廁見衛青[1]

漢武帝無道，無足觀者，惟踞廁見衛青，不冠不見汲長孺[2]，為可佳耳。若青奴才，雅宜舐痔，踞廁見之，正其宜也。

注釋

1 踞：蹲。衛青：字仲卿，河東平陽（今山西臨汾市西南）人，西漢名將。2 汲長孺：汲黯，字長孺，西漢濮陽（今河南濮陽西南）人，漢武帝時任中大夫，因常規勸武帝，調為東海郡太守。

譯文

漢武帝是一個無道的君主，並沒有值得稱道的地方，惟有蹲在廁所接見衛青，不戴帽子不見汲長孺，是他可取的地方。像衛青這奴才，只適合以舌舔痔瘡，蹲在廁所接見他，正正適合。

賞析與點評

蘇軾對趨炎附勢的人，責難是如此嚴厲。

跋李主詞[1]

「三十餘年家國，數千里地山河，幾曾慣干戈[2]？一旦歸為臣虜，沈腰潘鬢消磨[3]。最是倉惶辭廟日[4]，教坊猶奏別離歌[5]，揮淚對宮娥[6]。」後主既為樊若水所賣[7]，舉國與人，故當慟哭於九廟之外[8]，謝其民而後行，顧乃揮淚宮娥[9]，聽教坊離曲！

注釋

1跋：題跋、後記。李主：李煜，字重光，五代南唐最後一任皇帝。2干戈：泛指武器，此喻戰爭。3沈腰：腰圍瘦減。潘鬢：晉潘岳〈秋興賦序〉：「余春秋三十二，始見二毛。」後以「潘鬢」喻中年鬢髮初白。4辭廟：古代帝王把祖先靈位供奉在廟裏。辭廟指辭別供奉祖先的廟宇，意謂離開國家。5教坊：唐代掌管宮廷女樂的官署。6宮娥：宮女。7樊若水：字叔清，五代南唐士人，因不得志而叛國，向宋太祖進獻架浮橋平南唐策，直接促使南唐滅亡。8九廟：帝王的宗廟。古代帝王立七廟祭祀祖先，王莽以後增置黃帝太初祖廟和帝虞始祖昭廟，故後有九廟之數。9顧：但，僅。

譯文

「三十餘年的家國，數千里地的山河，經歷了多少次的戰爭？一旦戰敗成為俘虜，腰瘦髮白。最難忘記的是當日倉惶失措地離開宗廟，教坊還在彈奏別離的歌曲，我只能對着宮女灑淚。」南唐後主李煜既然被樊若水出賣，把整個國家奉送給別人，就應當在祖廟外痛哭，謝罪於民眾後才離去，但他卻對着宮女灑淚，還細聽那教坊裏演奏的別離曲！

賞析與點評

一首哀婉動人的詞章，蘇軾看出的是背後的故事與道理。讀蘇軾詩詞，當不可以粗心。

真宗仁宗之信任[1]

真宗時，或薦梅詢可用者[2]，上曰：「李沆嘗言其非君子[3]。」時沆之沒[4]，蓋二十餘年矣。歐陽文忠公嘗問蘇子容曰[5]：「宰相沒二十年，能使人主追信其言，以何道？」子容言：「獨以無心[6]，故爾。」軾因贊其語，且言：「陳執中俗吏耳[7]，特以至公猶能取信主上[8]，況如李公之才識，而濟之無心耶[9]！」時元祐三年興龍節[10]，賜宴尚書省，論此。是日，又見王鞏云其父仲儀言[11]：「陳執中罷相，仁宗問：『誰可代卿者？』執中舉吳育[12]，上即召赴闕[13]。會乾元節侍宴[14]，偶醉坐睡，忽驚顧拊牀呼其從者[15]。上愕然，即除西京留臺[16]。」以此觀之，執中雖俗吏，亦可賢也。育之不相，命矣夫！然晚節有心疾，亦難大用，仁宗非棄材之主也。

注釋

1真宗：宋真宗趙恆，宋朝第三任皇帝。仁宗：宋仁宗趙禎，宋朝第四任皇帝。2梅詢：字昌言，宣州宣城（今安徽宣州）人。3李沆（粵：杭；普：háng）：字太初，洺州肥鄉（今河北肥鄉）人。宋真宗時，官至宰相，勤於職事，有「聖相」之名。4沒：即「歿」，去世。5歐陽文忠公：即歐陽修，吉州廬陵（今江西永豐）人，唐宋古文八大家之一。蘇字容：蘇頌，字子容，泉州南安（今福建廈門）人。6無心：無私心。7陳執中：字昭譽，洪州南昌（今江西南昌）人，為官清廉，以不徇善聞名。8特以至公：原誤作「持以特至公」。至公，最為公正。9濟：兼濟。10興龍節：宋哲宗趙煦十二月七日出生，為了避宋禧祖忌日（十二月七日），故即位不久，即採群臣之議以十二月八日為興龍節，以慶祝生日。11王鞏：字定國，魏州莘縣（今河北大名）人。仲儀：王素，字仲儀，魏州莘縣（今河北大名）人，應試學士院，賜進士出身，北宋大臣。12吳育：字春卿，建州浦城（今福建浦城）人。13闕：宮殿。此指朝廷。14乾元節：宋仁宗即位後下詔以他的生日四月十四日為乾元節。15拊（粵：府；普：fǔ）：拍打。16西京留臺：西京（洛陽）留司御史臺的簡稱。

譯文

宋真宗時，有人推薦梅詢，認為他可以重用，真宗說：「李沆曾經批評他不是真君子。」當時李沆去世，大概也有二十多年了。歐陽修曾就此問蘇頌：「宰相李沆去世二十年後，還能使國君相信並跟隨他的言論，這是什麼道理？」蘇頌說：「只是因為李沆無私心的緣故罷了。」我因此給他寫下贊語：「陳執中只是一個普通的官吏，因為大公無私便能取得皇帝的信任，何況像李沆那樣有才識而且無私心呢？」當時正值元祐三年（一〇八八）興龍節，真宗在尚書省賜宴，並與朝臣論及此事。當天，又聽到王鞏回憶他父親王仲儀所說的一番話：「陳執中辭去宰相職位時，宋仁宗問：『誰可代你成為卿相？』。陳執中舉薦吳育，仁宗便立即召吳育進宮就職。正值乾元節的宴會，王育在席間偶然飲醉，在座上睡着，忽然驚醒並拍打椅子呼喚他的隨從。仁宗很詫異，便立即除去他宰相的職位並且調他為西京留臺。由此看來，陳執中雖然是一個平凡的官員，但可以稱得上是有賢德的人。吳育不能擔任宰相，是命運使然。然而吳育晚年患有心臟病，也很難重用他，故仁宗並非拋棄人才的皇帝啊。

賞析與點評

因「至公」而獲得主上的信任，這是蘇軾對陳執中的稱頌，也是對宋真宗、宋仁宗的肯定。

孔子誅少正卯[1]

孔子為魯司寇七日而誅少正卯[2]，或以為太速。此叟蓋自知其頭方命薄[3]，必不久在相位，故汲汲及其未去發之[4]。使更遲疑兩三日[5]，已為少正卯所圖矣[6]。

注釋

1少正卯：春秋魯國大夫，姓少正，名卯。《論衡》記載他嘗與孔子同時在魯地講學，孔門三千弟子多次被他吸引而走，以致孔門「三盈三虛」。《荀子》記載孔子任魯司寇，七日而以「五惡」（心達而險，行僻而堅，言偽而辯，記醜而博，順非而澤）誅殺少正卯。2司寇：職官名，掌管刑獄、糾察等事，春秋各國多有設置。3頭方命薄：《史記·孔子世家》載：「魯襄公二十二年（前五五一）而孔子生，生而首山圩頂（頭頂凹陷而四旁高凸，頭成方形），故因名曰丘云。」4汲汲：急切貌。5使：假使。6圖：圖謀。

譯文

孔子出任魯司寇的第七天便誅殺了少正卯，有人認為孔子太急，說這位老人（孔子）大概知道自己命運不濟，一定不能長期出任相位，所以急切地在離開相位前先發制人。假使遲疑兩三天才動手，大概孔子已被少正卿謀害了。

賞析與點評

這是蘇軾為孔子當政七日而誅殺少正卯翻案，認為若孔子不這樣做，少正卯便會加害孔子了，所以並非孔子太急進。

戲書顏回事[1]

顏回簞食瓢飲[2]，其為造物者費亦省矣，然且不免於夭折[3]。使回更喫得兩簞食半瓢飲，當更不活得二十九歲。然造物者輒支盜跖兩日祿料[4]，足為回七十年糧矣，但恐回不要耳。

注釋

1顏回：顏回，字子淵，春秋魯國人，孔子弟子，早卒。好學，安貧樂道，孔門弟子中以德行著稱。2簞食瓢飲：用簞盛飯吃，用瓢舀水喝，比喻生活貧苦。簞，盛飯的竹器；瓢，用來舀取水酒的勺子。3夭折：早死。《史記》載顏回年二十九，髮盡白，早死。4盜跖：春秋末年大盜，姓展，名跖。《莊子》載盜跖為魯國大夫展禽（柳下惠）的弟弟，生性暴虐，橫行天下。祿料：料錢。

譯文

顏回過着一筐米飯、一瓢水的窮苦生活，實在為造物主節省了不少費用，然而還是免不了早死的命運。假使顏回能多吃兩筐米飯半瓢水，那他肯定不止得二十九歲。然而造物主若能給他盜跖兩天的料錢，便足夠顏回七十年的口糧了，但恐怕顏回不肯要罷了。

賞析與點評

此題雖說是「戲」，但內裏卻是對造物主的批評。這與司馬遷在《史記．伯夷列傳》所言「儻所謂天道，是邪非邪」的怨歎，是一脈相承的。

辨荀卿言青出於藍[1]

荀卿云：「青出於藍而青於藍，冰生於水而寒於水。」世之言弟子勝師者，輒以此為口實，此無異夢中語！青即藍也，冰即水也。釀米為酒，殺羊豕以為膳羞[2]，曰「酒甘於米，膳羞美於羊」，雖兒童必笑之，而荀卿以是為辨，信其醉夢顛倒之言！以至論人之性，皆此類也。

注釋

1 荀卿：即荀子，名況，字卿，戰國趙國猗氏（今山西安澤）人，著名思想家、文學家、政論家。青出於藍：語出《荀子．勸學》：「青取之於藍而青於藍，冰水為之而寒於水。」 2 膳羞：美食。

譯文

荀子說：「青色出於藍色而比藍色更深，冰生於水而比水更寒冷。」世人談及弟子勝過老師，往往以這句話為依據，但其實這句話與夢話無別！青色即是藍色，冰即是水。比如釀造糧米以成酒漿，宰殺豬羊以為美食，就說「酒比米甘香，美食比豬羊美味」，即使是兒童也必定覺得可笑，然而荀子卻以這為善辨，自信他酒醉夢話般顛三倒四的言論！以至談論人性的問題，都是這類無稽之論。

賞析與點評

蘇軾雖善於論辯，但此則的類比似乎頗有問題。尤其是他以「青出於藍」、「冰生於水」類比作「釀米為酒」、「殺羊為膳」，前者屬性仍然存在，但後者則是加入其他物質，兩者並非完全等同。蘇軾再以此申論荀卿「人性」之論，過程也稍嫌跳躍太急。

顏蠋巧於安貧[1]

顏蠋與齊王遊[2]，食必太牢[3]，出必乘車，妻子衣服麗都[4]。蠋辭去，曰：

「玉生於山，制則破焉[5]，非不寶貴也，然而太璞不完[6]。士生於鄙野，推選則祿焉[7]，非不尊遂也[8]，然而形神不全。蠋願得歸，晚食以當肉，安步以當車[9]，無罪以當貴，清靜貞正以自娛。」嗟乎，戰國之士未有如魯連、顏蠋之賢者也[10]，然而未聞道也。晚食以當肉，安步以當車，是猶有意於肉於車也。晚食自美，安步自適，取其美與適足矣，何以當肉與車為哉！雖然，蠋可謂巧於居貧者也。未飢而食，雖八珍猶草木也；使草木如八珍[11]，惟晚食為然。蠋固巧矣，然非我之久於貧，不能知蠋之巧也。

注釋

1顏蠋（粵：燭；普：zhú）：戰國齊人，隱居不仕，齊宣王給予財富，顏蠋辭而不受。2齊王：齊宣王。3太牢：盛牲的食器叫牢，大的叫太牢。4麗都：華麗。5制：加工製作。6太璞不完：太璞，未治的玉。璞經過加工後，便會失去天然的形態。7祿：俸祿。8遂：顯達。9安步：慢走。10魯連：魯仲連，戰國時齊國茌平（今山東茌平）人，高蹈不仕，喜為排難解紛。11八珍：八種珍貴的食品。

譯文

顏蠋與齊王同遊，進餐必定吃肉食，出外必定乘車駕，妻子的衣服都是華麗的。顏蠋卻辭別而去，說：「美玉在山中，製作時必被破壞，並不是它不寶貴，而是必定會失去天然的形態。士人出生於野外，獲推薦並接受官祿，並非不尊貴顯達，而是形與神都得不到保全。我請求歸去，每晚進餐當作食肉，慢步而行當作乘車駕，沒有罪過便當作富貴，以堅貞正直來自我娛樂。」唉！戰國時的士人沒有比魯仲連、顏蠋更賢明的了，然而這兩位賢者也不太明白道理。晚進餐當作食肉，慢步而行當作乘車駕，是還有意於肉食和車駕。晚進餐自覺美好，慢步而行而自覺舒適，得到這樣的美好和舒適便足夠了，何必還要把它當作肉食和車駕呢！雖然如此，但顏蠋還是善於安貧的人。未覺飢餓便進食，即使珍貴的食物也是味同草木；若要使草木如同八珍的味道，那惟有晚些進食了。顏蠋雖然巧妙，但如果不像我那樣長年安於貧困的人，是不可能理解顏蠋的巧妙之處的。

賞析與點評

此則蘇軾借顏蠋的安貧來訴說自己「久於貧」。蘇軾雖然指出顏蠋、魯仲連或未能真正悟道，但是蘇軾自身也是如此。假使真正悟道，真正忘卻世情，那就應該「不着一字」了。

張儀欺楚商於地[1]

張儀欺楚王以商於之地六百里，既而曰：「臣有奉邑六里[2]。」此與兒戲無異，天下無不疾張子之詐而笑楚王之愚也，夫六百里豈足道哉！而張又非楚之臣，為秦謀耳，何足深過？若後世之臣欺其君者，曰：「行吾言，天下舉安，四夷畢服，禮樂興而刑罰措[3]。」其君之所欲得者，非特六百里也[4]，而卒無絲毫之獲，豈特無獲，所喪已不勝言矣。則其所以事君者，乃不如張儀之事楚。因讀〈晁錯傳〉[5]，書此。

注釋

1張儀：戰國魏人，著名縱橫家，提出連橫策略，打破六國合縱之計，助秦統一全國。商於：地名，在今陝西商南到河南內鄉一帶。2奉邑：奉，通俸，以收取賦稅作為俸祿的封地。3措：廢置。4特：原作「欲」，據蘇集、商本改。5〈晁錯傳〉：見《漢書．晁錯傳》。晁錯，西漢潁川（今河南禹縣）人，漢文帝時因文才出眾任太常掌故，後因七國之亂被腰斬於西安東市。

譯文

張儀以商於的六百里土地欺騙楚懷王，過後又說：「我有封邑六里獻給大王。」這與兒戲沒有什麼分別，天下民眾無不痛恨張儀的欺詐而譏笑楚懷王的愚蠢，那六百里的土地有什麼值得說呢！而且張儀又不是楚國的臣子，而是為秦國出謀獻策而已，又何足以深受責難？若是後世的臣子欺騙他的君主，說：「按照我的計策辦事，天下便會安定，周邊的夷族都會歸順，禮樂興盛而刑罰廢止。」國君所希望得到的，又何止是六百里土地，而最終竟然絲毫無獲，那豈止是絲毫無獲，所喪失的已經說不盡了。那麼他們侍奉自己國君的方法，還不及張儀所侍奉給楚懷王的了。因為讀〈鼂錯傳〉有感，故寫下這段文字。

賞析與點評

此則借為張儀翻案來批評當前的為政者，認為張儀欺騙楚懷王，秦國還會有所得益，但當今的為政者，以美言蒙騙主上，國家卻是絲毫無所獲。由這段文字可見，蘇軾其實時時刻刻都關心政局，那些忘卻世情、逍遙道外的話，只不過是無奈之言罷了。

趙堯設計代周昌[1]

方與公謂周昌之吏趙堯年雖少[2]，奇士，「君必異之，且代君」。昌笑曰：

「堯，刀筆吏爾[3]，何至是！」居頃之，堯說高祖為趙王置貴強相[4]，獨周昌為可。高祖用其策，堯竟代昌為御史大夫。呂后殺趙王，昌亦無能為，特謝病不朝爾。由此觀之，堯特為此計代昌爾，安能為高祖謀哉！呂后怨堯為此計，亦抵堯罪。堯非特不能為高祖謀，其自為謀亦不善矣，昌謂之刀筆吏，豈誣也哉！

注釋

1趙堯：漢高祖時人。周昌為御史大夫，趙堯為符璽御史，趙堯知道劉邦擔心死後戚夫人所生的趙王不能自全，故向劉邦獻計，設置一位群臣皆敬憚的強相，並且舉薦了周昌出任。周昌出任趙相後，劉邦封了趙堯為御史大夫。2方與公：西漢趙人。3刀筆吏：文書小吏。4置：原脱「置」字。王案：《史記》卷九十六、《漢書》卷四十二皆作「置貴彊相」，據補。

譯文

方與公認為周昌的屬吏趙堯雖然年少，但可算是一位奇士，提醒周昌：「你一定要特別提防他，他將來要取代你。」周昌笑着說：「趙堯，不過是一個文書小吏罷了，不致於這樣吧！」過了不久，趙堯勸說漢高祖為趙王設置一位地位尊貴而群臣皆敬憚的輔相，並認為只有周昌可以勝任。漢高祖採納了他的計策，趙堯終於取代了周昌成為了御史大夫。及後呂后殺了趙王，周昌也無能為力，只得稱病不上朝。由此看來，趙堯只不過是利用此計取代周昌的官職，哪裏能夠為漢高祖出謀獻策！呂后怨恨趙堯出此計，亦迫使趙堯受罪。趙堯不僅不能為高祖出謀獻計，也不善於為自己計劃，周昌說他是文書小吏，豈是誣蔑他呢！

黃霸以鶡為神爵[1]

吾先君友人史經臣彥輔[2]，豪偉人也，嘗言：「黃霸本尚教化，庶幾於富[3]，而教之者乃復用烏攫小數[4]，陋哉！潁川鳳皇[5]，蓋可疑也，霸以鶡為神爵，不知潁川之鳳以何物為之？」雖近於戲，亦有理也。

注釋

1黃霸：漢代淮陽陽夏（今河南太康）人，字次公，嘗為潁川太守，官至丞相，封建成侯。鶡：鳥名，即鶡雞，一種善鬥的鳥。爵：同雀。2先君：先父，即蘇洵。史經臣彥輔：史經臣，字彥輔，宋代眉山（今四川樂山）人。3庶幾：差不多。4攫（粵：霍；普：jué）：鳥獸用爪迅速捕取獵物。數：術數、法術。5潁川鳳皇：鳳皇，即鳳凰。《漢書．黃霸傳》載黃霸任京兆尹時，因犯了過錯而被貶，調任潁川太守，前後八年，郡中大治。是時鳳凰神爵數集郡國，潁川尤多，天子以黃霸治行優良，下詔表揚，賜爵關內侯。後數月，徵黃霸為太子太傅，遷御史大夫。

譯文

我父親友人史經臣彥輔，是性格豪放的偉人，曾經這樣說：「黃霸本來崇尚教化，所管轄的地區大抵已經相當富庶，可是教化別人的時候仍然採用繁瑣的手段，真是鄙陋啊！潁川郡數集鳳凰，大概值得懷疑，黃霸把鶡鳥當成神鳥，不知道潁川的鳳凰又是以什麼東西來充當？」這說法雖然近於戲言，但也有一定的道理。

王嘉輕減法律事見〈梁統傳〉[1]

漢仍秦法[2]，至重[3]。高、惠固非虐主[4]，然習所見以為常，不知其重也，至孝文始罷肉刑與參夷之誅[5]。景帝復孥戮晁錯[6]，武帝罪戾有增無損[7]，宣帝治尚嚴[8]，因武之舊[9]。至王嘉為相，始輕減法律，遂至東京[10]，因而不改。班固不記其事[11]，事見〈梁統傳〉，固可謂疏略矣。嘉，賢相也，輕刑，又其盛德之事，可不記乎？統乃言高、惠、文、景以重法興[12]，哀、平以輕法衰[13]，因上書乞增重法律，賴當時不從其議。此如人年少時不節酒色而安，老後雖節而病，見此便謂酒可以延年，可乎？統亦東京名臣，一出此言，遂獲罪於天，其子松、竦皆以非命而死[14]，冀卒滅族[15]。嗚呼，悲夫，戒哉！「疏而不漏」[16]，可不懼乎？

注釋

1王嘉：字公仲，漢平陵（今陝西咸陽）人。〈梁統傳〉：指《後漢書．梁統傳》。2仍：因襲。3至重：刑罰十分重。4高、惠：漢高祖劉邦、漢惠帝劉盈。5孝文：漢文帝劉恆。肉刑：對罪犯身體殘害的刑罰。參夷之誅：誅滅三族的酷刑。6景帝復孥戮晁錯：漢景帝時，御史大夫晁錯提出削藩的建議，以削減諸侯的權力。吳王劉濞會合七國，以「誅晁錯，清君側」為名，起兵叛亂。景帝迫於壓力，誅殺晁錯，以平息叛亂。孥戮：殺孥及於子孫。7罪戾：罪惡暴戾。8宣帝：漢宣帝劉詢。9武：指漢武帝。10東京：東漢。11班固：字孟堅，東漢扶風安陵（今陝西咸陽）人，撰成《漢書》一百篇。12統乃言：梁統之言論。《漢書》載梁統上疏云：「高帝受命誅暴，平蕩天下，約令定律，誠得其宜。文帝寬惠柔克，遭世康平，惟除省肉刑、相坐之法，它皆率由，無革舊章。武帝值中國隆盛，財力有餘，征伐遠方，軍役數興，豪傑犯禁，奸吏弄法，故重首匿之科，著知從之律，以破朋黨，以懲隱匿。宣帝聰明正直，總御海內，臣下奉憲，無所失墜，因循先典，天下稱理。至哀、平繼體，而即位日淺，聽斷尚寡，丞相王嘉輕為穿鑿，虧除先帝舊約成律，數年之間，百有餘事，或不便於理，或不厭民心。」13哀、平：漢哀帝劉欣、漢平帝劉衎。14松：梁統長子，字伯孫，因懸飛書誹謗，下獄而死。

竦：梁統之子，字叔敬，為竇皇后所害。15冀卒滅族：冀：梁冀，字伯卓，梁統孫子，東漢外戚，嘗專擅朝政。後桓帝即位，誅殺梁冀與其妻孫氏親戚。16疏而不漏：語出《老子》：「天網恢恢，疏而不失。」此喻國家法網雖寬，但不會漏掉壞人。

譯文

漢朝承襲秦朝的法律，非常苛重，漢高祖、漢惠帝本來並非暴虐的君主，然而因為習以為常，故不自覺刑罰苛重。到了漢文帝時，才開始廢除肉刑和誅滅三族的酷刑。漢景帝又回復以往的法制，殺了晁錯並且誅殺了他的子孫，漢武帝的暴戾更是有增無減。漢宣帝時刑法仍然很嚴酷，因襲了漢武帝的舊制。直到王嘉出任宰相，才開始減輕刑法。如此進入了東漢時期，仍然沿襲西漢時期的重法而不改正。班固不記載王嘉的功績，他的事只見於《漢書．梁統傳》中，這可以說是極疏漏了。王嘉，是一位賢能的宰相，減輕刑法，又是他一件盛德的事，這樣可以不記載嗎？梁統認為漢高祖、漢惠帝、漢文帝、漢景帝時憑藉重法而得以興盛，而漢哀帝、漢平帝時由於施行輕法而衰敗，因此上書請求加重刑罰，幸好當時沒有採納他的建議。這樣好比一個人年輕時不節制酒色而安然無事，到了年老的時候雖然節制而重病纏身，根據這情況而說飲酒可以延年益壽，可以嗎？梁統也是東漢王朝的名臣，一提出這種言論，便得罪了上天，他的兒子梁松、梁竦都死於非命，梁冀最後更遭到誅滅家族的命運。唉！可悲，警戒啊！「天網恢恢，疏而不漏」的格言，可以不畏懼嗎？

賞析與點評

這則文字看來是針對王安石的「重法」而論。熙寧二年（一〇六九），宋神宗問王安石：「不知卿所施設，以何為先？」王安石答道：「變風俗，立法度，方今所急也。」實施重法固然可收立竿見影之效，因此蘇軾論說漢朝盛衰與重法的關係外，還補充了年輕時不節制而無事，年老時節制反而多病的比喻，藉此告誡重法為禍的深遠。

李邦直言周瑜[1]

李邦直言：周瑜二十四經略中原[2]，今吾四十，但多睡善飯[3]，賢愚相遠如叔[4]，安上言吾子以快活[4]，未知孰賢與否？

注釋

1李邦直：李清臣，字邦直，魏（今河北大名西北）人，北宋大臣。周瑜：字公瑾，盧江郡舒縣（今安徽舒城縣）人，二十四歲為東吳中郎將。2 經略：謀劃。3 善飯：善於吃飯，意指食量頗大。4 如叔：蘇集作「如此」，屬上讀。商本、蘇集「以」並作「似」。4 吾子以快活：此下原本夾注云：「句疑有誤。」吾子，互相親暱之稱，即我。

譯文

李邦直說：周瑜二十四歲的時候已經籌劃中原，我現在已經四十歲，但只是貪睡貪吃，一賢一愚相距實在太遠了。你還說我活得快活？不知哪位才是賢者。

賞析與點評

建功立業固然是成功，但周瑜一生只活了三十五年，如此短暫的光芒，想必周瑜也未必樂見。

勃遜之[1]

與朱勃遜之會議於潁[2]，或言洛人善接花，歲出新枝，而菊品尤多。遜之曰：「菊當以黃為正，餘可鄙也。」昔叔向聞鬷蔑一言[3]，得其為人，予於遜之亦云然。

注釋

1 勃遜之：朱勃，字遜之，一字彥素，洛陽（今河南洛陽）人。此標題稱呼不合體例，疑「勃」上脱「朱」字。2 潁：即潁州，今安徽阜陽。3 叔向：春秋晉國政治家、外交家。鬷蔑：春秋鄭國大夫，字然明。一言：《左傳》載：昔叔向適鄭，鬷蔑惡，欲觀叔向，從使之收器者，而往，立於堂下，一言而善。叔向將飲酒，聞之，曰：「必鬷明也！」下執其手以上，曰：「昔賈大夫惡，娶妻而美，三年不言不笑，御以如皋，射雉，獲之，其妻始笑而言。賈大夫曰：『才之不可以已。我不能射，女遂不言不笑夫！』今子少不颺，子若無言，吾幾失子矣。言之不可以已也如是！」遂如故知。

譯文

我與朱勃在潁州相會，有人説洛陽人善於嫁接花木，每年都有新的花樣，當中以菊花的新品種最多。遜之説：「菊花當中以黃色為正品，其餘的都是鄙俗之物。」從前叔向聽鬷蔑的一句話，便了解他的為人，我對於遜之也是這樣。

賞析與點評

周敦頤〈愛蓮説〉謂：「菊，花之隱逸者也。」菊花所以稱為花之隱逸者，是因為無論霜雪如何肆虐，菊花都會毫不畏縮地在眾花凋謝的時候獨自盛開。這種「傲霜」的情操，就仿如隱逸者絕不隨波逐流的表現。故那些華豔的新品，只以外貌誘人，正正缺乏了菊花最重要的元素。所以朱勃說除了黃菊外，其餘的都是鄙俗之物。蘇軾能夠在這一句話中論斷朱勃的為人，果然是善於觀人。

劉聰吳中高士二事[1]

劉聰聞當為須遮國王[2]，則不復懼死，人之愛富貴，有甚於生者。月犯少微[3]，吳中高士求死不得，人之好名，有甚於生者。

注釋

1 劉聰：字玄明，新興（今山西忻州市）人，匈奴族，十六國時漢國國君。吳中：今江蘇省。高士：品德高尚而隱居不仕的君子。2 須遮國：國名。《晉書・劉聰傳》記：聰（劉聰）子約死，一指猶暖，遂不殯殮，及蘇，言見元海於不周山。元海謂約曰：「東北有遮須夷國，無主久，待汝父為之。」約拜辭而歸，道遇猗尼渠余國，引約入宮，與約皮囊一枚。俄而蘇，取皮囊開之，有一方白玉，題文曰：「猗尼渠余國天王敬信遮須夷國大王，歲在攝提，當相見也。」馳使呈聰，聰曰：「若審如此，吾不懼死也。」3 少微：星名，泛指天庭的一般官員和士大夫，後常用以表示處士。

譯文

劉聰聽説可以當上須遮國的國王，便不再懼怕死亡。人們看重富貴，甚至有超過生命的。月亮侵入少微星的區域，吳中的名士求死不能，人們貪求名聲，也有超過生命的。

郗超出與桓温密謀書以解父[1]

郗超雖為桓温腹心，以其父愔忠於王室[2]，不知之。將死，出一箱付門生[3]，曰：「本欲焚之，恐公年尊[4]，必以相傷為斃[5]。我死後，公若大損眠食，可呈此箱，不爾便燒之。」愔後果哀悼成疾，門生以指呈之，則悉與温往反密計。愔大怒，曰：「小子死晚矣！」更不復哭矣。若方回者[6]，可謂忠臣矣，當與石碏比[7]。然超謂之不孝，可乎？使超知君子之孝，則不從温矣。東坡先生曰：超，小人之孝也。

注釋

1 郗超：字景興，一字嘉賓，高平金鄉（今山東金鄉）人，桓温嘗辟為征西大將軍掾。後桓温任大司馬，轉為參軍。桓温：字元子，譙國龍亢（今安徽懷遠縣）人，東晉大將，官至大司馬。**解父**：排解父親。2**愔**（粵：音；普：yīn）：郗超父郗愔，字方回，高平金鄉（今山東金鄉）人，忠於晉室，得悉郗超與桓溫圖謀篡位後大怒。3**門生**：門下役使之人。4**年尊**：歲數大。5**相傷為斃**：因相念過深而招致病患。6**方回**：即郗愔。7**石碏**：春秋衛國大夫，其子石厚與公子州吁密謀殺衛桓公自立，石碏因此誘州吁和石厚到陳國殺之，大義滅親，尊為純臣。

譯文

郗超雖然是桓溫的心腹，但他的父親郗愔卻忠於晉室，並不知道。郗超臨死，拿出一箱書信給予門下役使，說：「我本來想把這箱書燒毀的，但我擔心父親年老，一定因為我的死而傷心致病。我死後，我的父親若是寢食不安，就把此箱交給他，不然的話便把它燒毀。」郗愔後來果然因哀悼太深而得了重病，門下役使便按照郗超的指示把那箱書信呈上，郗愔因此知道郗超與桓溫謀反的事。郗愔大怒，說：「這小子死得太晚了！」不再為他兒子的死而哭泣。若像郗愔那樣，可稱得上是忠臣了，足與石碏相媲美。然而若說郗超不孝，可以嗎？假如郗超懂得什麼是君子之孝，就不會跟隨桓溫謀反了。我說：郗超，是小人之孝罷了。

錄温嶠問郭文語[1]

温嶠問郭文曰：「人皆有六親相容[2]，先生棄之，何樂？」文曰：「本行學道，不謂遭世亂，欲歸無路耳。」又曰：「飢思食，壯思室[3]，自然之理，先生獨無情乎？」曰：「情由憶生，不憶故無情。」又問：「先生獨處窮山，死為烏鳶所食[4]，奈何？」曰：「埋藏者食於螻蟻[5]，復何異？」又問：「猛虎害人，先生獨不畏耶？」曰：「人無害獸心，則獸亦不害人。」又問：「世不寧則身不安，先生不出濟世乎？」曰：「非野人之所知也[6]。」予嘗監錢塘郡，遊餘杭九鎮山[7]，訪大滌洞天，即郭生之舊隱。洞大，有巨壑[8]，深不可測，蓋嘗有敕使投龍簡云[9]。戊寅九月七日書。

注釋

1温嶠：字泰真，東晉太原祁縣（今山西祁縣）人。郭文：字文舉，東晉河內軹（今河南濟源東南）人。2六親：父、母、兄、弟、妻、子。相容：情感和睦。3室：妻室。4鳶：老鷹。5螻蟻：螻蛄及螞蟻。6野人：草野間的人。7九鎮山：蘇集作「九鎖山」。8壑：坑洞。9敕使：奉有帝王詔命的使者。龍簡：皇帝的詔書。

譯文

温嶠問郭文：「人人都有六親，感情和睦，而你卻拋棄，有什麼快樂？」郭文回答：「我的本行是學道，不料遭到世亂，打算回歸卻找不到道路。」又問：「飢餓的時候會想起食物，成年會想起妻室，這是自然的道理，而你是否沒有情感？」答：「情感是由思念產生，我不去思念所以就沒有情感。」又問：「先生獨自處於山野之間，死去後會被老鷹所啄食，那怎麼辦？」答：「屍體埋葬後不也是被螻蛄螞蟻所食，這又有什麼分別？」又問：「山中的猛虎會傷害人，先生為何不畏懼？」答：「人沒有傷害野獸的心，那麼野獸也不會傷害人。」又問：「世道不安寧，那麼自己也會感到不安，先生為何不出來搭救世人？」答：「這不是山野之人所能知道的。」我曾經擔任錢塘郡的監察官，遊歷過餘杭的九鎮山，探訪過大滌洞天，也就是郭文以往隱居之地。這裏的洞穴很大，有深谷，而且深不可測。大概真的是有皇帝的使者來給予詔書的說法。元符元年（一〇九八）九月七日記。

劉伯倫[1]

劉伯倫常以鍤自隨[2]，曰：「死即埋我。」蘇子曰，伯倫非達者也，棺槨衣衾[3]，不害為達[4]。苟為不然，死則已矣，何必更埋！

注釋

1 劉伯倫：劉伶，字伯倫，晉沛國（今安徽濉溪）人，竹林七賢之一。2 鍤（粵：插；普：chá）：挖土的鍬。3 棺槨（粵：國；普：guǒ）：棺材和套在棺外的外棺。衣衾：死者入棺時所用的衣服和大被。4 害：妨礙。

譯文

劉伯倫經常外出都攜帶鐵鍬，說：「我死了便立即把我埋下。」我說，劉伯倫並不是一個豁達的人，棺槨衣衾，不受其影響的才是豁達。如果不是這樣，死去便已經完結，又何必要埋起來！

賞析與點評

世以為劉伶這種行徑豁達（《晉書》便說「其遺形骸如此」），但正如蘇軾所言，劉伶內心其實仍受到世間事物的牽制，還是要別人埋葬他的軀體。既然人都死去，萬事皆空，埋葬與否，又有什麼分別？

房琯陳濤斜事[1]

房次律敗於陳濤斜，殺四萬人，悲哉！世之言兵者，或取《通典》[2]，《通典》雖杜佑所集，然其源出於劉秩[3]。陳濤之敗，秩有力焉。次律云：「熱洛河雖多[4]，安能當我劉秩[5]！」挾區區之辨以待熱洛河[6]，疏矣。

注釋

1房琯：字次律，河南緱氏（今河南偃師緱氏鎮）人。唐肅宗命房琯為宰相，出征收復長安，但房琯在陳濤斜被安祿山軍打敗，四萬唐軍全軍覆沒。陳濤斜：地名，在今陝西咸陽東。2《通典》：書名，唐杜佑所撰。3劉秩：字祚卿，徐州彭城（今江蘇徐州市）人，嘗任房琯軍中。4熱洛河：《舊唐書》、《新唐書》皆作「曳落河」。曳落河乃突厥語（elaha）壯士之意。5當：擋。6挾：「挾」字原脱，據商本、蘇集補。

譯文

房琯在陳濤斜戰敗，陣亡了四萬將士，多麼令人悲哀啊！世人談論兵事，常常取法於《通典》，《通典》雖然是杜佑所集成，但它的源頭是出自劉秩手筆。陳濤斜的敗亡，劉秩是有效力的。房琯說：「胡人壯士雖多，哪能擋得住我的劉秩！」以微小的判斷能力來對付胡人壯士，可謂疏漏也。

衛瓘欲廢晉惠帝[1]

晉惠帝為太子，衛瓘欲陳啟廢立之策而未敢發[2]。會燕凌雲臺[3]，瓘託醉跪帝前，曰：「臣欲有所啟。」欲言之而止者三，因拊牀曰：「此坐可惜！」帝意乃悟，曰：「公真大醉。」賈后由是怨之。此何等語，乃於眾中言之，豈所謂「不密失身」者耶[4]？以瓘之智，不宜暗此，殆鄧艾之冤[5]，天奪其魄爾。

注釋

1衛瓘：字伯玉，司隸河東（今山西夏縣）人。晉惠帝：晉惠帝司馬衷，字正度，西晉第二任皇帝，統治期間發生了八王之亂，西晉亦因此步向衰亡。2陳啟：陳述啟奏。3燕：通「宴」。4不密失身：不保密以致喪命。5鄧艾：字士載，義陽棘陽（今河南新野）人，三國曹魏名將，嘗逼使蜀帝劉禪投降，建立滅蜀功績。但戰後被鍾會聯合衛瓘誣陷，衛瓘更遣田續先行殺死鄧艾。

譯文

晉惠帝是太子時，衛瓘就打算啟奏廢立太子，但未敢這樣做。後來在淩雲臺的宴會上，衛瓘借醉跪在晉武帝面前，說：「臣有事啟奏。」三次欲言又止，並拍打晉惠帝的坐牀說：「這個座位真可惜啊！」晉武帝領悟到衛瓘的意思，說：「你真是醉得太厲害了。」賈后因此怨恨衛瓘。這是什麼話，竟然在大庭廣眾中說出來，豈不是所謂「不保密以致喪命」嗎？以衞瓘的智慧，不應該昏昧到這種地步，大概是鄧艾的冤死，上天奪去他的魂魄罷了。

賞析與點評

蘇軾議論人物，大多條分縷析，以理說人。但在這段文字中，我們可以看到蘇軾也有未能求之於人世而求之於鬼神的一面。

裴頠對武帝[1]

晉武帝探策[2]，豈亦如籤也耶？惠帝不肖，得一[3]，蓋神以實告。裴頠諂對[4]，士君子恥之，而史以為美談，鄙哉！惠、懷、愍皆不終[5]，牛繫馬後[6]，豈及亡乎！

注釋

1 裴頠（粵：偉；普：wěi）：字逸民，河東聞喜（今山西聞喜縣）人，西晉哲學家。2 策：占卜用的蓍草。3 得一：籤上得一個「一」字。4 諂對：奉承。《世說新語》記晉武帝嘗卜卦晉室命運，得了個「一」字，晉武帝很不高興，以為只有一世，大臣也相顧失色，惟裴頠依《老子注》謂：「天得一以清，地得一以寧，侯王得一以為天下員」，大家頓時轉憂為喜。5惠、懷、愍：晉惠帝、晉懷帝、晉愍帝。此三位西晉皇帝皆不得善終。惠帝遭司馬越鴆殺，懷帝被劉聰俘虜後殺害，愍帝亦為劉聰所害。6牛繫馬後：喻惠、懷、愍三帝皆蠢鈍如牛，未能接上司馬氏的基業。

譯文

晉武帝占卜，難道也是求籤文嗎？晉惠帝不成材，籤上得出一個「一」字，大概神靈以實相告。裴頠奉承以對，士人君子都認為可恥，而史官認為是美談而記載，鄙陋也！晉惠帝、晉懷帝、晉愍帝都不得善終，以牛繫於馬後而走，難道不是很快便會滅亡嗎！

劉凝之沈麟士[1]

《南史》[2]：劉凝之為人認所着履[3]，即與之，此人後得所失履，送還，不肯復取。又沈麟士亦為鄰人認所着履，麟士笑曰：「是卿履耶？」即與之。鄰人得所失履，送還，麟士曰：「非卿履耶？」笑而受之。此雖小事，然處事當如麟士，不當如凝之也。

注釋

1劉凝之：字志安，南朝南郡枝江（今湖北枝江）人，高尚不仕。沈麟士：字雲禎，南朝吳興武康（今浙江武康）人，齊朝教育家。2《南史》：史書，唐李延壽撰。「南史」，原誤作「梁史」。王案略云：世惟《梁書》而無「梁史」，且劉凝之、沈麟士皆不載於《梁書》。二人皆有傳於《南史》，且俱載其認履事。可證「梁史」乃「南史」之誤，徑改。3履：鞋子。

譯文

《南史》記載劉凝之被人錯認所穿着的鞋子，便當下脱給他，這個人後來尋回自己的失鞋，就把鞋子歸還，可是劉凝之不肯收回。沈麟士也被鄰人錯認所穿着的鞋子，沈麟士笑道：「是你的鞋子嗎？」便當下脱給他。後來鄰人尋回自己的失鞋，把鞋子歸還，沈麟士問：「這不是你的鞋子嗎？」笑着收下。這雖然是一樁小事，但處事應當如沈麟士，而不應像劉凝之。

賞析與點評

劉凝之與沈麟士錯認失鞋的回應，只是有些許的分別，但在蘇軾看來，若能學得沈麟士的寬宏，凡事自當迎刃而解。做人處事應該寬宏，否則如劉凝之般執着，痛苦的可能只是自己。

柳宗元敢為誕妄

柳宗元敢為誕妄，居之不疑[1]。呂温為道州、衡州[2]，及死，二州之人哭之逾月，客舟之過於此者，必呱呱然[3]。雖子產不至此[4]，温何以得之！其稱温之弟恭亦賢豪絕人者[5]，又云恭之妻裴延齡之女也[6]。孰有士君子肯為裴延齡婿者乎？柳宗元與伾、叔文交[7]，蓋亦不差於延齡姻也。恭為延齡婿不見於史，宜表而出之，見宗元文集恭墓志云[8]。

注釋

1居之不疑：對自己所處的地位毫不懷疑。2呂温：字和叔，河中（今山西永濟）人，柳宗元表兄。3呱呱：形容小兒哭泣的聲音。此喻成人哭泣得不像樣子。4子產：春秋鄭國政治家，極受鄭國百姓愛戴。5恭：呂恭，字恭叔，呂温弟。6裴延齡：唐河中河東（今山西永濟西）人，專擅阿諛奉承，結黨營私，「以聚斂為長策」。7伾：王伾，唐杭州（今浙江杭州市）人，他貪財受賄，勾結宦官。叔文：王叔文，唐越州山陰（今浙江紹興）人，與王伾在唐代末年主張改革。柳宗元、劉禹錫為其追隨者。8恭墓志：《柳河東集》有〈呂侍御恭墓銘〉。

譯文

柳宗元敢於做荒誕虛妄的事，而且對自己所做的事並不懷疑。呂温為道州、衡州官員，死後，兩州的民眾哀悼他超過一個月，客船經過這裏時，必定聽到大家呱呱號哭。即使鄭國子產去世的時候也不至於這樣，呂温憑什麼有這樣的聲望！柳宗元又説呂温的弟弟呂恭也是賢能豪傑、超絕群眾的人，又説呂恭的妻子是裴延齡的女兒。哪有士人君子肯做裴延齡的女婿？柳宗元與王伾、王叔文交往，大概與裴延齡的姻親沒有太大的差別。呂恭為裴延齡女婿不見於史書的記載，應當把它宣示於眾。這一事見於柳宗元文集〈呂侍御恭墓銘〉。

賞析與點評

蘇軾所以如此批評柳宗元，大抵與柳宗元的學術取向有關。在〈與江惇禮秀才〉一文中，蘇軾便嘗言：「柳子之學，大率以禮樂為虛器，以天人為不相知云云，雖多，皆此類爾。此所謂小人無忌憚者。」雖然如此，但蘇軾這段文字並非妄語空言。中國文人喜歡諱過稱善，這確實是個陋習。故我們讀歷史、看古書的時候，必須慎思明辨。孟子也曾經説過「盡信書不如無書」。《六經》也要置疑，何況是一般文人隨手所書！

卷五

論古

本篇導讀——

此章雖言「論古」，但並不僅限於對歷史的議論，而是對當今政局，甚至將來都有所論及。在此章中，蘇軾不斷發出「吾又表而出之」、「吾不可不論」、「後之君子可以覽觀」、「可以為萬世法」的論調，目的就是希望人主、人臣，以至後世的君子、讀者能夠在書中有所得着。這也是蘇軾若未能建功於當世，便希望能夠立言於後世的意圖。

宋代文人喜歡「翻案」，藉着推翻前人的論據、論證而提出新見。蘇軾也不例外，創作了不少翻案的文章和詩作，〈論古〉這十三則（此處選十則）短論都是這類的體裁，所以閱讀的時候，也不妨欣賞一下蘇軾筆鋒的銳利及文章的鋪排。另外，此十三則論述看似獨立，並無關聯，但其實若細心留意，會發現它們各自蘊藏着不同的訊息，這也是蘇軾千挑百選後刻意留給世人的寶物。

武王非聖人

武王克殷[1]，以殷遺民封紂子武庚祿父[2]，使其弟管叔鮮、蔡叔度相祿父治殷[3]。武王崩[4]，祿父與管、蔡作亂，成王命周公誅之[5]，而立微子於宋[6]。

注釋

1 **武王**：周武王姬發，西周第一任君主。**殷**：殷商。2 **遺民**：遭遺棄的百姓。此指改朝易代後的前朝百姓。**紂**：紂王，商朝最後一任皇帝。**武庚祿父**：紂王之子，周滅商後，周武王封武庚祿父於殷地，以續殷祀。3 **管叔鮮**：周武王之弟，名鮮，周初三監之一，封於管（今河南鄭州）。**蔡叔度**：周武王之弟，名度，周初三監之一，封於蔡（今河南上蔡西南）。**相**：輔助。4 **崩**：《禮記．曲禮下》：「天子死曰崩。」5 **成王**：周成王姬誦，西周第二任君主，周武王之子。**周公**：周武王之弟，名旦，因封於周（今陝西岐山北），故稱周公。6 **微子**：商王帝乙長子，名啟，紂王庶兄。**宋**：地名，今河南商丘一帶。

譯文

周武王戰勝殷商後，把商朝的遺民分封給紂王的兒子武庚祿父，並派遣自己的弟弟管叔鮮和蔡叔度輔佐武庚祿父治理。周武王駕崩後，武庚祿父聯同管叔、蔡叔發動叛亂，周成王命令周公誅討他們，然後把紂王的庶兄微子分封在宋地。

蘇子曰：武王非聖人也。昔孔子蓋罪湯、武[1]，顧自以為殷之子孫而周人也，故不敢，然數致意焉，曰：大哉，巍巍乎[2]，堯、舜也！「禹，吾無間然[3]。」其不足於湯、武也亦明矣[4]，曰：「武盡美矣[5]，未盡善也。」又曰：「三分天下有其二，以服事殷，周之德，其可謂至德也已矣[6]。」伯夷、叔齊之於武王也[7]，蓋謂之弒君[8]，至恥之不食其粟，而孔子予之[9]，其罪武王也甚矣。此孔氏之家法也，世之君子苟自孔氏，必守此法。國之存亡，民之死生，將於是乎在，其孰敢不嚴？而孟軻始亂之，曰：「吾聞武王誅獨夫紂[10]，未聞弒君也。」自是學者以湯、武為聖人之正若當然者，皆孔氏之罪人也。使當時有良史如董狐者[11]，南巢之事必以叛書[12]，牧野之事必以弒書[13]。而湯、武仁人也，必將為法受惡。周公作〈無逸〉曰[14]：「殷王中宗[15]，及高宗[16]，及祖甲[17]，及我周文王[18]，茲四人迪哲[19]。」上不及湯，下不及武王，亦以是哉？文王之時，諸侯不求而自至，是以受命稱王，行天子之事，周之王不王，不計紂之存亡也。使文王在，必不伐紂，紂不見伐而以考終[20]，或死於亂，殷人立君以事周，命為二王後以祀殷，君臣之道，豈不兩全也哉！武王觀兵於孟津而歸[21]，紂若改過，否則殷人改立君[22]，武王之待殷亦若是而已矣。天下無王，有聖人者出而天下歸之，聖人所以不得辭也。而以兵取之，而放之，而殺之，可乎？漢末大亂，豪傑並起。荀文若[23]，聖人之徒也，以為非曹操莫與定海內，故起而佐之。所以與操謀者，皆王者之事也，文若豈教操反者哉？以仁義救天下，天下既平，神器自至，將不得已而受之，不至不取也，此文王之道，文若之心也。及操謀九錫[24]，則文若死之，故吾嘗以文若為聖人之徒者，以其才似張子房而道似伯夷也[25]。

注釋

1**湯**：商湯，商朝的創建者。2**巍巍**：崇高雄偉的樣子。3**間**：非議。4**不足**：不足言及。5**武盡美矣**：武，《武》樂，讚美周武王以武功取天下。6「**三分天下有其二**」**四句**：語出《論語．泰伯》，意謂周文王的時候，已佔有天下三分之二，還能堅守臣節服事殷商，周文王的德行，可說是達到了極高的境界。7**伯夷、叔齊**：商朝末年孤竹國君主亞微的兩個兒子。二人因不滿周武王為藩屬而討伐君主，力諫武王不聽。武王滅商後，二人憤慨，不食周朝的食物，以表明對殷商的忠心，並且隱居在首陽山（今河南洛陽市內），以採摘蕨類食物為生，最後餓死。8**弒君**：誅殺君王。古代稱臣殺君、子殺父母為弒。9**予**：讚許。10**獨夫**：一夫、匹夫。11**董狐**：春秋晉國曲沃（今山西聞喜縣）人，周大夫辛有後裔，世襲太史（即史官）之職。12**南巢之事**：指商湯討伐夏桀，把夏桀流放到南巢而死之事。南巢，地名，在今安徽巢湖一帶。13**牧野之事**：指武王陳師牧野，誓師討伐紂王之事。牧野，地名，在今河南淇縣。14**〈無逸〉**：

《尚書》篇章，傳為周公所作。15**中宗**：商中宗太戊，帝雍己弟。商至帝雍己，世道衰敗，諸侯不朝。至太戊當政，商朝復興，諸侯歸之。16**高宗**：商高宗武丁，商王斂（小乙）之子。商朝傳至王斂時，國運衰微。武丁即位，任用賢能，整頓軍隊，並討伐了土方、貢方等敵國，使衰落的商朝重新振興。17**祖甲**：非指商世宗祖甲。《漢書·韋賢傳》嘗言：「故於殷，太甲為太宗，太戊曰中宗，武丁曰高宗。周公為〈無逸〉之戒，舉殷三宗以勸成王。」蓋今文《尚書》次序或有顛倒。故此祖甲應指太甲。《史記》記載太甲在位初年，以伊尹為相，商朝強盛。三年後，太甲以己意處事，暴虐亂德，於是伊尹流放太甲到桐宮。太甲於桐宮悔過反省，三年後復位，自此勤政愛民，勵精圖治，諸侯咸歸，百姓安寧。18**周文王**：姬昌，周武王父。19**迪哲**：蹈行聖明之道。20**考終**：壽終。21**孟津**：地名，在今河南省西北。《史記》載周文王死後，周武王在討伐商紂前在孟津大會諸侯。22**殷人**：原脫「人」字，從《百川》本、《東坡七集·後集》卷十一、《續集》卷八補。23**荀文若**：荀彧，字文若，潁川郡潁陰縣（今河南許昌）人，東漢末年曹操帳下謀臣。24**九錫**：古代帝王賜給臣子的最高賞賜。25**張子房**：張良，字子房，潁川城父（今河南寶豐縣東）人，漢高祖劉邦謀臣。

譯文

蘇軾說：周武王並非聖人。從前孔子大概就有譴責商湯和周武王，只是顧及自己是殷商的子孫而後來又是周朝的臣子，所以才不敢正面譴責，然而他卻數次表達了這種心意，說：偉大啊！高尚啊！堯、舜！又說：「禹，我沒有非議他的地方。」孔子不提商湯和周武王，他的用意也非常明顯了。又說：「《武》樂非常優美，但未能盡善。」又說：「周文王三分天下而佔了兩份，但仍然服事殷商，他的德行，可以稱得上是至高無上的了。」伯夷、叔齊對於武王，大概認為周武王弒君，故鄙視他並且不食周朝的糧食，而孔子肯定他們，可見孔子對武王的譴責也是相當明顯了。這就是孔氏的家法，世上的君子，如果是出自孔門一脈，必定遵守這一家法。國家的存亡，民眾的生死，都在這裏，誰敢不嚴格遵守？到了孟子才開始悖亂這一家法，他說：「我只聽聞周武王誅殺了一個叫紂的匹夫，而未聽聞周武王殺害君主。」此後儒家的學者都理所當然地以商湯和周武王為正道的聖人，這些人都成了孔氏家法的罪人。假使當時有像董狐那樣正直的史官，南巢之事必定會以叛亂之事來書寫；牧野之戰亦必定會以弒君之事來表達。而今天所稱為仁者的商湯、周武王，必定會因家法而受到譴責和惡名。周公撰〈無逸〉說：「殷商的中宗、高宗、祖甲，以及我朝的周文王，這四位都是蹈行聖明之道的人。」上沒有記載商湯，下亦沒有記載周武王，也是因為這個原因吧？周文王的時候，諸侯不用徵召便自動前來謁見，接受命令並且尊稱為王者，就如同遵行天子的職事一樣，周國雖然可以稱霸但沒有這樣做，也不計較商紂的存亡。假使周文王在世，必定不會討伐紂王的，但紂王雖然不被討伐，還是會壽終的，又或死於內亂，殷人因而會立新的君主並且服事周國，然後尊稱商、周兩國的君主為王，繼續殷商故有的祭祀，君臣之間的道義，豈不是可以兩全其美！周武王在孟津檢閱軍隊後歸來，紂王若能改過，又或殷人另立新君的話，周武王如此對待殷人便足夠了。天下沒有得到認同的王者，只要有聖人出來，天下的民眾便會歸順，聖人也就無法推辭王者的任命。但是武王以兵事奪取皇位，然後放逐、誅殺舊有的帝皇，這樣合宜嗎？漢朝末年大亂，四方豪傑之士紛紛起兵。荀文若是聖人的門徒，他認為除了曹操以外，沒有人能平定天下，所以前往輔佐他。荀文若給曹操謀劃的，都是成就王業之事，但他何曾誘導曹操造反呢！以仁義之道拯救天下，天下平定後，王位便會自動前來，到時不得已也要接受，它一日不來也就一日不取，這是周文王的道義、荀文若的仁心了。及後曹操謀求九錫的賞賜，則荀文若因此而死，所以我就認為荀文若不愧是聖人的門徒，因為他的才能與張良相若，而道義則與伯夷相類。

殺其父，封其子，其子非人也則可，使其子而果人也[1]，則必死之。楚人將殺令尹子南[2]，子南之子棄疾為王馭士[3]，王泣而告之。既殺子南，其徒曰：「行

乎？」曰：「吾與殺吾父，行將焉入？」「然則臣王乎？」曰：「棄父事讐[4]，吾弗忍也！」遂縊而死。武王親以黃鉞誅紂[5]，使武庚受封而不叛，豈復人也哉？故武庚之必叛，不待智者而後知也。武王之封，蓋亦有不得已焉耳。殷有天下六百年，賢聖之君六七作，紂雖無道，其故家遺民未盡滅也。三分天下有其二，殷不伐周，而周伐之，誅其君，夷其社稷，諸侯必有不悅者，故封武庚以慰之，此豈武之意哉？故曰：武王非聖人也。

注釋

1果人：果斷的人。2令尹：官名，春秋戰國時楚國的最高官職。子南：公子追舒，春秋時楚國的王子，父親楚莊王。3棄疾：子南之子，當時任職楚王駕御車馬的御士。
4讐：即「讎」，通「仇」。5黃鉞（粵：越；普：yuè）：鉞，武器名，形制似斧而較大。黃鉞乃以黃金或銅製的鉞，為帝王的儀仗，或特賜予專主征伐的重臣。

譯文

殺某人的父親，然後再封他的兒子，這個兒子若不是人的話還可以，但若然這個兒子真的是個人的話，就一定會尋死。楚國準備殺死令尹子南，子南的兒子棄疾是楚王駕車的衛士，楚王流着眼淚跟他説了這件事。楚人殺了子南後，門人問棄疾：「你會遠行嗎？」棄疾答：「我參與了殺我父親的事，我能到哪裏去呢？」「那麼繼續服事楚王嗎？」答：「拋棄父親而服事仇人，我不忍心啊！」於是自縊而死。周武王高舉黃鉞來誅討紂王，假使武庚接受分封而不叛亂，那武庚還是個人嗎？所以武庚勢必叛亂，這是不需要等待智者說出來才知道的。周武王的分封，其實也是逼不得已的。殷商統治天下六百年，賢德聖明的國君也有六七位，紂王雖然暴虐無道，但他家族的成員還有很多，未能盡滅。在三分天下周人佔有兩份的形勢下，殷不征伐周國，而周國反而討伐殷商，並且誅殺殷商的君主，奪取了它的社稷，如此，諸侯必定有不服的，所以才分封武庚以安撫他們，這難道是周武王的原意嗎？所以說：周武王並非聖人。

賞析與點評

此則以「武王非聖人」作論，把大家一貫置於聖人之位的周武王，貶得如同曹操一樣，而且還充滿着篡奪之心，簡直不能與聖人相提並論。以這樣的論述放在論古之首，可謂最能震撼讀者，單是標題，便足以懾人。話雖如此，但蘇軾並非妄自空說，他先拿儒家先聖孔子、周公來現身說法，以說明周武王的行徑實不足為聖人道。但「武王非聖人」只是蘇軾借以說法的論據，真正論點乃是「以仁義救天下」。蘇軾認為，若以仁義為政，即使不篡奪政權，政權也會自動來到身邊。這種「仁義救天下」的思想在〈論古〉一章中是貫徹始終的，故置此以為開首，實是理固宜然也。

論子胥種蠡[1]

越既滅吳，范蠡以為勾踐為人長頸烏喙[2]，可與共患難，不可與共逸樂，乃以其私徒屬浮海而行[3]，至於齊。以書遺大夫種曰：「蜚鳥盡[4]，良弓藏，狡兔死，走狗烹。子可以去矣！」

蘇子曰：范蠡知相其君而已[5]，以吾相蠡，蠡亦烏喙也。夫好貨，天下之賤士也，以蠡之賢，豈聚斂積財者？何至耕於海濱，父子力作，以營千金，屢散而復積，此何為者哉？豈非才有餘而道不足，故功成名遂身退，而心終不能自放者乎？使勾踐有大度，能始終用蠡，蠡亦非清淨無為而老於越者也，故曰「蠡亦烏喙也」。魯仲連既退秦軍[6]，平原君欲封連，以千金為壽。笑曰：「所貴於天下士者，為人排難解紛而無所取也。即有取，是商賈之事，連不忍為也。」遂去，終身不復見，逃隱於海上。曰：「吾與其富貴而詘於人[7]，寧貧賤而輕世肆志焉！」使范蠡之去如魯連，則去聖人不遠矣。嗚呼，春秋以來，用捨進退未有如蠡之全者，而不足於此，吾以是累歎而深悲焉。子胥、種、蠡皆人傑，而揚雄曲士也[8]，欲以區區之學疵瑕此三人者[9]：以三諫不去、鞭屍籍館為子胥之罪[10]，以不強諫勾踐而栖之會稽為種、蠡之過。雄聞古有三諫當去之說，即欲以律天下士，豈不陋哉！

三諫而去，為人臣交淺者言也，如宮之奇、泄冶乃可耳[11]。至如子胥，吳之宗臣，與國存亡者也，去將安往哉？百諫不聽，繼之以死可也。孔子去魯[12]，未嘗一諫，又安用三？父不受誅[13]，子復讎，禮也。生則斬首，死則鞭屍，發其至痛，無所擇也。是以昔之君子皆哀而恕之，雄獨非人子乎？至於籍館，闔閭與群臣之罪，非子胥意也。勾踐困於會稽，乃能用二子[14]，若先戰而強諫以死之，則雄又當以子胥之罪罪之矣。此皆兒童之見，無足論者，不忍三子之見誣[15]，故為之言。

注釋

1子胥：伍子胥，名員，字子胥，春秋楚國監利（今湖北荊州市監利縣）人。伍子胥的父親伍奢本是楚國太子太傅，因被誣陷而遭楚王殺死。伍子胥逃到吳國，並協助闔閭奪得王位。闔閭重用伍子胥，並發兵攻打楚國，伍子胥得報父仇。後闔閭子夫差繼位，伍子胥被讒，最後被夫差賜劍自盡。種：文種，名會，字子禽，楚國郢（今湖北江陵縣北）人，越王勾踐謀臣，嘗協助勾踐滅吳。後被讒作亂，越王賜以屬鏤之劍自殺。蠡：范蠡，字少伯，又名鴟夷子、陶朱公，春秋楚國宛地（今河南南陽淅川縣）人，事越王勾踐二十餘年，卒助越滅吳，獲勾踐尊為上將軍。范蠡深知勾踐為人難以同安樂，遂浮海而隱。2長頸烏喙：長頸尖嘴。語出《史記．越王勾踐世家》：「越王為人長頸烏喙，可與共患難，不可與共樂。子何不去？」3私徒屬：春秋時卿大夫密切的下屬。4蜚：同「飛」。5相：看其觀相。6魯仲連：戰國時齊國茌平（今山東茌平縣）人，善謀略。《史記．魯仲連列傳》記魯仲連高蹈不仕，喜為排難解紛。曾遊於趙，時秦軍圍趙都邯鄲，魯仲連以利害勸阻越、魏奉秦為帝，並且聯同燕、齊、楚等國共同抗秦，邯鄲得以解困。趙國平原君欲封賞魯仲連，魯仲連辭卻。7其：「其」字原脱，據蘇集補。詘：屈服。8揚雄：字子雲，蜀郡成都（今四川成都郫縣）人，西漢哲學家、文學家，嘗仿《論語》作《法言》，仿《易經》作《太玄》。王莽當政，任揚雄為中散大夫，揚雄曾寫〈劇秦美新〉以讚揚王莽，受後人非議。9疵瑕：過失。10三諫不去：《公羊傳》以「三諫不從，遂去之」為人臣之道。意謂人臣三次進諫君主而不獲接納，便應辭官而去。鞭屍：伍子胥率軍破楚都郢後，掘殺父仇人楚平王之墓，並鞭屍三百，以解其恨。籍館：籍館指伍子胥破楚後侵佔楚國的宮室。籍，隸屬的關係，猶如國籍、會籍。《左傳．定公四年》：吳人入郢後「以班處宮」。杜預注謂：「以尊卑班次，處楚王宮室」，使得楚國宮室受到極大的侮辱。11宮之奇：春秋虞國（今山西平陸、夏縣一帶）大夫，看穿了晉國借道攻打虢國，班師回朝時會順道吞併虞國，故向虞惠公苦諫。虞公不聽，宮之奇只好無奈地離開虞國。後來晉國消滅虢國後，果然在回程的路上滅掉了虞國。泄治：春秋陳國（今河南淮陽一帶）大夫。陳靈公言行不當，泄治屢諫而不獲接納，最後被陳靈公所殺。12去：離開。13父不受誅：父親沒有罪而被誅殺。原脫「不」字，從《東坡七集・後集》卷十一、《續集》卷八及《公羊傳・定公四年》補。14二子：指范蠡和文種。15誣：虛妄不實。

譯文

越國消滅吳國後，范蠡認為勾踐這個人長頸尖嘴，只可以共患難，不可以共安樂，便帶同他的家人部屬循水路離開越國，來到了齊國。他留給越國大夫文種一封信，寫道：「飛鳥射盡，良弓收藏，狡兔死絕，走狗烹殺。你可以離去了。」

蘇軾說：范蠡只知道觀看勾踐的面相罷了，以我來觀看范蠡，他也是長得嘴尖如烏喙。好財貨的人，都是天下卑賤的士人，以范蠡的賢明，難道也是聚斂財貨的人嗎？為什麼要到海濱去耕種，而且父子還竭力勞作，以經營千金，屢次用完又再積存，這究竟是為什麼呢？難道不是才能有餘而道德不足，所以才功成身退，而心始終不能自我放達嗎？假使勾踐大度，能夠始終重用范蠡，范蠡亦不是能夠清淨無為地老死在越國的人，所以說「范蠡也是嘴尖如烏喙。」魯仲連退卻秦軍後，平原君打算封賞他，並以千金為他祝壽。魯仲連笑着說：「天下士人所珍重的，是為人排難解紛後不打算有所獲益的。假如要有所獲益的，那是商賈的事，我魯仲連不甘心這樣做。」於是離開了趙國，再沒有出現，並且隱居於海上，說：「假如要我因為富貴而屈從別人，那我寧願貧賤、被世人遺忘，也要跟從自己的志向辦事！」假如范蠡離開越國也像魯仲連離開趙國那樣，那麼他跟聖人的距離也就不會太遠了。啊！自春秋以來，受重用就前進，被捨棄就歸隱的，沒有多少個能夠像范蠡那樣全身而退，但范蠡在這方面還有不足的地方，故此我總是歎息而深感悲哀。伍子胥、文種、范蠡都是傑出的人物，而揚雄只不過是一個孤陋寡聞的小人，想以他小小的學問挑剔這三位人物，認為三次勸諫後不離去、鞭打楚王的屍體、霸佔楚國宮室的行徑是伍子胥的罪過，又以不盡力勸諫勾踐而退隱會稽是文種、范蠡的過失。揚雄聽説古人有三次進諫不獲接納便離去的説法，便想用這一點來衡量天下的士人，這豈不是太鄙陋嗎！三次進諫後便離去，是對與國君淺交的人臣而言，如宮之奇、泄冶便可以這樣做。至於像伍子胥，身為吳國宗室的臣子，與吳國共存亡，他離開後可以往哪裏去？百次進諫後君王都不接納，跟着以死進諫也可以。孔子離開魯國，曾進諫一次，又何需等到三諫後才離去？父親沒有罪而被誅殺，兒子替父親報仇，這是禮。仇人還活着的便斬他的首級，死的便鞭打他的屍體，以抒發最為悲憤的痛楚，這是別無其他選擇。所以以往的君子都為伍子胥的事感到哀痛而寬恕他，而揚雄難道不是別人的兒子嗎？至於霸佔楚國的宮室，是吳王闔閭和群臣的過錯，並非伍子胥的本意。勾踐被吳軍圍困於會稽，才能得到文種和范蠡兩個臣子，並且加以重用，若他們都是先與吳軍作戰後再極力進諫至死，那麼揚雄又會以伍子胥的罪名強加於他們兩人身上了。這都是孩童的淺見，沒有值得討論的地方。我只是不忍看見三位人物遭到誣陷，才替他們說話。

賞析與點評

在《東坡志林》中，蘇軾那種「遷謫流離之苦」、「顛危困厄之狀」，不時在字裏行間中流露出來。此則文字主要討論伍子胥、文種和范蠡三人的行事，批評揚雄挑剔三人的無理。當中「三諫而去，為人臣交淺者言也」的論述，除了是對伍子胥的肯定外，某程度也是蘇軾己身的注腳。知其不可為而退，這是相當容易的事；但明知其不可為而為之，卻需要極大的勇氣和決心。蘇軾表揚伍子胥的同時，其實也是肯定自己所選擇的道路，雖然終身顛沛流離，但仍不忘正言直諫，因為蘇軾由始至終，都不是也不願「為人臣交淺者」也。

論魯三桓[1]

魯定公十三年[2]，孔子言於公曰：「臣無藏甲，大夫無百雉之城[3]。」使仲由為季氏宰[4]，將墮三都[5]。於是叔孫氏先墮郈[6]。季氏將墮費[7]，公山不狃、叔孫輒率費人襲公[8]。公與三子入於季氏之宮[9]，孔子命申句須、樂頎下伐之[10]，費人北，二子奔齊，遂墮費。將墮成[11]，公斂處父以成叛[12]，公圍成，弗克。或曰：「殆哉，孔子之為政也，亦危而難成矣！」孔融曰[13]：「古者王畿千里，寰內不封建諸侯。」曹操疑其論建漸廣，遂殺融。融特言之耳，安能為哉？操以為天子有千里之畿，將不利己，故殺之不旋踵[14]。季氏親逐昭公[15]，公死於外，從公者皆不敢入，雖子家羈亦亡[16]。季氏之忌刻忮害如此[17]，雖地勢不及曹氏，然君臣相猜，蓋不減操也，孔子安能以是時墮其名都而出其藏甲也哉！考於《春秋》，方是時三桓雖若不悅，然莫能違孔子也。以為孔子用事於魯，得政與民，三桓畏之歟？則季桓子之受女樂也，孔子能卻之矣[18]。彼婦之口可以出走[19]，是孔子畏季氏，季氏不畏孔子也。孔子蓋始修其政刑，以俟三桓之隙也哉？

注釋

1魯三桓：魯國三大家族：季孫氏、叔孫氏及孟孫氏。三者後瓜分魯國。2魯定公十三年：《東坡七集．續集》卷八作「十二年」，《後集》卷十一作「十三年」。王案：孔子墮三都事，《春秋》、《左傳》《公羊傳》皆繫定公十二年，《史記．孔子世家》繫十三年。3「臣無藏甲」兩句：語出《史記．孔子世家》，意指大臣不應藏有兵甲，大夫的城也不能超過百雉（長三丈高一丈為一雉）。4仲由：字子路，魯國人，孔子門生。

季氏：季孫氏，魯三桓之一。5**墮**：同「隳」，毀壞。此指因其都邑過大，將有所調整，使其符合不過百雉的規定。6**叔孫氏**：魯三桓之一。郈（粵：後；普：hòu）：地名，叔孫氏都邑，在今山東東平。7**費**：地名，季孫氏都邑，在今山東費縣。8**公山不狃**（粵：扭；普：niǔ）：魯國季孫氏家臣，字子泄，費邑宰。魯定公十三年（前四九七），公山不狃、叔孫輒發動叛亂，率領費邑人襲擊魯公，事敗，逃到齊國。**叔孫輒**：魯國叔孫氏宗主叔孫州仇的兒子，與公山不狃一同發動叛亂。9**公**：指魯定公。**三子**：指魯三桓，季孫、孟孫、叔孫。10**孔子**：《史記》謂孔子當時為魯司寇。**申句須、樂頎**：其人事跡不詳。服虔注《左傳》謂二人為魯大夫。11**成**：古邑名，在今山東寧陽縣東北。12**公斂處父**：即公斂陽，春秋魯國人，孟孫氏家臣。13**孔融**：字文舉，東漢末年魯國曲阜（今山東曲阜）人，文學家，建安七子之一。因多次反對曹操的決定而被曹操殺死。14**不旋踵**：來不及回轉腳步，比喻時間之迅速。15**昭父**：魯昭公，魯國第二十四任君主。魯昭公二十五年（前五一七），季平子與郈昭伯鬥雞而引發爭拗，魯昭公借事討伐季孫氏，但大敗，被迫逃到齊國。16**子家羈**：即子家懿伯，魯莊公玄孫，魯昭公的大夫，多次勸諫魯昭公振作朝政，抵制季平子為首的三桓勢力。17**忌刻忮害**：嫉忌殘忍。18**「季桓子之受女樂也」兩句**：語出《論語・微子》：「齊人歸女樂，季桓子受之。三日不朝，孔子行。」齊國給魯國送了很多歌姬舞女，季桓子接受了，並且三天不上朝，孔子便離開了魯國。19彼婦之口可以出走：語出《孔子家語》：「彼婦人之口，可以出走。彼婦人之請，可以死敗。」王肅注謂：「言婦人口請謁（私下告求），足以使人死敗，故可出走。」

譯文

魯定公十三年（前四九七），孔子向魯定公說：「大臣不應藏有兵甲，大夫的城也不能超過百雉。」並派遣仲由為季孫氏的宰相，準備拆毀魯國三桓的三座都邑。於是叔孫氏首先拆毀了郈邑。季孫氏也將要拆毀費邑，公山不狃和叔孫輒率領費邑的人民攻打魯定公。定公與他三個兒子躲進季孫氏的宮室，孔子下命申句須、樂頎帶兵討伐公山不狃和叔孫輒所率領的費邑人民，費邑的人民戰敗，公山不狃和叔孫輒逃到齊國，費邑因此被拆毀。正當要拆毀成邑的時候，公斂處父帶領成邑的人民反叛，魯定公派兵包圍了成邑，不能攻入。有人說：「危險啊！孔子的執政，也是危險而且很難成功的！」孔融說：「古代的國王邦畿方圓千里，境內都不封建諸侯。」曹操懷疑他的議論建議所涉獵的事情越來越廣泛，於是殺死孔融。其實孔融只不過是說說罷了，怎會真的去做呢？曹操認為天子擁有千里的國土，將會對自己不利，所以很快就殺了孔融。季孫氏親自驅逐了魯昭公，魯昭公死於國外，跟從昭公的人都不敢回到魯國，即使是子家羈也逃走了。季孫氏的嫉妒殘忍到了這種地步，雖然他擁有的地位和權勢比不上曹操，然而君臣之間互相猜疑的程度，並不比曹操的情況好，孔子又怎能在這個時候拆毀三桓的都邑，並且收取他們的兵甲呢！考察《春秋》，當時三桓雖然心裏有所不滿，然而還不能違抗孔子。因為孔子治理魯國，得到民眾的擁戴。魯三桓因此而畏懼孔子嗎？若是這樣，那麼季桓子接受齊國的歌姬舞女，孔子就能制止他了。所謂「彼婦人之口，可以出走」，是孔子畏懼季氏，而季氏並不畏懼孔子啊。孔子當初修正魯國的政治刑罰，就是等待三桓之間的間隙出現吧！」

蘇子曰：此孔子之所以聖也。蓋田氏、六卿不服[1]，則齊、晉無不亡之道；三桓不臣，則魯無可治之理。孔子之用於世，其政無急於此者矣。彼晏嬰者亦知之[2]，曰：「田氏之僭，惟禮可以已之。在禮，家施不及國，大夫不收公利。」齊景公曰[3]：「善哉，吾今而後知禮之可以為國也！」嬰能知之而不能為之，嬰非不賢也，其浩然之氣[4]，以直養而無害，塞乎天地之間者，不及孔、孟也。孔子以羈旅之臣得政朞月[5]，而能舉治世之禮，以律亡國之臣，墮名都，出藏甲，而三桓不疑其害己，此必有不言而信，不怒而威者矣。孔子之聖見於行事，至此為無疑也。嬰之用於齊也，久於孔子，景公之信其臣也，愈於定公，而田氏之禍不少衰[6]，吾是以知孔子之難也。孔子以哀公十六年卒，十四年，陳恆弒其君[7]，孔子沐浴而朝，告於哀公曰：「請討之！」吾是以知孔子之欲治列國之君臣，使如《春秋》之法者，至於老且死而不忘也。或曰：「孔子知哀公與三子之必不從，而以禮告也歟？」曰：否，孔子實欲伐齊。孔子既告哀公，公曰：「魯為齊弱久矣，子之伐之，將若之何？」對曰：「陳恆弒其君，民之不予者半。以魯之眾，加齊之半，可克也。」此豈禮告而已哉？哀公患三桓之偪[8]，嘗欲以越伐魯而去之。夫以蠻夷伐國，民不予也，皋如、出公之事[9]，斷可見矣，豈若從孔子而伐齊乎？若從孔子而伐齊，則凡所以勝齊之道，孔子任之有餘矣。既克田氏，則魯之公室自張，三桓不治而自服也，此孔子之志也。

注釋

1田氏、六卿：齊國的田氏與晉國的六卿。2晏嬰：字仲，春秋齊國萊地夷維（今山東萊州市）人，後世稱為晏子，傳其言錄《晏子春秋》。3齊景公：齊國君主，名杵臼，在位時有晏嬰輔政，頗能納諫。4浩然之氣：語出《孟子．公孫丑上》，意謂浩大剛正的精神。5朞月：朞，通「期」，一整年。6田氏之禍：齊國卿大夫田氏家族取代呂氏為齊侯的事，史稱「田氏篡齊」。7陳恆：即田成子。魯哀公十四年（前四八一），田成子發動政變，殺死了齊簡公，並擁立齊簡公的弟弟齊平公為國君。8偪：同「逼」，侵逼。9皋（粵：高；普：gāo）如、出公之事：皋如，越國大夫；出公，衛出公。《左傳》載魯哀公二十六年，衛出公因內亂出逃，衛國公孫舒率軍聯合越國的皋如、后庸，以及宋國的樂茷護送衛出公回國。衛國將軍公孫彌牟向民眾說：「衛出公利用蠻夷越國攻打衛國，以致國家幾乎滅亡」，民眾都不願接納衛出公回國。由是衛出公的軍隊雖然大勝，但卻未能奪回帝位。

譯文

蘇子說：這就是孔子所以是聖人的原因了。齊國的田氏、晉國的六卿不服從政令，那麼齊國和晉國都沒有不滅亡的道理；魯國的三桓不臣服，那麼魯國就沒有可以治理好的道理。孔子要治理亂世，沒有比這個更急切的了。齊國的晏嬰也知道這一點，他說：「田氏僭越帝位，只有禮可以制止他。按照禮，私家的恩惠不能施行全國，大夫不能收取公家的利益。」齊景公說：「說得很好！我現在知道禮可以治理國家了！」晏嬰知道這個道理，但不能施行，並不是晏嬰不賢明，而是他所養的浩然正氣，正直而沒有加害他人的天地之心，並不及孔子和孟子啊。孔子以羈旅之臣的身份治理魯國一年，便能以治世的禮教，約束要破亡國家的權臣，拆毀他們的邑城，逼使他們獻出兵甲，而魯三桓並不懷疑孔子要加害他們，這其中必然有不用言語來表達的信義，不怒而有的威嚴。孔子的賢聖在他的行事當中表現出來，在這件事上，可以說是無疑了。晏嬰在齊國受重用的時間，遠比孔子長久，齊景公對他的信任，也超越了魯定公對於孔子的信任，可是田氏的禍亂並沒有因此而減少，我由此知道孔子治世的艱難啊。孔子在魯哀公十六年（前四七九）去世，魯哀公十四年（前四八一），陳恒弒殺了齊簡公，孔子即洗髮潔身上朝，告知魯哀公說：「請出兵討伐陳恆！」我由此知道孔子有意治理列國的君臣，使天下都能遵守《春秋》法制的決心，直到他年老甚至死亡也從來沒有遺忘。有人說：「孔子知道魯哀公和魯國三桓一定不會跟從，為什麼還以禮相告？」我說：這並不正確。孔子確實是想討伐齊國的。孔子既然告知魯哀公，魯哀公說：「魯國被齊國削弱多年了，你現在要討伐齊國，結果會是怎樣呢？」孔子回答：「陳恒弒殺齊國君主，民眾不接受的有一半。以魯國的兵眾，聯同齊國半數的民眾，是可以戰勝的。」這難道不就是以禮相告嗎？魯哀公憂慮三桓勢力的侵逼，曾經打算以越國來討伐三桓的勢力，但沒有實行。以蠻夷民族來討伐本國，民眾肯定不會接受的，皋如、出公的事，便斷然可見了，豈能與聽從孔子討伐齊國相比呢？如果聽從孔子出兵討伐齊國，那是用來戰勝齊國的方法，孔子是行之有餘的。戰勝田氏之後，魯國公室自然能擴張勢力，三桓不用治理而自然服從，這才是孔子的志向啊。

賞析與點評

此則主要提出「禮可以為國」的論點。蘇軾認為世代的君主所以未能行之，主要是因為沒有信心的緣故。以魯三桓之事為例，魯定公、魯哀公當初若能聽從孔子之說，魯國便可以復興起來，往後的禍患也就不會發生。從這點看來，蘇軾尊孔是很明顯的。

司馬遷二大罪

商鞅用於秦[1]，變法定令，行之十年，秦民大悅，道不拾遺，山無盜賊，家給人足，民勇於公戰，怯於私鬬。秦人富強，天子致胙於孝公[2]，諸侯畢賀。

蘇子曰：此皆戰國之遊士邪說詭論，而司馬遷闇於大道，取以為史。吾嘗以為遷有大罪二，其先黃、老[3]，後《六經》，退處士，進奸雄，蓋其小小者耳。所謂大罪二，則論商鞅、桑弘羊之功也[4]。自漢以來，學者恥言商鞅、桑弘羊，而世主獨甘心焉，皆陽諱其名而陰用其實[5]，甚者則名實皆宗之，庶幾其成功，此則司馬遷之罪也。秦固天下之強國，而孝公亦有志之君也[6]，修其政刑十年，不為聲色畋遊之所敗[7]，雖微商鞅[8]，有不富強乎？秦之所以富強者，孝公務本力穡之效[9]，非鞅流血刻骨之功也[10]。而秦之所以見疾於民，如豺虎毒藥，一夫作難而子孫無遺種[11]，則鞅實使之。至於桑弘羊，斗筲之才[12]，穿窬之智[13]，無足言者，而遷稱之，曰：「不加賦而上用足。」善乎，司馬光之言也[14]！曰：「天下安有此理？天地所生財貨百物，止有此數，不在民則在官，譬如雨澤，夏潦則秋旱[15]。不加賦而上用足，不過設法侵奪民利，其害甚於加賦也。」二子之名在天下者，如蛆蠅糞穢也，言之則汙口舌[16]，書之則汙簡牘。二子之術用於世者，滅國殘民覆族亡軀者相踵也[17]，而世主獨甘心焉，何哉？樂其言之便己也。夫堯、舜、禹，世主之父師也；諫臣拂士[18]，世主之藥石也；恭敬慈儉、勤勞憂畏，世主之繩約也。今使世主日臨父師而親藥石、履繩約，非其所樂也。故為商鞅、桑弘羊之術者，必先鄙堯笑舜而陋禹也，曰：「所謂賢主，專以天下適己而已。」此世主之所以人人甘心而不悟也。世有食鐘乳烏喙而縱酒色[19]，所以求長年者，蓋始於何晏[20]。晏少而富貴，故服寒食散以濟其欲[21]，無足怪者。彼其所為，足以殺身滅族者日相繼也，得死於寒食散，豈不幸哉！而吾獨何為效之？世之服寒食散，疽背嘔血者相踵也[22]，用商鞅、桑弘羊之術，破國亡宗者皆是也。然而終不悟者，樂其言之美便，而忘其禍之慘烈也。

注釋

1**商鞅**：戰國時代政治家，衛國國君的後裔，故又稱衛鞅，後在河西之戰中獲封於商，故又名商鞅。嘗協助秦孝公變革，使秦國成為富強大國。2**致胙**（粵：做；普：zuò）：古時天子祭祀後，將祭肉賞賜諸侯，以示祝福。3**黃、老**：黃帝、老子。黃老是道家早期的一種，主張清靜、無為之治。漢高祖即位後，即奉行黃老之治。《史記·太史公自序》亦有這種傾向，其「論六家要指」便是以道家為尚。及後班固《漢書》便批評《史記》「論大道則先黃、老而後《六經》，序游俠則退處士而進奸雄。」4**桑弘羊**：漢武帝時人，因智巧而獲漢武帝賞識，主持推行鹽、鐵、酒專賣制度，因功升為大司農中丞，又推行均輸法。5**陽諱其名而陰用其實**：表面避忌商鞅、桑弘羊之名，但卻暗中施行他們的方法。6**孝公**：即秦孝公。在位期間致力振興秦國，頒佈求賢令，又任用商鞅進行變法，使秦國成為富強大國。7**畋**（粵：田；普：tián）**遊**：畋獵遊樂。8**微**：無。9**力穡**（粵：色；普：sè）：指致力於農業發展。穡，農事。10**流血刻骨**：商鞅變法力主嚴刑峻法，使違法者受到流血刻骨之痛。11**一夫作難**：指陳勝、吳廣起義。12**斗筲之才**：斗、筲都是很小的容器，比喻才識器量狹小的人。13**穿窬**（粵：余；普：yú）：穿牆越壁的盜竊行為。14**司馬光**：字君實，號迂叟，陝州夏縣（今山西夏縣）人，北宋政治家，主持編纂了中國第一部編年體通史《資治通鑑》。15**澇**（粵：路；普：lào）：水災。16**污**：弄髒。17**相踵**：接踵而來。18**拂士**：輔弼君主的賢士。19烏喙：有毒植物，但可以入藥。20何晏：字平叔，南陽宛縣（今河南南陽）人，三國時期曹魏玄學家，漢末大將軍何進的孫子，曹操的養子。21寒食散：又名五石散，源於秦代而盛行於魏晉，以石鐘乳、紫石英、白石英、石硫磺、赤五脂五味石藥合成，類近今日的毒品，服食後身體發熱。22疽背：背上生毒瘡。

譯文

商鞅受秦國重用，實行變法，定立政令，推行了十年，秦國的民眾都很歡喜，人人道不拾遺，山中沒有盜賊，家家自給，人人豐足，民眾勇於為國家戰鬥，而害怕私自爭鬥。秦國富強，周天子把祭肉賞賜給秦孝公，諸侯都前來道賀。

蘇子說：這些都是戰國時代游說之士的邪說詭辯，而司馬遷不明大道，把它寫成歷史的材料。我經常認為司馬遷有兩項大罪，他把黃老之說放在《六經》之上，貶退處士，舉薦奸雄，這些還是屬於小過。所謂第二項大罪，是他論說商鞅和桑弘羊的功績。自從漢代以來，學者都恥於提及商鞅和桑弘羊，只有歷代的君主才鍾情於他們，而且表面上都是隱諱他們的名字而暗地裏採用他們的方法，甚至有君主表裏都遵循他們的做法，希望能因此而成功，這應當是司馬遷的罪過。秦國本來是天下的強國，而秦孝公也是一位有志向的君主，十年間修繕秦國的政治刑罰，不為聲色遊獵而動心，即使沒有商鞅，豈有不富強的道理？秦國所以富強，是因為秦孝公從根本上鼓勵農耕的功效，而非商鞅嚴刑峻法的功勞。而後來秦國所以遭到民眾的痛恨，就如同豺虎毒藥一樣，一旦有人發動叛變便覆亡了秦國的所有子孫，這實際上是商鞅所導致的惡果。至於桑弘羊，只有短淺的才識，穿壁翻牆的小智慧，毫無值得稱道的地方，然而司馬遷卻稱讚他，說：「不增加賦稅而國家的財政用度又充足。」說得好啊，司馬光的言論！他說：「天下怎會有這種道理？天地所生成的財貨器物，只有一定的數量，不在民眾手中便是在官府手中，譬如每年的降雨，夏天水災水多，那樣秋天便會乾旱。所謂不加賦稅而國家財政充足，只不過是設法侵奪民眾的利益，它的禍害甚至比增加賦稅還要嚴重。」商鞅和桑弘羊兩人的名聲，就如同蛆蠅吸糞，談論起來都玷污了口舌，記下來簡直弄髒了簡冊。這兩人的道術假如用之於世，國家滅亡、殘害民眾、種族覆亡、身軀毀滅的禍患便會接踵而來，然而國君卻甘心仿效，為何呢？是喜歡他們的言論能方便自己罷了。堯、舜、禹，是國君的師父；諫臣和賢士，是國君的良藥；恭敬仁慈節儉、勤勞憂心畏懼，是國君的約束。現在讓國君每天親臨師父的教誨，接受良藥，履行各種規約，並不是他們所樂見的。所以要推行商鞅、桑弘羊方法的，首先便要鄙視唐堯，譏笑虞舜，而以大禹為愚陋，說：「所謂賢明的君主，是要令天下服從自己罷了。」這就是世代的君主所以甘心而不醒悟的緣故。世人有服食鐘乳、烏喙而縱情酒色以求長壽的人，大概就是從何晏開始。何晏少時便很富貴，所以服食寒食散以達到他的慾望，這並不奇怪。但他的所作所為，足以導致日後殺身滅族之禍患接踵而來，何晏能夠死於寒食散，豈不是他的僥倖！但我為何還要仿效他呢？世上服食寒食散的人，背上生毒瘡、吐血的事相繼發生，這就正如運用商鞅、桑弘羊的方法治國，而導致國破家亡的情況比比皆是。然而人們最終還是不醒悟，而且還樂於聽從他們漂亮便捷的言論，而忘卻它們禍害的慘烈。

賞析與點評

此則以怪罪司馬遷而引起討論，蘇軾認為司馬遷撰寫《史記》有兩大罪責，一則先黃老而後《六經》，二則論商鞅、桑弘羊之功。兩者比較起來，前者輕視《六經》，可謂儒家的罪人，而後者多少也能令國家興盛一時，罪行當不及前者。然而蘇軾在提倡尊孔、「禮可以治國」後，竟然說前者的罪責只是「蓋其小小者耳」，從而突顯後者為禍之烈（利益為先），更有甚於輕視《六經》的行為。蘇軾如此論述，明顯是指桑罵槐，尤其是對桑弘羊的批評，暗地裏其實是指責王安石推行桑弘羊的均輸法。理解這種背景來讀這則文字，便更能欣賞蘇軾行文鋪排之妙。只是，不同的時代、不同的社會、不同的人，對於義和利、事功和禮制看法不一，不可一面倒地批判。

論范增[1]

漢用陳平計[2]，間疏楚君臣。項羽疑范增與漢有私，稍奪其權。增大怒曰：「天下事大定矣，君王自為之，願賜骸骨歸卒伍[3]！」歸未至彭城，疽發背死[4]。

注釋

1范增：秦末居巢（今安徽巢湖市）人，項羽謀臣幕僚，並獲「亞父」之尊稱。2陳平：陽武戶牖鄉（今河南蘭考縣）人，以謀略見長，初在項羽麾下，後因得罪范增，逃歸劉邦帳下。西漢建立後，先後任左右丞相，受封戶牖侯、曲逆侯。嘗巧施離間計，造謠范增與劉邦往來，引起項羽懷疑，范增因此憤怒辭官而去。3卒伍：周代軍隊編制的代稱，以五人為伍，五伍為兩，四兩為卒，五卒為旅。此代指歸為平民。4疽：毒瘡。《史記．陳丞相世家》載范增辭官罷歸，未至彭城，背部毒瘡發作而死。

譯文

漢高祖用陳平的計策，疏間楚國君臣。項羽懷疑范增與漢王勾結，稍稍剝奪范增的權力。范增怒說：「天下大局已定，君王好自為之，願陛下允許我辭官歸去！」范增還未回到彭城，背上的毒瘡便發作而死。

蘇子曰：增之去，善矣，不去，羽必殺增，獨恨其不蚤耳[1]。然則當以何事去？增勸羽殺沛公，羽不聽，終以此失天下，當於是去耶？曰：否。增之欲殺沛公，人臣之分也，羽之不殺，猶有君人之度也，增曷為以此去哉[2]？《易》曰：「知幾其神乎[3]。」《詩》曰：「相彼雨雪，先集維霰[4]。」增之去，當以羽殺卿子冠軍時也[5]。

注釋

1蚤：通「早」。2曷：何。3知幾其神乎：語出《周易．繫辭下》：「神道微妙，寂然不測，人若能豫知事之幾微，則能與神道合會也。」意謂見微知著。4「相彼雨雪」兩句：語出《詩經．小雅．頍弁》：「如彼雨雪，先集維霰。」大雨雪前，氣溫必然微微上升，而雪下的時候遇到溫暖的氣流會形成霰。意喻見微知著。5卿子冠軍：楚懷王臣子宋義的尊號。楚懷王以宋義、項羽、范增為將，領兵參與鉅鹿之戰。宋義囤軍安陽（今山東曹縣東南），項羽欲急打秦軍，為叔父項梁報仇，因而催促宋義，但宋義未加理會。及後項羽借辭宋義謀反，闖入帳中，斬其首級。

譯文

蘇子說：范增的離去，是正確的，不離去的話，項羽必定會殺害范增，只痛恨他不早些離去。那麼應該以何事而離去？范增勸項羽殺了劉邦，項羽不聽，最終因為這樣而失去天下，應當是這個時候嗎？我說：不是。范增要殺害劉邦，這是盡了人臣的職分，項羽不殺劉邦，是表現出他還有君子的風度，范增又怎能因此而去呢？《易經》說：「知道微小的事機是神妙的。」《詩經》說：「好像下雪以前，先會凝結霰雪。」范增的離去，應當在項羽殺害卿子冠軍的時候。

陳涉之得民也[1]，以項燕、扶蘇[2]；項氏之興也，以立楚懷王孫心[3]。而諸侯叛之也，以弒義帝也[4]。且義帝之立，增為謀主矣[5]，義帝之存亡，豈獨為楚之盛衰，亦增之所以同禍福也，未有義帝亡而增獨能久存者也。羽之殺卿子冠軍也，是弒義帝之兆也。其弒義帝，則疑增之本心也，豈必待陳平哉！物必先腐也而後蟲生之，人必先疑也而後讒入之，陳平雖智，安能間無疑之主哉？吾嘗論義帝，天下之賢主也。獨遣沛公入關而不遣項羽，識卿子冠軍於稠人之中[6]，而擢以為上將[7]，不賢而能如是乎？羽既矯殺卿子冠軍，義帝必不能堪，非羽弒帝，則帝殺羽，不待智者而後知也。增始勸項梁立義帝，諸侯以此服從，中道而弒之，非增之意也。夫豈獨非其意，將必力爭而不聽也。不用其言，殺其所立，項羽之疑增必自是始矣。方羽殺卿子冠軍，增與羽比肩而事義帝，君臣之分未定也。為增計者，力能誅羽則誅之，不能則去之，豈不毅然大丈夫也哉？增年已七十，合則留，不合則去，不以此時明去就之分，而欲依羽以成功，陋矣。雖然，增，高帝之所畏也，增不去，項羽不亡。嗚呼，增亦人傑也哉！

注釋

1 **陳涉**：即陳勝，字涉，秦南陽郡陽城（今河南方城縣）人，秦末農民起義軍首領。

2 **項燕**：楚國下相（今江蘇宿遷）人，戰國末年楚國大將，項羽的祖父，曾兩次大敗秦軍。陳勝、吳廣起義時，便打着「項燕」的名字以號召群眾。扶蘇：秦始皇長公子，被趙高和李斯謀害。陳勝、吳廣起義時，也以「公子扶蘇」的名義起兵，號召群眾。

3 **楚懷王孫心**：即熊心，楚懷王之孫。項梁起事，採范增的建議，以楚懷王之後為號召。後項羽自立為西楚霸王，亦尊稱熊心為義帝。4 **義帝**：即熊心。後被項羽暗殺。

5 **謀主**：出主謀的人。6 **稠人**：眾人。7 **擢**：提拔、選用。

譯文

陳涉所以取得民心，是因為以項燕和扶蘇的名義為號召；項氏的興起，也是憑藉以楚懷王孫熊心為王。而諸侯叛離，也是因為項羽殺害了義帝（楚懷王孫熊心）。況且立義帝之舉，范增是出主謀的人，義帝的存亡，豈止關聯到楚國的盛衰，也聯繫到范增的禍福，沒有義帝死而范增能獨自長存的道理。項羽殺了卿子冠軍，是他弒殺義帝的先兆。他弒殺義帝，便是懷疑范增的本意，難道一定要等待陳平的離間計嗎？萬物一定是先腐爛然後才生蛆蟲，人際之間的關係也必定是先有所懷疑，然後讒言才能夠進入。陳平雖然有智謀，但又怎能離間沒有疑心的君主呢？我曾經論說義帝是天下間賢明的君主，他只派遣劉邦進兵關中而不派遣項羽，在眾人之中發現了卿子冠軍的才能，提拔他為上將，不賢明的君主能做到這樣嗎？項羽既然假託君命殺了卿子冠軍，義帝便一定不能接受，不是項羽弒殺義帝，便是義帝殺害項羽，這些不用智者都可知道。當范增一開始勸項梁立義帝為王，諸侯因此而服從項氏，中途弒殺了義帝，這並非范增的原意。這豈止不是他的原意，他肯定是極力爭取而項羽不聽從。不聽范增的諫言，殺了他提議立的義帝，項羽懷疑范增一定是從這時開始的。當項羽殺害卿子冠軍的時候，范增與項羽都是並肩事從義帝的，他們之間的君臣關係並未確定。我想范增所能做的，是如果有能力誅殺項羽便誅殺他，沒有能力的話就離去，如此的話豈不成為了大丈夫嗎？范增已經七十歲了，志向相合便留下，不合便離去，不應在這個時候才明確去留，若他想依靠項羽取得成功，這是他的疏陋。雖然是這樣，范增仍然是漢高祖所畏懼的人物，范增一日不離開項羽，項羽是不會滅亡的。呀！范增也是一位傑出的人物啊！

賞析與點評

蘇軾此則文字提出「見微知著」的道理。世人以為項羽殺害范增是因為陳平的離間計，但蘇軾認為不是。項羽殺害卿子冠軍，就是表明他會殺害義帝，他殺害義帝也就是說他會殺害范增，而只要范增一離去，項羽便會滅亡。也就是說，蘇軾認為楚漢成敗的關鍵，早在項羽殺害卿子冠軍的時候便已經確定了。「物必先腐也而後蟲生之」，萬物都是先腐敗然後衰亡，人心也是這樣，故此做人絕不可有絲毫的邪心。

游士失職之禍[1]

春秋之末，至於戰國，諸侯卿相皆爭養士。自謀夫說客、談天雕龍、堅白同異之流[2]，下至擊劍扛鼎[3]、鷄鳴狗盜之徒[4]，莫不賓禮，靡衣玉食以館於上者，何可勝數。越王勾踐有君子六千人；魏無忌、齊田文、趙勝、黃歇、呂不韋[5]，皆有客三千人；而田文招致任俠奸人六萬家於薛[6]，齊稷下談者亦千人[7]；魏文侯、燕昭王、太子丹[8]，皆致客無數。下至秦、漢之間，張耳、陳餘號多士[9]，賓客廝養皆天下豪傑，而田橫亦有士五百人[10]。其略見於傳記者如此，度其餘[11]，當倍官吏而半農夫也。此皆奸民蠹國者[12]，民何以支而國何以堪乎？

注釋

1游士：戰國時的説客。失職：失業、失所。2談天：即談天衍，鄒衍，戰國齊人，善雄辯。雕龍：即雕龍奭，騶奭，齊國稷下宮學者，因辯有雕龍之聲得名。堅白同異：指戰國時公孫龍的「離堅白」和惠施的「合同異」之説。公孫龍認為「堅」與「白」是脱離「石」而獨立存在的實體，從而誇大了事物之間的差別；惠施則以「合同異」的同一，否定了差別的存在。3擊劍扛鼎：指武士、力士。4雞鳴狗盜：技能卑下的人。5魏無忌：即信陵君，魏昭王的兒子，與平原君、孟嘗君、春申君合稱「戰國四公子」。魏無忌為人寬厚，禮賢下士，有食客（謀士）三千。齊田文：即孟嘗君，戰國四公子之一，齊國宗室大臣，以廣招賓客，食客三千聞名。趙勝：即平原君，趙惠文王的弟弟，戰國四公子之一，以善養士聞名。黃歇：即春申君，戰國四公子之一，楚考烈王時令尹，有門客三千多人，其數量在「戰國四公子」中居首。呂不韋：戰國時衞國著名商人，後為秦相，廣招門客，並與門客撰成《呂氏春秋》。6田文招致任俠奸人六萬家於薛：語出《史記．孟嘗君列傳》：「孟嘗君招致天下任俠奸人入薛中，蓋六萬餘家矣。」薛，地名，在今山東棗莊市。7稷下：地名，在今山東淄博市。齊宣王時，在稷下置學宮，招致天下名士，百家之學，會集於此。**亦千人**：原作「六千人」，從《百川》本、《東坡七集・後集》卷十一、《續集》卷八改。8**魏文侯**：名斯，《史記・儒林列傳》謂之「好學」，常請教孔子弟子子夏及再傳弟子田子方、段干木等人。**燕昭王**：名職，登位之初，四處尋覓治國良才，又禮待老臣郭隗，築宮而敬以為師，致使各國群賢聚集燕國。**太子丹**：姬姓，名丹，戰國末年燕王喜的太子，召賓客，養壯士，以報秦仇。後得刺客荊軻，惜刺秦未成，最後秦伐燕，太子丹被燕王喜所殺。9**張耳**：大梁（今河南開封）人，年少時是魏國信陵君的門客。陳勝起兵時，與陳餘獲任命為左右校尉。西楚霸王項羽封為常山王，後來漢高祖劉邦封為趙王。**陳餘**：大梁（今河南開封）人，早年遊學趙國苦陘，嘗參與陳勝的起事。10**田橫**：田齊宗室，秦末狄縣（今山東高青東南）人，曾為齊國宰相，並一度自立為齊王。後兵敗，逃於海島。漢高祖劉邦逼降，田橫不屈，自刎而死，其門客五百人皆自盡殉主。11**度**：忖度。12**蠹**（粵：妒；普：dù）**國**：禍害國家。蠹，蛀蟲。

譯文

春秋末年，至於戰國時期，諸侯公卿都爭相招納士人。上自謀士說客、談論五德終始的鄒衍、文辭飾若雕龍的騶奭、雄辯堅白離異的公孫龍、申說合同異的惠施之輩，下至善於擊劍扛鼎的武士力士、雞鳴狗盜之徒，都沒有不得到賓客之禮相待，衣着華麗，享用精美佳餚，住在上等館舍，不能勝數。越王勾踐有君子賓客六千人；魏國信陵君魏無忌、齊國孟嘗君田文、趙國平原君趙勝、楚國春申君黃歇、秦國宰相呂不韋，都各自有賓客三千人；而孟嘗君田文廣招天下俠客奸盜六萬家於薛地，齊國稷下能言善辯的也有千人；魏文侯、燕昭王、燕太子丹，都招徠無數的賓客。發展到秦、漢之際，張耳、陳餘都號稱士人眾多，所養的賓客都是天下豪傑之士，而田橫也有五百士人。見於史書傳記的大約便是如此，推想其餘所養的士人，當為官吏的一倍而為農民的一半。這些都是損害國家的奸民，民眾如何支付他們的使費？國家又憑什麼可以維持？

蘇子曰：此先王之所不能免也。國之有奸也，猶鳥獸之有鷙猛[1]，昆蟲之有毒螫也[2]。區處條理，使各安其處，則有之矣；鋤而盡去之，則無是道也。吾考之世變，知六國之所以久存而秦之所以速亡者，蓋出於此，不可以不察也。夫智、勇、辯、力，此四者，皆天民之秀傑者也。類不能惡衣食以養人，皆役人以自養者也，故先王分天下之貴富與此四者共之。此四者不失職[3]，則民靖矣[4]。四者雖異，先王因俗設法，使出於一：三代以上出於學，戰國至秦出於客，漢以後出於郡縣吏，魏、晉以來出於九品中正[5]，隋、唐至今出於科舉，雖不盡然，取其多者論之。六國之君虐用其民，不減始皇、二世，然當是時，百姓無一人叛者，以凡民之秀傑者多以客養之，不失職也。其力耕以奉上，皆椎魯無能為者[6]，雖欲怨叛，而莫為之先，此其所以少安而不即亡也。

注釋

1鷙（粵：自；普：zhì）：性情兇猛的鳥。猛：兇惡。2毒螫（粵：sik[7]；普：shì）：有毒的昆蟲。3此四者：「此」原作「其」，從《百川》本、《東坡七集．後集》卷十一、《續集》卷八改。4靖：安定。5九品中正：魏晉選拔人才的方法。6椎魯：愚鈍。

譯文

蘇子說：這是先王時代都不能避免的事。國家中有奸民，就像鳥獸中有兇猛的、昆蟲中有毒螫的一樣。只要把他們有條理地區別處置，讓他們各得其所，這是正常的事；若然把他們全部都鏟除，就沒有這個道理了。我考察世界的演變，明白六國之所以能長久，而秦國之所以迅速滅亡的原因，大概就是在這裏，不可以不仔細考察。智慧、勇敢、善辯、有力，這四種人，都是天下民眾中優秀傑出的人才。這四種人都接受不了衣食差劣，更不願養活別人，都是役使別人來養活自己的，所以先王分出天下的富貴給予這四類人。若這四類人不失去職守，那麼民眾就自然安定了。這四種人雖然各有不同，先王總是根據情況想盡辦法，使他們都歸於一途：夏商周以前出於學士，戰國至秦國出於賓客，漢代以後出於郡縣官吏，魏、晉出於九品中正制，隋、唐至今出於科舉，雖然未能盡錄，但大多數都是這樣。戰國時，六國國君虐待民眾，程度並不輕於秦始皇、秦二世，但在當時，民眾並沒有一人反叛，這是因為凡是優秀的人大都成為賓客，不失去他們的職守。那些以力氣耕作來奉獻的人，都是愚鈍而無所作為的，他們雖然也很怨恨，也想反叛，可是沒有人帶領他們。這就是當時很少安定而又不迅速滅亡的原因了。

始皇初欲逐客，因李斯之言而止。既并天下，則以客為無用，於是任法而不任人，謂民可以恃法而治，謂吏不必才取，能守吾法而已。故墮名城，殺豪傑，民之秀異者散而歸田畝。向之食於四公子、呂不韋之徒者，皆安歸哉？不知其能槁項黃馘以老死於布褐乎[1]？抑將輟耕太息以俟時也[2]？秦之亂雖成於二世，然使始皇知畏此四人者，有以處之，使不失職，秦之亡不至若是速也。縱百萬虎狼於山林而飢渴之，不知其將噬人，世以始皇為智，吾不信也。楚、漢之禍，生民盡矣，豪傑宜無幾，而代相陳豨從車千乘[3]，蕭、曹為政[4]，莫之禁也。至文、景、武之世[5]，法令至密，然吳王濞、淮南、梁王、魏其、武安之流[6]，皆爭致賓客，世主不問也。豈懲秦之禍，以為爵祿不能盡縻天下士[7]，故少寬之，使得或出於此也耶？若夫先王之政則不然，曰：「君子學道則愛人，小人學道則易使也。」[8]嗚呼，此豈秦、漢之所及也哉！

注釋

1不知其：「其」原作「俟」，從《百川》本、《東坡七集．後集》卷十一、《續集》卷八改。槁項黃馘：枯瘦的項頸，發黃的面容，形容非常飢瘦。布褐：粗布衣，意指生活低賤。2輟耕太息以俟時：語出《史記．陳涉世家》：「陳涉少時，嘗與人傭（僱傭）耕，輟（停止）耕之壟上，悵恨久之，曰：『苟富貴，無相忘。』庸者笑而應曰：『若為庸耕，何富貴也？』陳涉太息（歎息）曰：『嗟乎！燕雀安知鴻鵠之志哉！』」俟時，等待時機。俟，原作「候」，從《百川》本、《東坡七集．後集》卷十一、《續集》卷八改。3陳豨（粵：希；普：xī）：西漢宛朐（今山東荷澤）人，西漢大臣，封陽夏侯，好賓客。西漢時，趙國相國周昌看見陳豨隨行賓客有一千多輛車子，因而告之漢高祖，恐其謀反。後陳豨自立為代王，劫掠了趙國。最後陳豨被樊噲的部下所殺。4蕭、曹：漢初丞相蕭何與曹參。5文、景、武：西漢文帝、景帝、武帝。《漢書．刑法志》謂文、景兩帝用刑頗重，又言武帝用酷吏。6吳王濞（粵：弊；普：bì）：劉濞，漢高祖劉邦兄長劉仲長子，封吳王。劉濞在封國內鑄錢煮鹽，減輕賦稅以招徠「天下亡命者」（逃亡的人）以擴張勢力。後漢景帝時，發動七國之亂謀反，兵敗而亡。吳王濞，原脱「王」字，從《東坡七集・後集》卷十一、《續集》卷八補。淮南：淮南王劉安，漢高祖劉邦之孫，封淮南王。劉安「招致賓客方術之士數千人」，並撰成《鴻烈》（即後世所稱《淮南子》一書）。《漢書》記載，漢武帝時，劉安因被告謀反而畏罪自殺。梁王：梁孝王劉武，漢文帝嫡次子，先封代王，後改封梁王，招延四方豪傑，使得「自山以東游説之士莫不畢至」。後嘗爭奪皇儲之位，事未成而病死。魏其：魏其侯竇嬰，西漢清河觀津（今河北清河）人，漢文帝皇后竇氏堂兄之子，以軍功封侯，其時「諸游士賓客爭歸」其門。後隨太后竇氏的去世而失勢，最後被處斬。武安：武安侯田蚡，漢武帝的舅父，卑下賓客以求拜相。後乘魏其侯竇嬰的失勢而得以成為宰相。7縻（粵：微；普：mí）：牽制、維繫。8「君子學道則愛人」兩句：語出《論語・陽貨》，意謂君子學道則會愛護別人，小人學道則容易被人使喚。

譯文

秦始皇當初打算驅逐賓客，因為李斯的言論而停止。統一天下後，秦始皇認為賓客已經無用，於是任用法令而不任用人才，認為民眾都可以用法令來統治，官吏不必根據才能來選拔，只要能遵守國法的便可以了。所以拆毀名城，誅殺豪傑，把那些優秀突出的人解散到田裏去。一向依靠戰國四公子和呂不韋供養的人，他們可以到哪裏去？不知道他們能否臉黃頸瘦般老死在粗布短褐的貧苦生活中？還是他們會輟耕歎息，等待時機到來？秦朝的亂事雖然在秦二世時形成，然而假若秦始皇知道要畏懼這四種人，設法安置他們，使他們不失去職守，那樣秦國的滅亡不至於這樣迅速。從山林中釋放成千上萬飢渴的虎狼，而不知道他們將會出來咬人，世人以為秦始皇有智慧，我並不相信。楚、漢相爭之禍患，百姓都差不多死光了，豪傑也應該所剩無幾，然而跟隨代王陳豨身後的車子居然有千輛之多，蕭何、曹參執掌政權，但都不能禁止。到了漢文帝、景帝、武帝時代，法令已相當嚴密，可是吳王劉濞、淮南王劉安、梁王劉武、魏其侯竇嬰、武安侯田蚡之輩，都爭相招徠賓客，這是國主不過問的緣故。難道是吸取了秦朝滅亡的教訓，認為朝廷的爵祿不能縛盡天下的士人，所以稍為寬限，使他們或能由此得到出路嗎？至於古代先王的政治並不是這樣，孔子說過：「君子學道則會愛護別人，小人學道就容易被人役使。」呀！這哪裏是秦漢時代所能趕上的啊！

賞析與點評

此則文字以游士失去職務而引發的禍患說起，指出秦漢之間的禍亂，很多都是與這批游士有關。然而蘇軾最想帶出的訊息，應該是最後孔子所說的一段話：「君子學道則愛人，小人學道則易使也。」認為即使後世能夠收納這批人士，讓他們不投閒置散，但最終也不及先王以禮教管治天下之政。

趙高李斯[1]

秦始皇帝時，趙高有罪，蒙毅案之[2]，當死，始皇赦而用之。長子扶蘇好直諫，上怒，使北監蒙恬兵於上郡[3]。始皇東遊會稽[4]，並海走瑯琊[5]，少子胡亥、李斯、蒙毅、趙高從[6]。道病，使蒙毅還禱山川[7]，未反而上崩。李斯、趙高矯詔立胡亥[8]，殺扶蘇、蒙恬、蒙毅，卒以亡秦。

注釋

1 **趙高**：秦國宦官。秦始皇駕崩時，趙高與公子胡亥、丞相李斯合謀偽造遺詔，立胡亥為帝，並矯詔賜死公子扶蘇，囚禁蒙恬。李斯死後，趙高出任中丞相，獨攬朝政，後逼殺秦二世另立王子嬰為秦帝，最後被子嬰所殺。2 **蒙毅**：秦朝名將蒙恬之弟。早年趙高犯罪，蒙毅任廷尉，曾經判以死刑，後因秦始皇不捨而赦免趙高。趙高矯帝詔後，蒙毅和兄長蒙恬都被逮捕禁錮，最後處死。3 **蒙恬**：秦朝名將。秦始皇長子扶蘇因數諫秦始皇，被貶上郡，為蒙恬的監軍，因而二人關係密切。**上郡**：地名，在今陝西榆林、延安一帶。4 **始皇東遊**：始皇三十七年（前二一一），秦始皇第四次出巡，先至雲夢澤，然後循江而下，過丹陽、錢塘、浙江，上會稽山祭祀大禹，並在山上勒石。回程傍海而行，北至瑯琊，中途得病，命蒙毅先回去禱祭山川，為始皇免災，但還未返回，秦始皇便駕崩了。**會稽**：地名，在今江蘇蘇州城區。5 **瑯琊**：地名，在今山東膠南瑯琊臺。6胡亥：秦朝的第二任皇帝，後世多稱之為秦二世。7禱：祭祀、禱告。8矯詔：假造皇帝的詔書。

譯文

秦始皇在位的時候，趙高犯了法，蒙毅負責審理這件案件，認為依法應判處趙高死刑，但秦始皇赦免了趙高並且任用他。長子扶蘇經常直諫，秦始皇因而發怒，調配扶蘇到上郡監督蒙恬的軍隊。秦始皇往東方巡視會稽，沿海而到瑯琊，少子胡亥、李斯、蒙毅、趙高都有跟隨。秦始皇在途中得了病，命令蒙毅返回禱告山川，蒙毅未及返回，秦始皇便駕崩。李趙、趙高假造詔書立胡亥為皇帝，殺扶蘇、蒙恬、蒙毅，最終秦國因此而滅亡。

蘇子曰：始皇制天下輕重之勢，使內外相形以禁奸備亂者，可謂密矣。蒙恬將三十萬人，威振北方，扶蘇監其軍，而蒙毅侍帷帳為謀臣[1]，雖有大奸賊，敢睥睨其間哉[2]？不幸道病，禱祠山川尚有人也，而遣蒙毅，故高、斯得成其謀。始皇之遺毅，毅見始皇病，太子未立而去左右，皆不可以言智。然天之亡人國，其禍敗必出於智所不及。聖人為天下，不恃智以防亂，恃吾無致亂之道耳。始皇致亂之道，在用趙高。夫閹尹之禍[3]，如毒藥猛獸，未有不裂肝碎膽者也。自書契以來，惟東漢呂強、後唐張承業二人號稱善良[4]，豈可望一二於千萬，以致必亡之禍哉？然世主皆甘心而不悔，如漢桓、靈，唐肅、代[5]，猶不足深怪，始皇、漢宣皆英主[6]，亦湛於趙高、恭、顯之禍[7]。彼自以為聰明人傑也，奴僕熏腐之餘何能為[8]，及其亡國亂朝，乃與庸主不異。吾故表而出之，以戒後世人主如始皇、漢宣者。或曰：「李斯佐始皇定天下，不可謂不智。扶蘇親始皇子，秦人戴之久矣，陳勝假其名猶足以亂天下，而蒙恬持重兵在外，使二人不即受誅而復請之，則斯、高無遺類矣。以斯之智而不慮此，何哉？」蘇子曰：嗚呼，秦之失道，有自來矣，豈獨始皇之罪？自商鞅變法，以誅死為輕典，以參夷為常法[9]，人臣狼顧脅息[10]，以得死為幸，何暇復請！方其法之行也，求無不獲，禁無不止，鞅自以為軼堯、舜而駕湯、武矣[11]。及其出亡而無所舍[12]，然後知為法之弊。夫豈獨鞅悔之，秦亦悔之矣。

注釋

1帷幄：軍隊中的帳幕。2睥睨：斜着眼睛看人，引申為窺視的意思。3閹尹：宦官。4呂強：字漢盛，河南成皋（今河南滎陽）人，漢靈帝時宦官，為人清忠奉公。漢靈帝欲封呂強為侯，呂強以「非功臣不侯」拒絕，又嘗上書陳事，指斥當朝宦官的不當。張承業：字繼元，同州（今陝西大荔縣）人，唐僖宗時宦官，以忠心、正直著稱。

5桓：漢桓帝劉志。在位期間，宦官權勢日盛，太學生上言不聽，反而加以逮捕，引發東漢第一次「黨錮之禍」。靈：漢靈帝劉宏。在位期間，寵信宦官張讓等人，引發了第二次黨錮之禍，殺死了太學生百餘人。肅：唐肅宗李亨。唐朝宦官掌管軍權便是從李亨開始。李亨寵信宦官李輔國，擢為元帥府行軍司馬，李輔國因而得以擅掌權政。代：唐代宗李豫。李豫因由宦官擁立而得位，故寵信宦官，並以其統率禁軍和擔任樞密使之職。6漢宣：漢宣帝劉病已。任內整飭吏治，與民休息，又平定匈奴、羌亂。7恭：漢宣帝時宦官弘恭，因得宣帝賞識，封為中書令。宣帝死後，元帝即位，弘恭及石顯與史高及鄭明等人勾結，排斥大臣蕭望之、劉更生、周堪等人。顯：漢宣帝、元帝時宦官石顯，先後任中黃門、中書僕射、中書令等職。元帝沉溺聲色，朝中大權由石顯把持。8熏腐：腐刑，即宮刑。9參夷：誅滅三族的酷刑。參，原作「慘」，從《百川》本、《東坡七集．後集》卷十一、《續集》卷八改。10狼顧：狼天性狡詐，走路時常回頭觀看動靜。狼顧喻人有所畏懼。脅息：屏氣、斂息，形容恐懼之至。11軼：超過。12出亡而無所舍：《史記．商君列傳》記載秦孝公去世，秦惠王繼位，有人誣告商鞅謀反，惠王派人逮捕他。商鞅逃到邊關，晚上打算投宿，因沒有帶備身份證件，店主不知道是商鞅本人，害怕新法連坐而不敢收容他。商鞅只能哀歎道：「嗟乎，為法之敝一至此哉！」

譯文

蘇子說：秦始皇控制天下輕重的形勢，使得朝廷內外互相制約以禁止奸賊防備叛亂，可以說是相當周密了。蒙恬統率三十萬大軍，威振北方，又以扶蘇監督其軍事，而蒙毅則在宮中成為謀臣，即使有大奸賊，誰敢窺視其間？秦始皇不幸在途中得病，可派遣回去禱告山川的大有人在，而偏偏派遣了蒙毅，所以趙高和李斯才有機會達成他們的陰謀。秦始皇派遣蒙毅，蒙毅明知秦始皇病重，在太子尚未確立的時候離開，都不能算是有智慧。然而天意要滅亡一個國家，它的禍患和敗亡都肯定是智慮所不能顧及的。聖人治理天下，並不是依靠智謀來防備禍亂，而是以不會導致禍亂的方法行事。秦始皇釀成禍亂的原因，在於任用趙高。閹宦的禍患，就如同毒藥猛獸，沒有不使人裂肝碎膽的。自有文字記載以來，只有東漢的呂強、後唐的張承業兩個宦官可以稱得上善良，豈能盼望在成千上萬的宦官中求得這一兩個善良的？所以最終導致必然滅亡的禍患。然而世上的君主都甘心如此而不後悔，如漢桓帝、靈帝、唐肅宗、代宗，他們這樣都不值得深深怪責，但秦始皇、漢宣帝都是英明的君主，他們也都深陷於趙高、弘恭和石顯等宦官的禍患中。那些自以為聰明絕頂的人中之傑，認為這些閹割之餘的奴僕能有什麼作為，到了國家亂亡的時候，他們就與平庸的君主沒有什麼分別。我因此標示出來，以告誡後世如同秦始皇、漢宣帝的君主。有人說：「李斯輔佐秦始皇平定天下，不能說他沒有智慧。扶蘇是秦始皇的親生子，秦人擁戴他很久了，陳勝也是假借他的名義就足以擾亂天下，而蒙恬手持重兵在外，假使他們二人不立即接受誅殺而再次請命，那麼李斯和趙高就沒有辦法留下了。以李斯的智慧竟然沒有考慮到這一點，這是為什麼呢？」蘇子說：唉！秦朝失去管治的方法，已經由來已久了，豈只是秦始皇的罪過？自從商鞅變法以來，把誅死視為輕微的法令，又以誅滅三族為平常的法規，臣子經常狼顧，斂氣屏息，以求得死為萬幸的事，哪裏還有空閒來再次請命！當商鞅施行酷法的時候，凡是徵求的都無所不獲，凡是禁止的都無不停止，商鞅自以為超越了堯舜而且凌駕在商湯和周武之上。直至他逃亡的時候找不到投宿的地方，然後才知道酷法的弊端。這豈只是商鞅感到悔恨，秦始皇亦有所後悔。

荊軻之變[1]，持兵者熟視始皇環柱而走[2]，莫之救者，以秦法重故也。李斯之立胡亥，不復忌二人者[3]，知威令之素行，而臣子不敢復請也。二人之不敢請，亦知始皇之鷙悍而不可回也[4]，豈料其偽也哉？周公曰：「平易近民，民必歸之[5]。」孔子曰：「有一言而可以終身行之，其『恕』矣乎[6]？」夫以忠恕為心而以平易為政[7]，則上易知而下易達，雖有賣國之奸，無所投其隙，倉卒之變，無自發焉。然其令行禁止，蓋有不及商鞅者矣，而聖人終不以彼易此[8]。商鞅立信於徙木[9]，立威於棄灰[10]，刑其親戚師傅[11]，積威信之極。以及始皇，秦人視其君如雷電鬼神，不可測也。古者公族有罪[12]，三宥然後制刑[13]。今至使人矯殺其太子而不忌，太子亦不敢請，則威信之過故也。夫以法毒天下者，未有不反中其身及其子孫者也。漢武與始皇，皆果於殺者也，故其子如扶蘇之仁，則寧死而不請，如戾太子之悍[14]，則寧反而不訴，知訴之必不察也。戾太子豈欲反者哉？計出於無聊也[15]。故為二君之子者，有死與反而已。李斯之智，蓋足以知扶蘇之必不反也。吾又表而出之，以戒後世人主之果於殺者。

注釋

1荊軻之變：荊軻，戰國末年著名刺客，受燕太子丹之託入秦刺殺秦王嬴政。荊軻在獻上燕督亢地圖之時，圖窮匕現，行刺秦王，不中，被殺。2持兵者熟視始皇環柱而走：殿下的武士因沒有詔諭不能上殿，故只能看着秦王圍柱而走，以避開荊軻的行刺。熟視，瞪着眼睛看。3二人：指扶蘇、蒙恬。4鷙悍：兇狠強悍。5「平易近民」兩句：語出《史記．魯周公世家》：「夫政不簡不易，民不有近；平易近民，民必歸之。」6「有一言而可以終身行之」兩句：語出《論語．衛靈公》：「子貢問曰：『有一言而可以終身行之者乎？』子曰：『其恕乎。己所不欲，勿施於人也。』」意謂一句話可以終身奉行的，那就是恕（推己及人之意）。7忠恕：盡己之心（盡己之心為忠）並推己及人。8以彼易此：「彼」指商鞅之嚴刑峻法；「此」指周公、孔子平易近民的忠恕之道。9立信於徙木：商鞅實施變法後，恐怕百姓不信任，於是在都市南門立下一根三杖的木杆，定下法規，若有人能夠搬到北門的就賞賜黃金十鎰。起初無人相信，後賞金增至黃金五十鎰，有一人搬之，果然得到賞賜，商鞅藉以明示法規的不欺詐。10立威於棄灰：商鞅頒佈法令，有棄灰於道路的人處以黥刑（在臉上刺字塗墨），藉以立威。11刑其親戚師傅：商鞅頒佈法令後，秦太子犯法。商鞅以太子是國君的繼嗣，不能施予刑法，故以太子的老師公孫賈代罪，黥其面。12公族：國君的族人，即宗室子弟。13三宥：宥，寬恕。三宥，寬恕三次。14戾太子：戾太子劉據，漢武帝與衞皇后之子，立為太子。江充以巫蠱之事誣告劉據，劉據懼怕遭到迫害，舉兵反抗，兵敗而亡。15無聊：無可奈何。

譯文

荊軻行刺秦始皇的時候，手持兵器的衞士都站在殿下眼瞪瞪看着秦始皇繞着殿柱逃走，沒有人上前營救，這是因為秦法太苛重的緣故。李斯立胡亥為帝，不再顧忌扶蘇和蒙恬，正是知道秦始皇威嚴的政令一經施行，臣子都不敢再請命。他們兩人不敢請命，也是知道秦始皇的強悍而政令不可以挽回，又豈料到這是偽造的？周公說過：「平易近民，民眾必定歸心。」孔子也說：「有一句話可以終身奉行的，那就是推己及人吧。」如果以盡己之心而推己及人的心態，加上以平易近人的政策施政，那麼在上者便容易了解世情，而政令也會很暢快的頒行，這樣即使有賣國的奸賊，也無處找到空隙入手，突然的事變，也無從發生。雖然這樣要達到有令則行、有禁則止的情況，大概並不及商鞅酷法那樣成功，但聖人始終不肯以酷法取代。商鞅利用徙木的手段樹立信譽，運用棄灰的方法來建立威望，向太子的親戚和師傅用刑，可以說是達到威信的極點。到了秦始皇的時候，秦人把君主看成是雷電鬼神，以其深不可測。古代宗室犯法，赦免三次然後才動刑。現在到了有人假造聖旨殺害太子而無所顧忌，太子亦不敢請命，這是威信太過的緣故。利用酷法毒害天下的人，沒有不反過來害倒自身以及自己子孫的。漢武帝與秦始皇，都是果斷敢於誅殺的人，所以他們的兒子，如仁慈的扶蘇，就寧願死也不再次請命，又如強悍的戾太子，就寧願造反也不去申訴，因為他知道即使申訴也一定得不到察看。戾太子又豈想造反呢？是無計可施之下決定的。所以秦始皇和漢武帝的兒子，只有死亡和造反而已。以李斯的智慧，他一定知道扶蘇必定不會反抗的。我又把這件事標示出來，以告誡後世果斷誅殺的君主。

賞析與點評

蘇軾在這則文字中，兩言「吾故表而出之，以戒後世」，可見頗有告誡世人的用意。這則文字前半部分論述宦官的不可重用，後半部分論述嚴刑峻法不足以治世，認為兩者都是致禍的根源。蘇軾又認為上天要滅亡一個國家，它的禍亂必定是出於智慧所不能預測的。由是聖人治理天下，並非以智慧阻止禍亂，而是以無以致亂的政策辦事，所以蘇軾一再推崇周公「平易近民」的政策，以及孔子的「忠恕之道」，認為兩者並行才是真正的王道。如今世界重法，以法治管理國家，但仍難免有冤獄、不公的事情發生。我們說「法律不外乎人情」，但要平衡兩者，確實並不容易。

攝主[1]

魯隱公元年[2]，不書即位，攝也。歐陽子曰[3]：「隱公非攝也。使隱而果攝也，則《春秋》不書為公，《春秋》書為公，則隱非攝，無疑也。」

注釋

1攝主：代理君職者。2魯隱公：魯惠公的長庶子，名息姑。魯惠公卒，嫡妻所生子，名軌（即魯桓公）仍年幼，所以國人立息姑（魯隱公）攝政，行君主事，在位十一年。

3歐陽子：即歐陽修。

譯文

魯隱公元年（前七二二），《春秋》不記載魯隱公即位，是攝主的緣故。歐陽修說：「魯隱公並非攝主。假如魯隱公果真是攝主的話，那麼《春秋》便不會記載他是公。正因為《春秋》記載他是公，所以魯隱公不是攝主，這是毫無疑問的。」

蘇子曰：非也。《春秋》，信史也[1]，隱攝而桓弒[2]，著於史也詳矣。周公攝而克復子者也，以周公薨[3]，故不稱王。隱公攝而不克復子者也[4]，以魯公薨，故稱公。史有謚，國有廟[5]，《春秋》獨得不稱公乎？然則隱公之攝也，禮歟？曰：禮也。何自聞之？曰：聞之孔子。曾子問曰[6]：「君薨而世子生[7]，如之何？」孔子曰：「卿、大夫、士從攝主北面於西階南[8]。」何謂攝主[9]？曰：古者天子、諸侯、卿、大夫之世子未生而死，則其弟若兄弟之子次當立者為攝主。子生而女也，則攝主立；男也，則攝主退。此之謂攝主，古之人有為之者，季康子是也[10]。季桓子且死[11]，命其臣正常曰[12]：「南孺子之子男也[13]，則以告而立之；女也，則

肥也可[14]。」桓子卒，康子即位。既葬，康子在朝。南氏生男，正常載以如朝，告曰：「夫子有遺言，命其圉臣曰[15]：『南氏生男，則以告於君與大夫而立之。』今生矣，男也，敢告。」康子請退。康子之謂攝主，古之道也，孔子行之。

注釋

1信史：以文字記錄翔實的歷史，是與文字記載以前口傳歷史的相對概念。2桓弒：桓，魯桓公。《史記．魯周公世家》記載魯隱公十一年（前七一二），公子翬（魯國人）勸魯隱公篡位，魯隱公不從。公子翬害怕事件傳到魯桓公那裏，便向魯桓公誣陷魯隱公要奪位，並言可代殺魯隱公，魯桓公允許，魯隱公死，魯桓公即位。3周公薨：諸侯死曰「薨」，天子死曰「崩」，故謂「以周公薨，故不稱王」。4克復子：克，能夠。此指周公能夠把政權交還成王。5國有廟：指魯國有魯隱公的宗廟。廟，古時用來祭祀祖宗的屋舍。6曾子：曾參，字子輿，春秋末年魯國南武（今山東平邑縣）人，孔子弟子，有宗聖之稱。7世子生：原作「世子未生」，衍「未」字，據《百川》本、《東坡七集．後集》卷十一、《續集》卷八及《禮記．曾子問》刪。世子，古代天子、諸侯的嫡子。8卿、大夫、士從攝主北面於西階南：語出《禮記》：「曾子問曰：『君薨而世子生，如之何？』孔子曰：『卿、大夫、士從攝主，北面於西階南。』」此為禮的一種，意思大概是卿、大夫、士跟隨攝主，站在西階之南，面朝北。然後大祝（官名，主祭祀祈禱）舉行祭祀禱告儀式。9**何謂**：原作「向謂」，從《百川》本、《東坡七集．後集》卷十一、《續集》卷八改。10**季康子**：季孫肥，季桓子之子。魯哀公三年（前四九二），季桓子去世，季孫肥繼位，是為季康子。11**季桓子**：即季孫斯，春秋魯國大夫。**且**：將要。12**正常**：人名，魯桓子寵臣。13**南孺子**：季桓子妻子南氏。14**肥**：指季康子季孫肥。15**圉臣**：古時臣下自謙之詞。

譯文

蘇子說：不是。《春秋》是一部信史，魯隱公攝政而魯桓公弒君，書中已經詳細記載了。周公攝政而把政權歸還成王，所以《春秋》記載周公去世稱「薨」，故此不認為周公稱王。魯隱公攝政而沒有歸還政權，所以《春秋》記載魯隱公去世稱「薨」，故此稱他為「公」。史書有謚號，國家有祭祀的宗廟，《春秋》難道能不稱他為公嗎？然而魯隱公的攝政，符合禮義嗎？答：符合禮義。何以這樣說？答：是根據孔子的說法。曾參問孔子：「國君去世而世子出生，應當怎麼辦？」孔子說：「卿、大夫、士隨攝主面向北面站在西階的南面。」什麼叫做攝主？說：古代天子、諸侯、卿、大夫的世子未出生而本人去世，那麼他的弟弟如兄弟的兒子按排序應當繼立的人為攝主。如果出生的世子是女的，那麼攝主即位為國君；如果出生的世子是男的，那麼攝主就退位，這就叫做攝主。古代有這樣的例子，魯國的季康子便是。季桓子臨死前，命令他的家臣正常說：「南孺子生的是男，就報告，並且立為國君；生的是女，那麼季孫肥便可以立為國君。」季桓子去世，季康子（季孫肥）即位。季桓子安葬後，季康子處理朝政。不久南孺子生了男嬰，正常便把他載到朝上，公告：「季桓子留下遺言，命令賤臣（謙稱）說：『南孺子生的是男，則報告他，並且與大夫一同立他為君主。』今天世子出生了，是男的，因此前來報告。」季康子請求退位。季康子稱攝主，這是古代的制度，是孔子所遵行的。

自秦、漢以來不修是禮也，而以母后攝。孔子曰：「惟女子與小人為難養也。」使與聞外事且不可，曰：「牝雞之晨，惟家之索[1]」，而況可使攝位而臨天下乎[2]？女子為政而國安，惟齊之君王后、吾宋之曹、高、向也[3]，蓋亦千一矣。自東漢馬、鄧不能無譏[4]，而漢呂后、魏胡武靈、唐武氏之流[5]，蓋不勝其亂，王莽、楊堅遂因以易姓[6]。由此觀之，豈若攝主之庶幾乎？使母后而可信也，攝主亦可信也，若均之不可信，則攝主取之，猶吾先君之子孫也，不猶愈於異姓之取哉？或曰：「君薨，百官總己以聽於冢宰三年[7]，安用攝主？」曰：非此之謂也。嗣天子長矣[8]，宅憂而未出令[9]，則以禮設冢宰。若太子未生，生而弱，未能君也，則三代之禮，孔子之學，決不以天下付異姓，其付之攝主也。夫豈非禮而周公行之歟？故隱公亦攝主也。鄭玄[10]，儒之陋者也，其傳「攝主」也，曰：「上卿代君聽政者也。」使子生而女，則上卿豈繼世者乎？蘇子曰：攝主，先王之令典，孔子之法言也[11]。而世不知，習見母后之攝也，而以為當然。故吾不可不論，以待後世之君子。

注釋

1「牝雞之晨」兩句：語出《尚書．牧誓》。言母雞報曉，就是家敗之時。此喻女性掌朝政，國家便會滅亡。2攝位：原作「攝主」，從《百川》本、《東坡七集．後集》卷十一、《續集》卷八改。3君王后：戰國齊襄王的王后。君王后參與朝政，輔佐齊襄王，後協助太子田建執政。齊國在君王后輔政的近四十年都很太平。曹：慈聖光獻曹皇后，北宋仁宗趙禎第二任皇后，真定靈壽（今河北靈壽縣）人，輔助仁宗、英宗、神宗三朝政事。《宋史》記載曹皇后性慈儉，且頗涉經史，多能援以決事。高：宣仁聖烈高皇后，北宋英宗皇后，亳州蒙城（今安徽蒙城）人，神宗時，高皇后垂簾聽政。《宋史》稱高皇后臨政九年，朝廷清明，華夏綏定（安定）。向：欽聖憲肅向皇后，北宋神宗皇后，河內（今河南沁陽）人。《宋史》記載向皇后喜聞賓召故老、寬徭息兵、愛民崇儉之舉。4馬：明德馬皇后，東漢明帝皇后。明帝崩，肅宗即位，尊為皇太后。《後漢書》載明帝每與馬皇后言及政事，馬皇后多能毗補（增益補闕）。然外戚生活奢靡，「車如流水，馬如遊龍，倉頭衣綠褠，領袖正白」。**鄧**：和熹鄧皇后，東漢和帝皇后，南陽新野（今河南新野縣）人。和帝崩，殤帝即位，尊為皇太后，屢以皇太后的名義下詔，稱「權佐助聽政」。後殤帝崩，安帝繼立，繼續臨朝攝政。《後漢書》稱鄧太后雖然頗有統治能力，「達旦不寐，而躬自減徹，以救災戹，故天下復平，歲還豐穰」，然而久持權柄，不還政於安帝，遂引起權臣的不滿。5**呂后**：名雉，單父（今山東單縣）人，漢高祖劉邦的皇后。高祖死後，尊為皇太后。漢高祖傳位於孝惠帝，孝惠帝因呂后殘害戚夫人和趙王，因此不理政事。孝惠帝在位七年而死，太子即位為帝，自後「號令一出太后」。雖然呂后專政，但《史記》對她的評價倒是正面的，謂其在位期間「天下晏然，刑罰罕用，罪人是希，民務稼穡，衣食滋殖」。**魏胡武靈**：宣武靈皇后，胡氏，安定臨涇（今甘肅鎮原縣南）人，北魏宣武帝妃、孝明帝生母。孝明帝年幼繼位，武靈皇后獲尊為太后，臨朝聽政。後淫亂肆情，為天下所惡。**唐武氏**：武則天，唐高宗皇后，後尊為天后。唐中宗、睿宗時臨朝稱制，後自立為武周皇帝，稱帝近三十年。6**王莽**：字巨君，漢元帝皇后王政君之侄。漢哀帝去世，未有留下子嗣，由太皇太后王政君掌政，立漢平帝，王莽任大司馬，兼管軍事、禁軍。後王莽毒殺漢平帝，立孺子嬰為皇太子，自己則稱「攝皇帝」。初始元年（八），王莽接受孺子嬰禪位稱帝，改國號「新」。**楊堅**：即隋文帝，弘農郡華陰（今陝西華陰）人，長女嫁北周宣帝為后，地位顯赫。宣帝因行為乖戾，誅殺元老重臣，被迫禪位予年僅七歲的太子北周靜帝宇文闡，楊堅因負「重名」而得以專政。後大寶元年（五八一），楊堅廢北周靜帝，自立為帝，建立隋朝。7**總己**：總攝己職。**冢宰**：周代官名，為六卿之首。8**長**：出生。9**宅憂**：即居喪。10**鄭玄**：字康成，北海高密（今山東高密市）人，東漢經學家，遍注群經，世稱「鄭學」。11**法言**：合乎儒家禮法的言論。

譯文

自秦、漢以來，世人並不遵行這個制度，而以母后攝政。孔子說：「惟有女子與小人難教養。」讓他們處理對外的事務已經不可以，古人便說：「母雞報曉，家敗之時」，更何況是攝政而治理天下呢？女子當政而國家安定的，只有齊國的君王后、我宋的曹后、高后、向后，大概也是千分之一。東漢的馬后、鄧后，她們都難免被人有所譏諷指責，而漢代的呂后、魏代的胡武靈、唐代的武則天等輩，都造成數之不盡的禍亂，而王莽、楊堅便因此乘機改朝換代。由此看來，女主當政豈能像攝主那樣有希望？假使母后是可信任的，攝主也應該是可信任的，如果認為他們都不可信任，那麼攝主奪取君位，他仍是本朝先君的子孫，不是比被異姓取代更好嗎？有人說：「國君去世，百官各自統領己職以聽命於冢宰三年，哪用攝主當政？」答：並非這個道理。繼位的太子年長，居喪期間未能頒佈命令，則根據禮制以冢宰統領。假若太子還未出生，又或年紀很小，未能成為君主，那麼三代的禮制、孔子的學說，都是斷斷不容許把天下交託給異姓，而應當把政權交給攝主。這難道不是禮制而周公這樣做了嗎？所以魯隱公也是攝主。鄭玄，是鄙陋的儒生，他解釋「攝主」說：「上卿代理國君者」。假使出生的世子是女性，那麼上卿難道就是繼承君位的人嗎？蘇子說：攝主，是先王制定的憲章法令，是符合孔子所言的儒家禮法。而世人並不知道，習慣以母后攝政，以為是理所當然的。所以我不可以不論述，以備後世的君子參照。

賞析與點評

上則論宦官，此則論外戚，兩者都是中國歷代眾多禍亂的緣由。蘇軾在北宋積弱的時候提出及議論這兩者，用意可謂呼之欲出。在論古十三則中，此則的論據可謂最薄弱。蘇軾說女子當政而國家安定的，就只有齊國的君王后和宋朝的曹后、高后、向后，並謂是千中無一的難得。原本蘇軾列舉《論語》、古諺，論據已很充分，但一下此筆，便使千辛萬苦建立的論點不攻自破。這很可能是礙於議論當世，怕被人以言入罪，故只能稱讚近朝的皇后。文字獄的禍害，其實也不下於宦官、外戚。

隱公不幸[1]

公子翬請殺桓公[2]，以求太宰[3]。隱公曰：「為其少故也，吾將授之矣。使營菟裘[4]，吾將老焉。」翬懼，反譖公於桓公而弒之[5]。

蘇子曰：盜以兵擬人[6]，人必殺之，夫豈獨其所擬，塗之人皆捕擊之。塗之人與盜非仇也[7]，以為不擊則盜且并殺己也。隱公之智，曾不若是塗人也，哀哉！隱公，惠公繼室之子也，其為非嫡[8]，與桓均耳，而長於桓。隱公追先君之志而授國焉，可不謂仁人乎？惜乎其不敏於智也。使隱公誅翬而讓桓，雖夷、齊何以尚茲[9]？驪姬欲殺申生而難里克[10]，則施優來之[11]；二世欲殺扶蘇而難李斯，則趙高來之。此二人所行相同，而其受禍亦不少異：里克不免於惠公之誅，李斯不免於二世之戮[12]，皆無足哀者。吾獨表而出之，為世戒。君子之為仁義也，非有計於利害，然君子之所為，義利常兼，而小人反是。李斯聽趙高之謀，非其本意，獨畏蒙氏之奪其位[13]，故俛而聽高[14]。使斯聞高之言，即召百官、陳六師而斬之，其德於扶蘇，豈有既乎？何蒙氏之足憂！釋此不為，而具五刑於市，非下愚而何！

嗚呼，亂臣賊子猶蝮蛇也[15]，其所螫草木猶足以殺人[16]，況其所噬齧者歟？鄭小同為高貴鄉公侍中[17]，嘗詣司馬師[18]，師有密疏未屏也[19]，如廁還，問小同：「見吾疏乎？」曰：「不見。」師曰：「寧我負卿，無卿負我。」遂酖之[20]。王允之從王敦夜飲[21]，辭醉先寢。敦與錢鳳謀逆[22]，允之已醒，悉聞其言，慮敦疑己，遂大吐，衣面皆汙[23]。敦果照視之，見允之臥吐中，乃已。哀哉小同，殆哉岌岌乎允之也[24]！孔子曰：「危邦不入，亂邦不居[25]。」有由也夫！吾讀史得隱公、里克、李斯、鄭小同、王允之五人，感其所遇禍福如此，故特書其事，後之君子可以覽觀焉。

注釋

1隱公：魯隱公。2公子翬：魯國大夫，魯隱公十一年（前七一二），公子翬勸魯隱公殺害公子允，以取代魯君之位，魯隱公不同意。及後公子翬擔心事件被公子允知道，因而游說公子允殺害魯隱公。最後魯隱公被殺，公子允登位，是為魯桓公。3太宰：官名，主理六典，是為百官之首。4菟（粵：兔；普：tù）裘：邑名，在今山東泰安東南樓德鎮。5譖（粵：tsɐm^{3}；普：zèn）：毀謗、誣諂。6擬：比劃。7塗之：「塗之」原脫，據蘇集補。8嫡：嫡子，正妻所生之子。9夷、齊：伯夷、叔齊。尚茲：超過此。10驪姬：驪姬為晉獻公寵妾，生奚齊，與優施私通，陷害晉太子申生，使其子奚齊得以繼位。及晉獻公去世，奚齊繼位，里克殺之。驪姬另立卓子，亦被里克所殺，里克本來打算迎立重耳繼位，但重耳推卻，故立了公子夷吾即位，是為晉惠公。申生：晉獻公嫡長子，本為晉國太子，後被驪姬陷害而死。難：為難。此指如果里克不同意，殺害申生的計劃便難成事。**里克**：晉國大夫，因擁護太子申生事而被驪姬、優施勸止。驪姬之亂後，立夷吾為晉惠公。晉惠公即位後，削弱了里克的軍權，並派郤芮誅殺里克。11**施優**：即優施，晉獻公寵優，與驪姬私通。12**李斯不免於二世之戮**：秦二世即位不久，趙高便誣陷李斯有意割地稱王，因而被關進牢獄。秦二世二年（前二〇八），李斯被腰斬於咸陽。13**蒙氏**：指蒙恬、蒙毅。14**俛**（粵：俯；普：fǔ）：同「俯」，屈身、低頭。15**蝮蛇**：毒蛇的一種，能噴毒液。16**螫**：原指刺咬。此指蝮蛇只需在草木振動便可以像刺咬一樣，足以殺人。17**鄭小同**：字子真，三國魏國人，東漢經學家鄭玄的孫子。**高貴鄉公**：即曹髦，字彥士，魏文帝曹丕之孫。**侍中**：官名，為皇帝的侍從。18**詣**：進見。19**未屏**：即未隱藏之意。20**酖**：以鴆酒（毒酒）毒殺。21**王允之**：字淵猷，瑯琊臨沂（今山東臨沂）人，東晉官員。**王敦**：字處仲，瑯琊臨沂（今山東臨沂）人，與堂弟王導一同協助司馬睿建立東晉政權，為當時權臣，但一直存有奪權之心，後發動政變未果，史稱王敦之亂。22**錢鳳**：字世儀，與王敦同謀叛逆。23**汙**：弄髒。原作「汗」，從《百川》本、《東坡七集．後集》卷十一改。24**岌岌**：危險的樣子。25**「危邦不入」兩句**：語出《論語．泰伯》。

譯文

公子翬自請殺死魯桓公，以求得到太宰的職位。魯隱公說：「是因為他（魯桓公）年少的緣故，我將來會把君位歸還給他。我只求管理菟裘一地，以便養老便足夠了。」公子翬懼怕，反過來向魯桓公譭謗魯隱公，並且殺死隱公。

蘇子說：盜賊在別人面前武刀弄槍，別人一定殺死他，這豈止是受盜賊武刀弄槍所威脅的人會這樣做，路人也會攻擊他。這些路人與盜賊並非仇人，只是他們認為如果他們不主動攻擊盜賊，那些盜賊便會反過來殺害自己。以魯隱公的智慧，竟然還不及這些路人，真是悲哀！魯隱公，是魯惠公妾所生的兒子，他雖然並非嫡子，但與魯桓公的地位是相等的，而且比魯桓公年長。魯隱公追念先君的遺志而把君位讓給桓公，可以說他不是仁人嗎？可惜他的智慧不敏捷。假使隱公誅殺了公子翬而把君位讓給桓公，即使是伯夷、叔齊德行如此高尚的人，又何能超越他？晉國的驪姬想殺害申生但知道困難來自里克，所以施優便來了；秦二世想殺害扶蘇但知道困難來自李斯，所以趙高便來了。這兩個人所做的事相同，而最終遭受到的禍患也沒有多大的分別：里克最後不免被晉惠公誅殺，李斯最後也不免被秦二世殺戮，都是不值得憐憫的。我特意標示出來，以為世人之誡。君子實行仁義，並非計算當中的利害，然而君子的所為，義利通常兼得，而小人則相反。李斯之所以聽從趙高的陰謀，並非他的本意，只是畏懼蒙氏奪取他的地位，所以才俯首聽命於趙高。假使李斯聽到趙高的言論，便立即召集百官，陳列六軍以斬殺趙高，那麼對扶蘇而言，他的恩德，又豈有盡頭？如此蒙氏又有什麼足以憂慮！放棄了這個機會，而且還要當眾遭受五刑的懲罰，他不是下愚之人可以是什麼！唉！亂臣賊子就像蝮蛇一樣，牠只要在草木間振動便足以殺人，更何況被牠所咬呢！鄭小同任高貴鄉公的侍中時，嘗進見司馬師，當時司馬師有秘密的奏疏還未掩上，上完廁所回來，問小同：「你看見我的奏疏嗎？」答：「沒有看見。」司馬師說：「寧願我有負於你，也不能讓你有負於我」，於是毒死了他。王允之與王敦在夜間飲酒，王允之酒醉先行告辭回去就寢。王敦與錢鳳謀劃叛逆，王允之已經醒來，得悉他們的言論，擔心王敦懷疑自己，於是大吐起來，衣服都沾上了污穢。王敦果然拿燈光來探看，看見王允之躺在嘔吐物中，這才不懷疑。悲哀啊小同，岌岌可危啊王允之！孔子說：「危險的國家不要進入，動亂的邦國不可居住。」是有他的理由啊！我讀史書有感於魯隱公、里克、李斯、鄭小同、王允之五個人，明白到他們所遭受的禍福就是這樣，所以特意把他們的事寫出來，讓後世的君子可以閱覽。

賞析與點評

以魯隱公的不智、不幸談論到里克、李斯、鄭小同、王允之等人的事跡，蘇軾可謂善於議論舉證。其實這五人都不可以說是不智，甚至可謂有大智慧，但偏偏就只有王允之能倖免於難。蘇軾在文中不斷提出其他可行之法，認為他們之所以被智慧所累，是因為他們太計較於利害。蘇軾因而指出「君子之所為，義利常兼，而小人反是」，認為即使機關算盡，但若不能堅守正道，最終也會像前四者那樣，落得身敗名裂的結局，即使僥倖苟存，也只能像王允之一樣，在污穢中浮沉打滾。

七德八戒

鄭太子華言於齊桓公[1]，請去三族而以鄭為內臣[2]，公將許之，管仲不可[3]。公曰：「諸侯有討於鄭，未捷，苟有釁[4]，從之不亦可乎？」管仲曰：「君若綏之以德[5]，加之以訓辭，而率諸侯以討鄭，鄭將覆亡之不暇，豈敢不懼？若總其罪人以臨之[6]，鄭有辭矣。」公辭子華，鄭伯乃受盟[7]。

注釋

1鄭太子華：鄭國太子子華。魯僖公七年（前六五三），鄭太子華與齊桓公、宋桓公、陳國世子款於寧母會盟。鄭太子華想藉齊桓公除去鄭國泄氏、孔氏、子人氏三大家族。2內臣：國內之臣。言鄭國可作為齊國的臣子。3管仲：名夷吾，潁上（今安徽潁上縣）人，春秋齊國政治家。4釁（粵：孕；普：xìn）：嫌隙、爭端。5綏（粵：需；普：suí）：退卻。6臨：來到。7鄭伯：鄭文公，鄭國君主。受盟：結盟。此指鄭文公派使臣赴齊結盟。

譯文

鄭國太子華對齊桓公説，若齊國助我除去鄭國的三大家族，我甘願以鄭國為齊國的臣子，齊桓公將要答允，管仲認為不可以。齊桓公説：「諸侯國有的討伐鄭國，但未能取得勝利，現在有機會，接受了不是很好嗎？」管仲説：「君上如果以德義來安定鄭國，向他們訓誡，然後才率領諸侯討伐鄭國，那麼鄭國將會面臨覆亡的危機，怎敢不畏懼？若是帶領鄭國的罪人以攻打鄭國，那麼鄭國便有託辭了。」齊桓公於是辭卻了太子華，鄭伯便與齊國結盟。

蘇子曰：大哉，管仲之相桓公也！辭子華之請而不違曹沫之盟[1]，皆盛德之事也，齊可以王矣。恨其不學道，不自誠意正身以刑其國[2]，使家有三歸之病而國有六嬖之禍[3]，故桓公不王，而孔子小之。然其予之也亦至矣，曰：「桓公九合諸侯，不以兵車，管仲之力也。如其仁，如其仁[4]！」曰：「仲尼之徒無道桓、文之事者[5]」，孟子蓋過矣。

注釋

[1]曹沫之盟：曹沫，即曹劌，春秋魯國大夫。魯莊公時，齊國討伐魯國，曹劌率軍與齊國戰於長勺（今山東萊蕪），大敗齊國。後齊國與魯國兩國國君會盟於柯，曹劌挾持齊國國君訂立盟約，收復魯國失地。[2]刑：治理。[3]三歸：歸，原指女子出嫁，此指管仲娶三姓女子。六嬖：嬖，寵愛。此指齊桓公有六個寵嬖之妾。[4]「桓公九合諸侯」五句：語出《論語．憲問》。[5]仲尼之徒無道桓、文之事者：語出《孟子．梁惠王上》。

譯文

蘇子說：偉大啊！管仲輔佐齊桓公啊！辭卻太子華的請求而不違背曹沫的盟約，都是盛德的事，齊國可以稱霸天下了。只恨他不學習儒道，不能誠心誠意修身治國，使自己的家有三歸的問題，而國家也有六嬖的禍患，所以齊桓公最終不能稱霸天下，而孔子也小看他。但孔子對管仲的評價也很高，他說：「齊桓公九次會合諸侯，都不訴諸武力，這是管仲的功勞。這是他的仁德，這是他的仁德！」至於說：「孔子的門徒從不談論齊桓晉文的事」，這是孟子太過偏激了。

吾讀《春秋》以下史而得七人焉，皆盛德之事，可以為萬世法，又得八人焉，皆反是，可以為萬世戒，故具論之。太公之治齊也[1]，舉賢而上功[2]。周公曰：「後世必有篡弒之臣。」天下誦之[3]，齊其知之矣。田敬仲之始生也[4]，周

史筮之[5]，其奔齊矣，齊懿氏卜之[6]，皆知其當有齊國也。篡弒之疑，蓋萃於敬仲矣，然桓公、管仲不以是廢之，乃欲以為卿，非盛德能如此乎？故吾以為楚成王知晉之必霸而不殺重耳[7]，漢高祖知東南之必亂而不殺吳王濞，晉武帝聞齊王攸之言而不殺劉元海[8]，苻堅信王猛而不殺慕容垂[9]，唐明皇用張九齡而不殺安祿山[10]，皆盛德之事也。而世之論者，則以為此七人者皆失於不殺以啟亂，吾以謂不然。七人者皆自有以致敗亡，非不殺之過也。齊景公不繁刑重賦[11]，雖有田氏，齊不可取；楚成王不用子玉[12]，雖有晉文公，兵不敗；漢景帝不害吳太子，不用晁錯[13]，雖有吳王濞，無自發；晉武帝不立孝惠[14]，雖有劉元海，不能亂；苻堅不貪江左[15]，雖有慕容垂，不能叛；明皇不用李林甫、楊國忠[16]，雖有安祿山，亦何能為？秦之由余[17]，漢之金日磾[18]，唐之李光弼、渾瑊之流[19]，皆蕃種也[20]，何負於中國哉？而獨殺元海、祿山！且夫自今而言之，則元海、祿山死有餘罪，自當時而言之，則不免為殺無罪。豈有天子殺無罪而不得罪於天者？上失其道，塗之人皆敵也，天下豪傑其可勝既乎？

注釋

1太公：姜尚。2上功：即「尚功」，崇尚功績。3誦：通「頌」，頌揚。4田敬仲：即陳完，春秋陳國公族，陳厲公之子，因陳國內亂，奔走齊國，齊桓公任為卿，官工正

（負責管理百工）。5周史筮之：陳完初生之時，周太史為他卜卦，說其子孫可以成為異國國君。6齊懿氏：齊國氏族。齊懿仲把女兒嫁給陳完，使人占卜，謂其子孫當享有齊國。7楚成王：名惲。楚成王三十五年（前六三七），晉公子重耳由鄭至楚，成王以上公的禮遇招待他。令尹子玉請成王殺重耳，成王不聽。重耳：即晉文公，在位九年，春秋五霸之一。8齊王攸：司馬攸，字大猷，河內溫縣（今河南溫縣）人，西晉宗室，任散騎常侍、步兵校尉。嘗對晉武帝說：「陛下不除劉元海，恐并州不得久寧。」劉元海：劉淵，字元海，新興（今山西忻州市北）人，匈奴族，五胡十六國前趙的開國君主。9苻堅：字永固，略陽臨渭（今甘肅秦安）人，氐族，十六國前秦君主，曾統一北方。但在與晉室淝水之戰中，以八十餘萬秦軍大敗給東晉八萬軍力，自後前秦瓦解。王猛：字景略，北海郡劇縣（今山東昌樂縣西）人，前秦丞相，曾向苻堅進言慕容垂乃不能馴服的人，但苻堅不聽，反以禮待之。慕容垂：後燕成武帝，字道明，昌黎棘城（今遼寧義縣）人，鮮卑族。淝水之戰後，慕容垂乘時而起，復建燕國，建立後燕。10唐明皇：即唐玄宗李隆基，因避清康熙諱故稱唐明皇。任內前期政治昌明，有開元之治的盛世，但天寶年間，荒廢朝政，並且發生了安史之亂。張九齡：字子壽，韶州曲江（今廣東韶關市）人，為人正直賢明，敢於諫言，曾劾安祿山野心，勸玄宗多加留心。安祿山：本姓康，名軋犖山，營州柳城（今遼寧朝陽）人，任平盧、范陽、河東三節度使。天寶年間，與史思明一同叛變，史稱「安史之亂」。11**齊景公**：姜姓，名杵臼，《史記》記載他「好治宮室，聚狗馬，奢侈，厚賦重刑」。12**子玉**：成得臣，字子玉，楚成王時令尹，因強出戰宋國，被晉軍敗於城濮。楚成王因而誅殺子玉。13**晁錯**：潁川（今河南禹州市）人，漢景帝時，任御史大夫，提出削藩之策，以削滅各主要諸侯王的封地，因而導致吳王劉濞會七國，以「誅晁錯，清君側」為名，發動吳楚七國之亂。14**孝惠**：晉惠帝司馬衷，西晉第二任皇帝，《晉書》謂他是「不才之子」，乃使「權非帝出，政邇宵人（政策出自小人）」。15**江左**：長江以南。此指東晉。16**李林甫**：小名哥奴，號月堂，唐朝宗室。曾進讒於唐玄宗，使張九齡被貶。後任職宰相，為人陰柔奸狡，專權十九年，導致唐室綱紀紊亂。**楊國忠**：本名楊釗，蒲州永樂（今山西芮城）人，楊貴妃堂兄，因楊貴妃得寵，李林甫死後，代之為相，多次發動戰爭都大敗而回。後強奪安祿山之權，使其提前叛變。17**由余**：春秋時秦穆公大臣，原為西戎綿諸國大臣，秦穆公知其賢能，招攬為臣子。18**金日磾**：字翁叔，漢朝將領。本為匈奴休屠王之長子，得漢武帝的欣賞，賜姓金，與霍光、上官桀和桑弘羊同受漢武帝遺詔輔政。19**李光弼**：唐肅宗時著名將領。本為契丹族人，武則天時，其父歸附，自後襲爵。李光弼於平定安史之亂居功甚偉。**渾瑊**：唐朝將領。本名進，鐵勒族渾部人。代宗時，跟隨郭子儀擊退吐蕃侵擾，位極將相。20**蕃**：通「番」，舊時對外國或邊境少數民族的稱呼。

譯文

我讀《春秋》以後的史書而得七位人物，都是盛德的事，可以為萬世效法，又得到八人，剛剛相反，可以警誡萬世，所以一起討論。姜太公治理齊國，舉拔賢能而崇尚功績。周公説：「齊國的後世一定有篡弒的臣子出現。」天下都傳誦着，齊國的人也早知道。田敬仲出生的時候，周室的史官替他占卦，説他將來要逃奔到齊國，齊懿氏也替他占卜過，都知道他將來會擁有齊國。篡弒的疑團，都集中在田敬仲的身上，但是齊桓公、管仲都不因為這樣而廢棄他，反而打算任命他為卿士，這不是盛德怎能如此？所以我認為楚成王知道晉國一定稱霸而不殺重耳，漢高祖知道東南一定出現叛亂而不殺吳王劉濞，晉武帝聽到齊王攸的言論而不殺劉元海，苻堅相信王猛的話但不殺慕容垂，唐明皇用張九齡的建議而不殺安祿山，都是盛德的事。然而世上議論的人，都認為這七個人都是失策於沒有殺掉禍亂的源頭所以才引發動亂，我認為不是這樣。這七個人都有造成敗亡的原因，並非不殺他人的過錯。齊景公若是不實行繁刑重賦的政策，那麼雖然有田氏，齊國並不可能被取代；楚成王若是不任用子玉，那麼雖然有晉文公，楚國也不會兵敗；漢景帝若是不殺害吳太子，不任用晁錯，那麼雖然有吳王濞，他也無法自己發動叛亂；晉武帝若是不立孝惠為帝，那麼雖然有劉元海，也不會導致禍亂；苻堅若是不貪圖東晉，那麼雖然有慕容垂，也不能夠反叛；唐明皇若是不用李林甫、楊國忠，那麼雖然有安祿山，他可以有什麼作為？秦代的由余、漢代的金日磾、唐代的李光弼、渾瑊之輩，都是外族，他們有什麼對不住中國呢？而惟獨要殺害劉元海、安祿山！況且在今天看來，劉元海、安祿山雖然死有餘辜，但在當時的情況來看，他們都不免是無辜而要被殺。豈會有天子濫殺無罪的人而不得罪於上天的呢？在上者失去道義，路人都會成為他的敵人，天下豪傑難道可以全部殺掉嗎？

漢景帝以鞅鞅而殺周亞夫[1]，曹操以名重而殺孔融，晉文帝以卧龍而殺嵇康[2]，晉景帝亦以名重而殺夏侯玄[3]，宋明帝以族大而殺王彧[4]，齊後主以謠言而殺斛律光[5]，唐太宗以讖而殺李君羨[6]，武后以謠言而殺裴炎[7]，世皆以為非也。此八人者，當時之慮豈非憂國備亂，與憂元海、祿山者同乎？久矣，世之以成敗為是非也！故夫嗜殺人者，必以鄧侯不殺楚子為口實[8]。以鄧之微，無故殺大國之君，使楚人舉國而仇之，其亡不愈速乎？吾以謂為天下如養生，憂國備亂如服藥：養生者不過慎起居飲食，節聲色而已，節慎在未病之前，而服藥於已病之後。今吾憂寒疾而先服烏喙[9]，憂熱疾而先服甘遂[10]，則病未作而藥殺人矣。彼八人者，皆未病而服藥者也。

注釋

1 **鞅鞅**：不滿意、不高興的樣子。**周亞夫**：漢文帝、漢景帝時邊防守將。因在太子廢立的問題上與景帝意見不一，漸失帝寵。景帝召周亞夫入宮賜宴，席上放置大塊沒有切開的肉，周亞夫心有不平，命人取餐具。景帝視而笑道：「此不足君所乎（你是否感到不足）？」周亞夫一臉不高興的樣子離去。景帝說：「此怏怏者非少主臣也。」後周亞夫因受兒子牽連被判謀反之罪，吐血而死。2 **晉文帝**：原作「晉武帝」，從《百川》本、《東坡七集．後集》卷十一、《續集》卷八改。王案：據《晉書》，殺嵇康者文帝也。**卧龍**：睡卧的龍，比喻隱居而未顯達的曠世奇才。**嵇康**：字叔夜，三國魏譙郡銍（今安徽濉溪縣）人，官至曹魏中散大夫，竹林七賢之一。因得罪司馬昭（晉文帝）心腹鍾會，鍾會因而誣曰：「嵇康，卧龍也，不可起。公無憂天下，顧以康為慮耳。」司馬昭因而殺之。3 **晉景帝**：司馬師，字子元，司州河內（今河南温縣）人，三國時魏國權臣，西晉開國君主晉武帝司馬炎的伯父，後追封為晉景帝。**夏侯玄**：字泰初，三國譙（今安徽亳州）人，曹魏名將，官至征西將軍，假節都督雍、涼州諸軍事，頗有名氣。後與李豐、張緝二人密謀剷除司馬氏，敗露後被司馬師所殺。4 **宋明帝**：劉彧，字休炳，南朝劉宋第七任君主。**王彧**：字景文，南朝劉宋名臣。宋明帝病重之時，擔心王彧門族強盛，易有謀反之心，故賜毒。5 **齊後主**：北齊後主高緯，為政荒淫無道，又誅殺名將斛律光、高長恭等人，最後被北周所俘。**斛律光**：字明月，朔州敕勒部（今山西西北）人，北齊名將，屢立軍功。但北齊後主高緯卻因謠言誅滅其族。6**唐太宗**：李世民，唐朝第二任皇帝，有貞觀之治的盛世。**讖**：預測災異吉凶的言論或徵兆。**李君羨**：唐朝將領，洺州武安（今河北永年縣東南）人，早年屢立軍功，與唐太宗友善。但貞觀初年，太白星多次在白天出現，太史占卜說：「女主昌」，謂有女子當王，故召集百官作酒令，說其小名。李君羨因名「五娘子」而遭到太宗的疏遠並殺害。7**武后**：即武則天。**裴炎**：字子隆，絳州聞喜（今山西聞喜縣）人，官至中書令。武則天在裴炎的協助下廢中宗，改立睿宗。後諫武后立武氏七廟，武后不從。及後監察御史崔詧謂裴炎有異圖，武后因而誅之。8**鄧侯**：即鄧祁侯，鄧城（今河南鄧州市）人。春秋鄧國君主。楚文王伐申國，途經鄧國，鄧侯大臣認為楚文王最後會滅掉鄧國，主張殺楚文王以除後患。鄧侯不信，反以禮相待。後楚文王伐申後歸楚，順道消滅鄧國。**楚子**：指楚文王。9**烏喙**：中藥，性辛、苦，熱，但含有劇毒。

10**甘遂**：中藥，性苦、甘，寒，但有毒。

譯文

漢景帝因為周亞夫不滿的表情而殺死他，曹操因為孔融的名氣大而殺死他，晉文帝因為害怕嵇康是卧龍之士而殺死他，晉景帝也因夏侯玄名氣大而殺死他，宋明帝因為王彧的家族大而殺死他，齊後主因為謠言而殺死斛律光，唐太宗因為預測吉凶的讖語而殺死李君羨，武后因為謠言而殺死裴炎，世人都認為他們不當。

這八個人，他們當時憂慮的難道不是害怕國家有動亂，而為防備禍亂而殺人？他們與憂慮劉元海、安祿山而殺死他們的人不是相同的嗎？長期以來，世人以成敗來論斷是非！所以嗜殺成性的人，必定引用鄧侯不殺害楚子為口實。以鄧國的卑微，無故殺了大國的國君，假使楚國人民舉國仇視，鄭國的滅亡不是更快嗎？我認為治理天下就好比養生，憂國防備禍亂就如服藥：養生的人不過是謹慎地起居飲食，節制聲色而已，這些節制和謹慎都是在未生病以前，而服藥則在生病以後。現在我擔心得了寒病而服食烏喙，擔心得了熱疾而先服用甘遂，那麼在病患仍未發作的時候，藥力已經毒死人了。這八個人，都是未病而先服藥的人。

賞析與點評

蘇軾以七位皇帝不殺之舉為德，又以八位皇帝殺人為誡，最後提出治國好比養生，要懂節制、小心謹慎，不能以為殺人能防範禍患而害了自身。這七德八戒看起來雖然是兩事，但說穿了只不過是同一道理：君王不應殺人。論古十三則中，此篇文勢最為強盛，前後十五句排比句營造了壓迫的氣氛，讀起來使人喘不過氣來。不知蘇軾當日有否上奏，為君者又有否汗顏？但從歷史的發展來看，這些言論更像蘇軾久積於內心的鬱悶，不吐不快。

名句索引

二畫

三畫

四畫

七畫

八畫

九畫

十一畫以上

新　視　野
中華經典文庫

新 視 野
中華經典文庫